DER BLUTMALER: THRILLER

MARCUS HÜNNEBECK

ÜBER DEN AUTOR

Marcus Hünnebeck wurde 1971 in Bochum geboren und lebt inzwischen als freier Autor in Hamburg. Er studierte an der Ruhr-Universität Bochum Wirtschaftswissenschaften.

Im März 2001 erschien mit *Verräterisches Profil* sein erster Thriller, 2003 und 2004 folgten *Wenn jede Minute zählt* und *Im Visier des Stalkers*.

Dank der Möglichkeiten, die das E-Book-Publishing bietet, veröffentlichte er im Jahr 2013 seine alten Thriller als überarbeitete E-Books. *Im Visier des Stalkers* erhielt aus rechtlichen Gründen den Namen *Die Rache des Stalkers* und schaffte im Juli 2013 den Sprung in die Top 10 der Amazon-Bestseller-Charts. Dem Roman *Verräterisches Profil* gelang dies im Dezember 2013. *Wenn jede Minute zählt* erreichte im Juni 2014 die Spitzenposition der Kindle-Charts und gehörte 2014 zu den zehn meist verkauften E-Books bei Amazon. Die Fortsetzung um den Kommissar Peter Stenzel erschien im Juni 2015 (*Stumme Vergeltung*).

Als Erstausgabe erschien im Juni 2014 *Kainsmal* bei Amazon Publishing. Mit *Die Drahtzieherin* führte er die Serie um Oberkommissarin Katharina Rosenberg fort. Die Trilogie schloss der Roman *Tödlicher Komplize* ab.

Im September 2015 veröffentlichte Egmont-Lyx den ersten Band einer neuen Reihe, der den Titel *Im Auge des*

Mörders trägt. Im Mittelpunkt dieser Serie stehen die Journalistin Eva Haller und der Leibwächter Stefan Trapp.

Der zweite Band folgte im September 2016 und heißt *Abschaum*.

In *Sommers Tod* taucht zum ersten Mal Oberkommissar Lukas Sommer auf. *Sommers Schuld* ist sein zweiter Solo-Fall.

Die Namen des Todes bildet den Auftakt einer neuen Serie um den BKA-Kriminalkommissar Robert Drosten und sein Team. *Schuld vergibt man nie* ist der Folgeband. Die Romane sind genau wie der dritte Teil *Rudelfänger* und der vierte Teil *Rudeljagd* unabhängig voneinander zu lesen.

In *Die Todestherapie* ermitteln Lukas Sommer und Robert Drosten zum ersten Mal für eine neue Polizeibehörde namens KEG (Kriminalermittlungstaktische Einsatzgruppe). *Der Wundennäher*, *Der Schädelbrecher*, *Blut und Zorn*, *Die TodesApp*, *Muttertränen* und *Todesschimmer* setzen diese Zusammenarbeit fort. In *Vaters Rache* stößt die Oberkommissarin Verena Kraft zum Team hinzu. *Rachekrieger*, *Der Geisterfahrer*, *Nesthäkchens Schrei*, *Bittere Brut*, *Tödlicher Fake*, *Schreikind*, *Eiskalte Reue*, *Der Schattenbringer*, *Der Mädchenpflücker*, *Feuerqual*, *Totgeschlagen*, *Böser Sandmann* und *Der Blutmaler* setzen die Reihe fort. Der Thriller Der Wundennäher war 2018 Finalist beim Kindle Storyteller Award.

Außerdem hat er mit *So tief der Schmerz*, *Kein letzter Blick*, *Wundenherz*, *Zu viel gesehen* und *Zwischen den Seiten* eine Reihe um den Personenfahnder Till Buchinger gestartet.

ÜBER DAS BUCH

Fassungslos schaut die Journalistin Eva Haller auf die Lieferung, die der Galerist in ihrem Beisein öffnet. Ein Unbekannter hat der Galerie nicht nur vier bedrohliche Gemälde geschickt, sondern auch das Foto einer weiblichen Leiche. In einem Brief kündigt der Absender weitere Lieferungen an.

Schnell findet das Team um die Hauptkommissare Lukas Sommer und Robert Drosten heraus, dass der Maler Blut benutzt, um seine Kunstwerke zu vollenden. Unter Zeitdruck versuchen die Polizisten, eine Spur zum Blutmaler zu finden, denn er hat bereits das nächste Opfer entführt. Ohne sich gegen ihn wehren zu können, liegt eine junge Frau von der Außenwelt abgeschnitten in einem dunklen Zimmer und wartet auf ihren Peiniger. Er wird ihr erneut in die Vene stechen … und noch viel schlimmere Qualen zufügen.

Der Blutmaler: Thriller

1. Auflage, Januar 2022

Covergestaltung: © cover.artwize.de

Lektorat: Ruggero Leò
Korrektorat: Kirsten Wendt

Herausgeber:
Marcus Hünnebeck
Heimweg 6, 20148 Hamburg

ISBN der Druckausgabe: 979-8404747676

1

Ihr Lachen riss ihn aus dem Schlaf. Er presste sich die Hände auf die Ohren, obwohl er dem Traum schon entflohen war. Trotzdem hallte ihre Stimme in ihm nach. *Du bist ein Nichts*, verspottete sie ihn.

Er tastete nach dem Lichtschalter. »Ich hab's dir bewiesen. Du hattest Unrecht! Ich hab's allen bewiesen.« Er wischte sich übers Gesicht, um den Albtraum endgültig abzuschütteln. Wie sehr er ihr verächtliches Lachen gehasst hatte. Aber er hatte zuletzt gelacht. Als er ihr Zimmer betreten und sie mit offenen, an die Decke stierenden Augen vorgefunden hatte, hatte er sein höhnisches Gelächter nicht zurückhalten können.

Sie war tot, er hingegen lebte noch.

Von seiner Geburt an hatte sie ihm das Leben zur Hölle gemacht, doch am Ende hatte sie ihn loslassen müssen. Nachdem er sich seit ihrem Schlaganfall für die jahrelangen Demütigungen revanchiert hatte.

Und wie er das getan hatte!

Er schlug die Bettdecke zurück und setzte sich auf. Zweifel nagten an ihm. Hatte er es wirklich schon allen bewiesen, oder müsste er mehr dafür tun? Es gab so viel zu erledigen. Irgendwann würde die Welt seinen Künstlernamen mit Respekt aussprechen. Angst vor seinem neuesten Werk haben und es gleichzeitig nicht erwarten können, wann er das nächste Lebenszeichen von sich gäbe.

Er gluckste amüsiert.

Lebenszeichen.

Kein sehr zutreffender Begriff. *Todeszeichen* würde es besser umschreiben.

Er erhob sich und schlurfte ins Wohnzimmer. Auf dem Couchtisch stand das halb volle Glas Rotwein, daneben die geleerte Flasche. Er ließ sich auf die Couch fallen. Durchs Fenster betrachtete er die nächtlichen Lichter seiner Umgebung. Sie beruhigten ihn, weil sie ihm von vielen durchwachten Nächten vertraut waren.

Wann wäre der richtige Zeitpunkt für sein Vorhaben?

Nachdenklich griff er zum Glas und nippte daran. Da er die Heizung gestern Abend nicht eingeschaltet hatte, war der Wein nicht zu warm. Er leerte den Rest in einem Zug. In seinem Bauch rumorte es. Er stand auf und trat ans Fenster. Die Scheiben der parkenden Autos waren zugefroren. Für den Tag war kaltes Wetter angesagt, ohne Sonnenschein, aber auch ohne Schneeregen. Wie so oft in diesem Winter. Kein Wunder, dass ihn trübe Gedanken quälten. Mit einem kurzen Umweg übers Badezimmer ging er zurück ins Bett. Er kuschelte sich in die Decke ein, schaltete das Licht aus und starrte ins Dunkle. Erneut hörte er die Stimme seiner Mutter.

Du bist die größte Enttäuschung meines Lebens.

»Ich war der Einzige, der für dich da war!«, erwiderte er. »Niemand sonst!«

Sein Puls beschleunigte sich. Wieso hatte er es ihr nie

recht machen können? Warum hatte sie immer an ihm herumgenörgelt? Zumindest, solange sie noch klare Sätze sprechen konnte.

»Das war nach deinem Schlaganfall vorbei.« Er erinnerte sich an den Moment, als er sie in das neue Pflegebett gelegt hatte. Anfangs hatte ihn eine Krankenpflegerin unterstützt, die er schnell davon überzeugt hatte, dass er mit den veränderten Umständen auch ohne Hilfe zurechtkäme. Denn um sich an Mutter rächen zu können, hatte er mit ihr allein sein müssen.

»Danach haben wir es uns richtig schön gemacht, nicht wahr?«

Ihr wehrloser Zustand hatte ihm in die Hände gespielt. Sie konnte niemandem erzählen, was zwischen Mutter und Sohn vorfiel. Genauso wenig wie er in den Jahren zuvor jemanden ins Vertrauen gezogen hatte, um sich über ihre Erniedrigungen zu beschweren.

Manchmal musste man einfach nur lange genug warten, bis sich das Schicksal von ganz allein wendete.

Er stöhnte und schlug die Bettdecke zurück. Erneut schaltete er das Licht ein. Es hatte keinen Sinn. An Schlaf war in den nächsten Stunden nicht zu denken. Also konnte er die Zeit im Schutz der Dunkelheit sinnvoll für sein aktuelles Projekt nutzen, obwohl er den Schlussakt eigentlich hinauszögern wollte.

»Ich bin gleich bei dir, Baby«, flüsterte er.

Aus seinem Schrank holte er einen schwarzen Pullover. Dann schlüpfte er in die dunkle Jeans und zog sich zuletzt Schuhe über. Das würde eine lange, befriedigende Nacht werden.

* * *

Er blieb im Dunkeln vor der Wohnungstür stehen und lauschte. Keine Geräusche im Haus. Alle Nachbarn schienen zu schlafen. Vorsichtig führte er den Schlüssel ins Schloss ein, wartete und drehte ihn behutsam um. Klackend sprang die Haustür auf.

Nicht wach werden!, beschwor er sie. *Erst wenn ich in deinem Zimmer stehe.*

Lautlos schloss er die Tür. Er schaltete die kleine Taschenlampe ein, um nicht versehentlich zu stolpern. Sein Weg führte ihn nicht gleich zur hoffentlich noch schlafenden Prinzessin. Bis er in der passenden Stimmung wäre, würden ein paar Minuten vergehen. Als Künstler konnte er nicht einfach den Schalter umlegen. Er musste auf den richtigen Augenblick warten, um sein Werk zu perfektionieren.

Er betrat den Raum, in dem er hauptsächlich arbeitete. Leise schloss er die Tür und schaltete die Deckenlampe an. Da an den Fenstern die Außenjalousien heruntergelassen waren, würde ihn niemand beobachten oder sich über das Licht mitten in der Nacht wundern. Mit gewisser Vorfreude betrachtete er die vier Leinwände, die jeweils auf dreibeinigen Ständern aufgestellt waren. Nur eine war nicht mit einem weißen Tuch abgedeckt, denn sie war noch unbenutzt.

Er nahm die Tücher ab. Fast kam es ihm so vor, als würde er Leichen aufdecken. Er lächelte. Endlich war die Stimme verstummt. In dieser Wohnung konnte er sie viel besser ausblenden – was eigentlich ein Wunder war.

Er konzentrierte sich auf die Bilder. Mit diesem Zyklus gelänge es ihm garantiert, Aufmerksamkeit zu erregen. Jeder Zyklus, den er in Zukunft malte, würde die Namen der Frauen tragen, die ihn dazu inspiriert hatten.

Wie ein Lehrer trat er vor die einzelnen Gemälde und

inspizierte sie genau. Waren ihm Fehler unterlaufen, die seine Chancen verringern könnten? Egal, wie kritisch er sie betrachtete, er fand keine. Es war an der Zeit, den Zyklus zu beenden.

Er trat an einen Holztisch mit seinen Utensilien. Nun dürfte die Prinzessin wach werden. Pinsel und Farbpalette lagen bereit. Wie die anderen Gemälde würde er auch dieses hauptsächlich in Rot gestalten.

»Bist du so weit, Baby?«, flüsterte er.

Er nahm die Fernbedienung, verließ den Raum und ging bis zu der Tür, hinter der seine Muse auf ihn wartete. Diesmal gab er sich keine Mühe, lautlos zu sein. Er öffnete die Zimmertür und drückte eine Taste auf der Fernbedienung. Eine Stehlampe sprang an und tauchte den Raum in warmes Licht. Die Frau, die er seit einigen Wochen gefangen hielt, starrte ihn an.

»Guten Morgen, Prinzessin.«

Er schloss die Tür. Der Raum war schalldicht isoliert. Zwar knebelte er sie gelegentlich, meist jedoch nur, um sie zu bestrafen. Aus diesem Zimmer würden bei geschlossener Tür keine Geräusche in den Hausflur dringen.

»Ich habe Durst«, sagte sie leise.

»Glück für dich, dass ich nicht schlafen konnte. Frühstück gibt's erst in ein paar Stunden. Da hättest du lange warten können.«

»Bitte.«

Er ging in eine Ecke des Raums, in der Wasserflaschen gestapelt waren. Mit einer Flasche kehrte er an ihr Bett zurück, hob ihren Kopf an und ließ sie trinken.

»Denk dran. Kleine Schlucke sind besser für dich.«

Immer, wenn er sie versorgte, musste er an seine Mutter denken. Sie hatte genauso hilflos in diesem Bett gelegen. Allerdings ohne die Handschellen und Fußketten, die seinen Gast ans Bett fesselten.

»Du kannst so froh sein«, sagte er, als er die Flasche zuschraubte. »Hätte ich kein Pflegebett, müsstest du auf einer Matratze liegen, die Hände über dem Kopf irgendwo festgebunden.«

Zu Beginn ihrer Gefangenschaft hätte sein Vögelchen mit einer schnippischen Bemerkung reagiert. Doch diese Zeiten lagen schon eine Weile hinter ihnen. Ihr Kampfeswille war längst erloschen.

»Ich mache dich jetzt sauber. Danach darfst du dich erkenntlich zeigen.«

Er zog ihr die Decke vom Körper. Außer einer Erwachsenenwindel trug sie nichts am Leib. Er öffnete den Klettverschluss und löste ihn.

»Nur für kleine Mädchen gemacht. Braves Ding! Ich bin gleich wieder da.«

Mit der Windel ging er ins angrenzende Badezimmer, wo er sie in einem Eimer entsorgte. Aus einem Wandregal nahm er einen frischen Waschlappen und ließ Wasser ins Waschbecken einlaufen. Er tauchte den Lappen unter und wrang ihn aus. Zurück am Bett begann er, ihren Körper vom Gesicht an abwärts zu säubern.

»Mutter hat das immer als sehr unangenehm empfunden«, erinnerte er sich. »Es war schwierig, sie unter die Dusche zu stellen, deswegen habe ich sie meistens gewaschen.« Er kicherte bei dieser Erinnerung. »Kannst du dir vorstellen, welche Regionen sie besonders schlimm fand?« Er rieb mit dem Waschlappen über eine ihrer Brüste und schaute ihr in die Augen. »Du findest das auch nicht angenehm, das seh ich dir an. Aber natürlich ist es das hier noch schlimmer.« Seine Hand glitt zu ihrem Unterleib. »Dabei ist das die Stelle, der ich mich am gründlichsten widmen muss, weil du wie ein Baby in die Windel machst.«

Er rieb den Lappen auf und ab. Sie schloss die Augen. Sofort kniff er ihr in die Lende. »Du weißt, ich muss dir dabei in die Augen sehen.«

Sie reagierte wie gewünscht, und zur Belohnung reduzierte er den Druck.

»Wundervoll«, sagte er leise. »Mir gefällt es, wenn unsere Blicke ineinander versinken.«

Zügig wusch er auch den Rest ihres Körpers. Er hatte sich in die richtige Stimmung hineingesteigert, um an die Leinwand treten zu können. Also ging er rasch ins Bad, in dem er die Utensilien für den nächsten Schritt aufbewahrte. In der Nierenschale lagen der Stauschlauch, das Desinfektionsmittel, der keimarme Tupfer, die Untersuchungshandschuhe, die Injektionsnadeln, die Blutentnahmeröhrchen, der stichfeste Behälter und ein rundes Pflaster.

Sie schaute ihn mit großen Augen an. »Muss das schon wieder sein? Mir tut der Arm von den ganzen Einstichen weh.«

Kalt erwiderte er ihren Blick. »Willst du dich beschweren? Ich bin halt kein Krankenpfleger. Blut abnehmen ist nicht so leicht, wie du dir das vorstellst. Deine Venen sind nicht die besten. Das ist ja nicht meine Schuld.«

Er streifte die Handschuhe über, zog den Schlauch fest um ihren Arm und staute den Blutfluss.

»Mach eine Faust, und halt dann still. Je mehr du zappelst, desto schwieriger wird es für mich. Du bist diejenige, die darunter leidet.« Er sprühte etwas von dem Desinfektionsmittel auf die Haut, tastete noch einmal nach der Vene und stach hinein. Diesmal klappte es auf Anhieb, und das Blut floss sofort in das Entnahmeröhrchen.

»Wer sagt's denn?«, sagte er erfreut. »Läuft wie geschmiert.« Er lachte. Insgesamt füllte er zwei Röhrchen. »Das wird hoffentlich reichen.« Er bedeckte die kleine Einstichstelle mit einem Pflaster. »Wärst du nicht gefesselt, würde ich dir raten, zwei oder drei Minuten aufs Pflaster zu drücken. Ist bloß leider nicht möglich.« Wieder gackerte er gehässig. Dann wandte er sich ab und brachte die Utensilien zurück ins Badezimmer, wo er die Handschuhe auszog und in den Mülleimer warf.

»Ich ziehe dir keine neue Windel an«, erklärte er ihr. »Du solltest also besser nicht pinkeln. Sonst liegst du in einem nassen Bett. Mir ist das egal. Wechseln werde ich die Bettwäsche noch lange nicht. Wenn ich mit meiner Arbeit fertig bin, komme ich zu dir zurück und gebe dir deine wohlverdiente Belohnung. Aber bestimmt hättest du gern eine kleine Anzahlung, oder?«

Er küsste ihre Vulva und kniff ihr gleichzeitig in eine Brustwarze. Dabei erschauerte er vor Vergnügen.

»Können Sie mich bitte zudecken?«

Er überlegte, ob er ihr den Wunsch erfüllen sollte.

»Nein«, sagte er schließlich. »Ich mag es einfach zu sehr, diesen Raum zu betreten und dich in voller Pracht zu bewundern. Das bringt mich gleich in die richtige Stimmung.«

Durch diese kleine Gehässigkeit lernte sie hoffentlich, selbst einen so banalen Gegenstand wie eine Decke nicht als Selbstverständlichkeit zu betrachten.

»Was auch immer ihr das noch bringen soll«, flüsterte er, nachdem er die Tür geschlossen hatte. Denn eins stand fest: Ihre gemeinsame Zeit würde schon bald enden.

Er drückte die Taste auf der Fernbedienung. Sollte sie ruhig die nächsten Stunden frierend im Dunkeln liegen, ehe er sie mit seinen Händen aufwärmen würde. Zuerst musste er allerdings seine Arbeit erledigen.

Im Atelier legte er die Röhrchen mit ihrem Blut beiseite. Er würde mit normaler Ölfarbe beginnen, bevor er das Blut als besondere Zutat verwendete. Um ganz einsinken zu können, setzte er sich die geräuschunterdrückenden Kopfhörer auf und startete den angeschlossenen Musikplayer. Dann trat er vor die jungfräuliche Leinwand. Er hatte eine genaue Vorstellung, wie er diesen Zyklus zu einem effektvollen Ende bringen würde. Hoffentlich reichten die beiden Röhrchen dafür. Wenn er sie das nächste Mal im Pflegezimmer besuchte, wollte er ihr nicht noch einmal Blut abnehmen – so sehr er den Vorgang auch mochte. Stattdessen wollte er sie mit seiner Zunge verwöhnen und sich dabei mit einer Hand unter dem Bett Erleichterung verschaffen. Vielleicht zum letzten Mal, denn mit der Fertigstellung des vierten Gemäldes wäre es nicht länger nötig, sie als Gast zu beherbergen.

In Gedanken malte er sich aus, sie zu erwürgen. Er würde hinter das Kopfteil des Bettes treten und ihr ein Seil um die Kehle schlingen. Sie zu erdrosseln, würde nicht lange dauern, und falls sie sich im Moment des Todes entleerte, würde die Windel ihre Exkremente auffangen.

Er tunkte den Pinsel in die schwarze Ölfarbe. Das vierte Gemälde sollte wie die abstrakte Version einer Beileidskarte wirken. Deswegen malte er einen schwarzen Rahmen, den er anschließend verwischte. »Ein guter

Anfang«, lobte er sich selbst. Die Musik überdeckte alles, was seine Mutter an dieser Stelle zu sagen gehabt hätte. Selbstlob war in ihren Augen eine Sünde.

»Du bist tot«, flüsterte er, ohne sich darüber vollständig bewusst zu sein. »Tot wie mein Gast bald sein wird.«

2

Das Schild über dem Eingang verspottete ihn jeden Morgen. *Galerie Deville – gegründet 1923.*

Das klang nach einer ruhmreichen Geschichte, aber Valerian Deville wusste es besser. In vielen Jahrzehnten hatte niemand aus seiner Familie nennenswertes Vermögen mit den ausgestellten Kunstwerken verdient. Trotzdem erwartete die Frankfurter Gesellschaft, dass er zum hundertsten Jubiläum ein ganz besonderes Event auf die Beine stellte. Er hingegen wäre schon froh, wenn er nicht wenige Monate vor diesem runden Geburtstag Insolvenz anmelden müsste. Der Ehrentag könnte der Galerie den dringend benötigten Aufschwung geben. Aber es reichte nicht, einfach aufs nächste Jahr zu warten. Ohne Eigeninitiative wäre die Kunsthandlung so tot wie alle Familienmitglieder vor ihm, die früher das Geschäft geleitet hatten.

Seufzend schloss Deville das Ladenlokal auf. Es war zwanzig nach acht morgens. Seine Praktikantin Nora käme frühestens in einer halben Stunde. Die Kölner Journalistin hatte sich für elf Uhr angekündigt. Hoffentlich ging bei dem Termin alles so glatt, wie er sich das vorstellte. Ein positiver Artikel und ein Interview mit dem Geschäftsführer neunundneunzig Jahre nach Galeriegründung könnten den Beginn der Trendwende bedeuten.

Er verschloss die Tür von innen, drehte die Uhr auf dem Öffnungsschild auf zwölf und hängte es an die Glasscheibe. Wahrscheinlich war das nicht notwendig, denn nur äußerst selten verirrte sich ein Besucher bereits vormittags in ihre Räumlichkeiten. Aber das musste er der Journalistin ja nicht auf die Nase binden. In aller Ruhe prüfte er, ob die Putzkolonne am Samstagabend gute Arbeit geleistet hatte. Zufrieden ging er durch die Räume, ohne einen Grund zur Beanstandung zu finden. Als nächstes galt sein Augenmerk den ausgestellten Gemälden. Insgesamt hingen dreiundzwanzig gerahmte Bilder an den Wänden der Galerie. Nur an zwei von ihnen klebte der rote Punkt, der signalisierte, dass sie bereits verkauft waren. Drei weitere Gemälde waren mit einem orangenen Aufkleber versehen, da Interessenten vor dem Kauf um Bedenkzeit gebeten hatten. Keine gute Quote. Deville ging in sein Büro und öffnete eine Schublade seines Schreibtisches. Er holte die gelben Klebepunkte heraus. Kunst hatte viel mit Illusion zu tun. Deswegen tummelten sich zahlreiche Betrüger in diesem Metier. Je besser man vorgab, erfolgreich zu sein, desto erfolgreicher wurde man auch – fast wie eine selbsterfüllende Prophezeiung. Vielleicht hatte er für diese Art von Täuschung nicht genug Talent. Genauso wenig wie seine Vorfahren. Deville ging zurück in die Ausstellungsräume und klebte drei weitere gelbe Aufkleber an die Schilder neben den Gemälden. Er verteilte sie gleichmäßig, damit es so aussah, als würden alle von ihm präsentierten Künstler zahlungskräftige Besucher anziehen.

Zurück in seinem Büro startete er den Computer und legte die Klebepunkte wieder in den Schreibtisch. Er überprüfte den E-Mail-Eingang. Übers Wochenende waren keine wichtigen Nachrichten eingegangen. Danach prüfte er den Geschäftskontostand und schüttelte frustriert den Kopf. Die genehmigte Kreditlinie hatte er bereits zu siebzig Prozent ausgereizt. Allein in den letzten drei Monaten waren achttausend Euro neue Verbindlichkeiten hinzugekommen. Entweder gelänge ihm eine Trendwende, oder die Galerie müsste spätestens im Herbst schließen.

»Hallo, Herr Deville«, erklang vom Eingang eine Stimme.

»Guten Morgen, Nora. Ich bin in meinem Büro.« Rasch schloss er die Seite mit den Geschäftskonten, auf die seine Praktikantin keinen Zugriff hatte. Sie musste nicht wissen, wie es um die Galerie bestellt war.

Nora tauchte im Türrahmen auf und entblößte ihre wundervollen weißen Zähne zu einem Lächeln. »Guten Morgen! Ich bin extra ein paar Minuten früher gekommen, damit wir Zeit für eine Besprechung haben.«

»Vorbildlich. Zieh in aller Ruhe deinen Mantel aus, und dann mach mir gern einen doppelten Espresso.«

»Wird erledigt.«

Sie wandte sich von ihm ab. Sehnsuchtsvoll schaute er ihr hinterher. Er hatte die junge Kunststudentin aus zwei Gründen für das Praktikum ausgewählt. In allererster Linie wegen ihres fantastischen Aussehens. Nora war eine bildhübsche, einundzwanzigjährige Frau, die einen Künstler als Muse inspirieren könnte. Oft stellte er sich vor, sie nackt auf einem weißen Bettlaken bewundern zu dürfen. Ihre langen, blonden Haare, ihr athletischer Körper und das makellose Gesicht ergaben ein harmonisches Gesamtbild, das man täglich in Öl oder auf einem Foto festhalten sollte. Irgendwann würde das Alter auch an ihr Spuren hinterlassen – noch war sie zum Glück weit davon entfernt. Der zweite Grund, sie als Praktikantin einzustellen, war ihre Bezahlung. Praktikanten waren vom Mindestlohn ausgeschlossen. Er zahlte ihr sieben Euro für jede volle Stunde. Nicht viel, doch konnte sie dadurch ihr Studium finanzieren, und er ließ ihr gerade zu Klausurzeiten freie Hand, was die Planung der Arbeitstage anbelangte. Außerdem würde er ihr am Ende der einjährigen Praktikumszeit ein so gutes Zeugnis schreiben, dass sie damit beste Chancen für zukünftige Bewerbungen hätte.

Aus der Küche drangen die Geräusche des Kaffeeautomaten an sein Ohr. Deville räusperte sich. Er musste wieder ans Geschäftliche denken und sich nicht unerfüllten Träumen hingeben. Nora hatte ihm in den Monaten der Zusammenarbeit kein einziges Signal gesendet, Interesse an ihm als Mann zu haben. Bedauerlich, aber nicht zu ändern.

Mit einer Espressotasse kam sie zu ihm. Dem heutigen Anlass angemessen, trug sie ein silberfarbenes Etuikleid, das ihre Figur betonte, dazu eine blickdichte schwarze Strumpfhose und Schuhe mit hohen Absätzen.

»Du siehst sehr elegant aus«, lobte er sie.

»Danke schön. Ich hab mir das Kleid für die letztjährige Silvestergala gekauft. Irgendwie fand ich das passend für heute. Der graue Anzug steht Ihnen ebenfalls ausgezeichnet.« Sie stellte die Tasse auf den Schreibtisch.

Er nippte an dem Kaffee. »Danke«, sagte er. »Lass uns über den Ablauf reden. Frau Haller hat sich für elf

Uhr angekündigt. Ich werde ihr unsere Ausstellungsstücke präsentieren und mich danach mit ihr in mein Büro zurückziehen. Am späten Vormittag soll noch ein Gemälde für die Vernissage in drei Wochen geliefert werden. Zumindest behauptet das meine App von UPS. Nimmst du das Paket bitte entgegen?«

»Ein großes Bild?«, fragte Nora.

»Nein. Die großen Gemälde hängen schon alle an den Wänden oder sind im Lager.«

»Soll ich die Lieferung zu Ihnen ins Büro bringen, während Frau Haller bei Ihnen ist?«

Er überlegte kurz und schüttelte dann den Kopf. »Je nach Gesprächsverlauf erkundige ich mich bei dir, ob die erwartete Lieferung eingetroffen ist. Ich mache das von Hallers Reaktion abhängig, ob du uns das Paket bringst. Jetzt könntest du erst einmal zur Bäckerei gehen und ein paar Leckereien besorgen.« Aus seinem Portemonnaie gab er ihr zwanzig Euro. »Entschuldige, dass ich dich für so einen Lieferdienst ausnutze.«

»Das macht nichts.«

»Wie war dein Wochenende? Das war übrigens unaufmerksam von mir, dich nicht sofort danach zu fragen.«

»Kein Problem. Sie haben Wichtigeres im Kopf. Ich war am Samstag mit Freundinnen feiern.« Sie lächelte. »War sehr amüsant. Und Ihr Wochenende?«

Er glaubte an ihrem Lächeln zu sehen, wieso ihr das Feiern so gut gefallen hatte. Bestimmt war ihr ein attraktiver Kerl über den Weg gelaufen, den sie vernascht hatte. Deville spürte den Stachel des Neids in seinem Herzen.

»Ruhig«, antwortete er. »Ich habe schlecht geschlafen. Zu viel Wein getrunken.« Er zuckte mit den Achseln. »Die Vernissage ist verdammt wichtig. Ich hoffe, die Journalistin heizt das Interesse dafür an. Falls der Artikel rechtzeitig erscheint.«

»Das klappt bestimmt. Ich gehe schnell zur Bäckerei und bin gleich wieder da.« Nora wandte sich von ihm ab.

* * *

Deville musterte heimlich die attraktive Journalistin Eva Haller, die sich Notizen machte. Nach einigen einleitenden Worten hatten sie über Kunst als Anlageobjekte gesprochen. Haller war gut vorbereitet. Sie hatte aus dem Kopf mehrere Auktionen nennen können, bei denen Gemälde verschiedener Künstler zu schier unglaublichen Preisen versteigert worden waren.

»Wie wichtig sind Vernissagen für Sie?«, fragte sie.

»Kaum in Worte zu fassen. Es ist ja nicht nur die Vernissage, die das Interesse an einem Künstler anheizt. Sondern auch anschließende Medienberichte oder Mund-zu-Mund-Propaganda. Oft kommen Interessenten zu uns, weil sie von Freunden von den ausgestellten Objekten erfahren haben. Und diese Freunde waren vorher auf der Vernissage.«

»Und am Abend einer solchen Veranstaltung?«, hakte Haller nach. »Wann sprechen Sie von einem erfolgreichen Verlauf?«

»Dazu reicht manchmal schon ein einziges verkauftes Bild. Hängt vom Preis ab.«

Haller notierte seine Antwort. »Wer legt die Verkaufspreise fest? Der Künstler?«

Deville lächelte. »Künstler haben oft eine überzogene Vorstellung. Im persönlichen Gespräch gelingt es mir meist, den veranschlagten Betrag auf ein realistischeres

Niveau zu senken. Andere Künstler bitten von vornherein um meine Einschätzung.«

»Haben Sie das letzte Wort?«

»Nein. Das steht dem Urheber zu. Ich verzichte allenfalls auf eine Zusammenarbeit, falls sich mein Verhandlungspartner überschätzt und nicht davon abbringen lässt. Der Platz in meiner Galerie ist begrenzt. Bilder zu Mondpreisen auszustellen, bringt mir nichts.«

Jemand klingelte an der Eingangstür.

»Sie können ruhig öffnen«, sagte Haller.

»Darum kümmert sich meine Mitarbeiterin«, erwiderte Deville. »Vielleicht haben Sie Glück. Ich erwarte für die nächste Vernissage noch ein Gemälde des Künstlers. Ist das ein gutes Motiv für Sie, wenn Sie mich fotografieren, während ich auspacke?« Er deutete auf ihre Kamera.

»Das könnten wir probieren. Die Entscheidung, welche Fotos abgedruckt werden, liegt beim Auftraggeber.«

»Herr Deville?«, erklang Noras Stimme. »Haben Sie kurz Zeit?«

Nur mühsam unterdrückte Deville ein Augenrollen. »Entschuldigen Sie bitte«, sagte er zu der Kölner Journalistin. Er erhob sich und verließ sein Büro. Im Eingangsbereich stand ein überdimensionales Paket. »Was ist das?«, fragte er irritiert.

Haller folgte ihm, ihre Kamera in der Hand.

»Eine Lieferung. Hatten Sie nicht gesagt, wir würden heute nur ein kleines Bild für die Vernissage erwarten?«

»Tun wir auch. Wer ist der Absender?«

Nora prüfte den Paketaufkleber. »E. L. Lived. Haben wir diesen Künstler unter Vertrag? Mir sagt der Name nichts.«

Deville runzelte die Stirn. »Das ist mein Name rückwärts geschrieben.«

»Oh«, entfuhr es Nora. »Wo Sie es sagen!«

»Bringen Sie ein Messer! Mal gucken, was das ist.«

Die Praktikantin eilte in ihr Büro und kehrte mit einem Teppichmesser zurück. Er nahm es ihr ab und durchtrennte die Klebefolie.

»Ich glaube, ich verzichte auf Fotos, bis Sie wissen, was man Ihnen zugeschickt hat«, schlug Haller vor.

Deville nickte zustimmend. Er klappte das Paket auf und zog zunächst die Luftpolsterung heraus. Darunter entdeckte er ein Gemälde. »Nora, hältst du bitte das Paket fest?«

Sie kniete sich zu ihm und umklammerte die Kartonage. Deville holte das Gemälde heraus, unter dem wieder ein Luftpolster lag.

»Das ist definitiv keiner meiner Künstler«, sagte er.

»Ist das eine Bewerbung?«, spekulierte Haller.

»Künstler schicken uns Fotos ihrer Arbeiten per E-Mail, wenn sie Kontakt zu uns suchen. Schon allein aus Kostengründen.« Er lehnte das Gemälde an eine Wand. »Mal sehen, was uns in dem Paket noch erwartet. Das scheint nicht das einzige Werk zu sein.«

Nacheinander entnahm er drei weitere Gemälde, die ganz offensichtlich zu einem Zyklus gehörten. Er stellte sie an die Wand.

»Der aufgemalte schwarze Rahmen des vierten Bilds erinnert mich an eine Beileidskarte«, sagte Haller.

Deville musterte die Gemälde und nickte zustimmend.

»In dem Paket liegt noch ein Briefumschlag«, merkte Nora an.

»Schon gesehen. Darum kümmere ich mich gleich.«

Deville konnte den Blick nicht von den Bildern abwenden. Die rote Farbe dominierte, doch im Gegensatz zu den anderen Ölfarben war sie nicht so dick aufgetragen. Als ob der Künstler sie verdünnt hätte. Oder war das gar kein Öl?

Er nahm den Briefumschlag und tastete ihn ab. »Ich glaube, da steckt ein zweiter Umschlag drin.«

»Auf der Rückseite steht etwas«, sagte Nora.

Er wendete den Brief. In schwarzen Großbuchstaben stand dort die Frage: **IST DAS SPEKTAKULÄR GENUG?**

Deville runzelte die Stirn.

»Damit verbinden Sie etwas«, stellte Haller fest.

Deville zögerte. »Wenn sich Künstler bei mir bewerben, gehört das zu meinen Auswahlkriterien. Gemälde müssen spektakulär sein, um mein Interesse zu wecken. Gutes Handwerk allein reicht mir nicht. Kunst muss beim Betrachter Emotionen auslösen.« Er schaute zu den Gemälden. »Das da«, sagte er und deutete zur Wand, »ist düster. Ihr Vergleich mit der Beileidsbekundung ist zutreffend, Frau Haller. Das linke Bild könnte die abstrakte Darstellung eines frisch ausgehobenen Grabs sein. Mir scheint, der Zyklus beschäftigt sich mit dem Tod. Mit einem roten Sarg. Düsternis ist kein schlechtes Motiv. Allerdings finde ich die Gemälde handwerklich verbesserungswürdig. Mal gucken, was mir der Urheber geschrieben hat.«

Er ritzte mit dem Teppichmesser den Umschlag auf und ließ einen weiteren Brief und ein beschriebenes Blatt Papier herausgleiten. Haller fing die Nachricht auf.

»Ist das spektakulär genug?«, las sie laut vor. »Falls nicht, dann sei auf weitere Lieferungen gespannt. Es geht so lange weiter, bis du mich ausstellst. Was hältst du übrigens von Gemälden, die mit Blut gemalt sind?« Haller suchte seinen Blick. »Ich habe ein ungutes Gefühl«, bekannte sie.

»Ich auch.« Deville schaute zu den Bildern. »Ist das wirklich Blut?« Er trennte den zweiten Briefumschlag auf. »Ein Foto.« Er zog es heraus. »Oh mein Gott!« Er ließ das Bild los und wischte sich die Hände ab. »Oh mein Gott«, wiederholte er fassungslos und schloss die Augen. Doch der Anblick der toten Frau, die am Körper nichts außer einer Windel trug, hatte sich bereits in ihm eingebrannt. Genau wie die roten Striemen an ihrem Hals.

»Sie müssen die Polizei alarmieren«, sagte Haller.

»Ja«, stöhnte Deville leise.

3

Eva Haller saß nach einem langen Tag in ihrem Auto. Sie hatte ihren Lebensgefährten Stefan Trapp angerufen und ihm von dem Erlebnis in der Galerie sowie ihrem Vorhaben berichtet. Stefan hatte ihr sofort grünes Licht erteilt. Sein Angebot, zu ihr nach Frankfurt zu kommen, erachtete sie als unnötig. Es gab keinen Anhaltspunkt dafür, dass sie in Gefahr schwebte.

Aus der Kontaktliste des Handys suchte sie nach Robert Drostens Nummer und wählte sie.

»Hallo, Frau Haller«, begrüßte Drosten sie nach wenigen Sekunden Freizeichen.

»Hallo, Herr Drosten. Ich bin gerade in Frankfurt, und mich würde Ihre Meinung interessieren. Hier ist etwas Beunruhigendes passiert.«

»Ich bin ganz Ohr.«

Haller fasste zunächst kurz den Grund ihres Aufenthalts in Frankfurt zusammen und erzählte dann, was während des Gesprächs mit dem Galeristen geschehen war.

»Er hat die Polizei gerufen. Zwei Hauptkommissare

des Kriminalkommissariats waren ziemlich schnell da. Möker und Prabel. Sagen Ihnen die Namen was?«

»Nein«, erwiderte Drosten. »Lukas kennt die vielleicht, der hat aufgrund seiner Vergangenheit mehr Schnittstellen zur Frankfurter Polizei. Mit den beiden hatte ich noch nicht zu tun.«

»Schade. Die haben uns voneinander getrennt und wollten Einzelheiten wissen. Waren nicht wirklich freundlich. Sie haben mir auch gesagt, dass ich mit niemandem darüber sprechen und schon gar nichts veröffentlichen darf. Aber ich denke, die können mir keinen Strick daraus drehen, dass ich mit Ihnen rede, oder?«

»Ich würde mich für Sie einsetzen.«

»Da ist noch was. Bevor die Polizisten ankamen, habe ich Fotos gemacht. Hauptkommissar Möker war klug genug, mich aufzufordern, die Bilder zu löschen. Aber seine Frage, ob ich die Dateien auch in einer Cloud gespeichert habe ...«

»... haben Sie verneint.« Drosten lachte gutmütig. »Inzwischen kennen wir uns ziemlich gut, oder? Könnten Sie mir die Fotos zusenden?«

»Einen kleinen Moment.« Haller schaltete den Lautsprecher ein, griff auf die Dateien ihrer Cloud zu und schickte Drosten die Bilder.

»Das gefällt mir gar nicht«, brummte der nach einer Weile. »Haben Sie Lust, heute Abend zu mir nach Hause zu kommen? Lukas und Verena würde ich ebenfalls dazu bitten, falls die Zeit haben. Und meine Frau würde sich freuen, Sie wiederzusehen.«

»Gerne.«

* * *

»Mit Hauptkommissar Möker hatte ich früher ein paarmal zu tun«, erinnerte sich Lukas Sommer.

Sie saßen zu viert in Drostens Arbeitszimmer. Eva Haller hatte noch einmal ausführlich erzählt, was in der Galerie passiert war, und dabei Details genannt, die auch Drosten neu waren.

»Möker ist ein guter Ermittler«, fuhr Sommer fort. »Ihm fehlt bloß das Fingerspitzengefühl im Umgang mit Zeugen.«

Haller nickte. »Genau mein Eindruck.«

»Prabel sagt mir gar nichts. Möglicherweise jemand Neues, denn eigentlich kenne ich fast alle Frankfurter Kriminalhauptkommissare. Mökers früherer Partner hieß anders.«

»Wenn wir Kontakt zu den Kollegen aufnehmen, lassen wir Ihren Namen erst mal außen vor«, sagte Drosten zu Haller. »Wir können von dem Vorfall auch über unsere Kanäle erfahren haben.«

»Und selbst wenn Sie ins Spiel kommen«, ergänzte Kraft, »ist die Aufforderung der Kollegen, darüber zu schweigen, eher eine Bitte als ein Befehl.«

»Alles gut«, stellte Haller fest. »Als Journalistin bin ich es gewohnt, gegebenenfalls die Karte der Pressefreiheit aufzudecken. Was mich beunruhigt, sind die Gemälde und das Foto der Leiche. Ich bin keine Kunstexpertin, aber die rote Farbe auf den Bildern wirkt anders als die übrigen Farben. Deville hält es für möglich, dass der Künstler sie mit Blut hergestellt hat.«

»Wie sind Sie überhaupt an den Auftrag gekommen?«, fragte Kraft. »Hat der Galerist Sie kontaktiert?«

»Nein. Der Auftrag kam von der FAZ. Der Artikel ist für das wöchentliche Magazin vorgesehen. Es geht nicht nur um Kunst, sondern um Anlagemöglichkeiten in zinsfreien, unsicheren Zeiten. So kam mir die Idee, einen Frankfurter Galeristen zu kontaktieren, und meine Wahl fiel auf eine etwas kleinere Galerie. Nicht zuletzt, weil die vor ihrem hundertsten Jubiläum steht.«

»Trotzdem ein ziemlicher Zufall, dass die Bilder genau in der Zeit dort eintrafen, als Sie vor Ort waren. Mich macht das misstrauisch«, sagte Kraft.

»Welchen Eindruck hatten Sie von Deville?«, fragte Drosten.

Haller überlegte. »Er hat die Bilder nicht erwartet. Oder ist ein verdammt guter Schauspieler. Aber das glaube ich nicht. Ich schätze, sein Unternehmen steht finanziell nicht sonderlich solide da. Er hat das zwar mit keiner Silbe erwähnt, doch zwischen den Zeilen war das für mich herauszuhören.«

»Trotzdem vermuten Sie nicht, dass er sich die Bilder selbst zugeschickt hat«, fasste Drosten zusammen.

»Nein«, sagte Haller.

Drosten fuhr sich durch die Haare. Er griff zu einem Tablet und rief das Foto der Leiche auf. Mit zwei Fingern zoomte er den linken Arm heran und musterte ihn. Dann schaute er sich die Würgemale an. »Was meint ihr?«, fragte er seine Kollegen.

Er reichte das Tablet Verena Kraft, die ebenfalls die Körperstellen der Leiche überprüfte. Haller sah ihnen an, dass sie bisher nicht mit offenen Karten gespielt hatten.

»Wonach halten Sie Ausschau?«, erkundigte sie sich.

»Geben Sie uns noch einen kleinen Moment«, bat Drosten sie.

Er beobachtete Sommer, der schließlich nickte und die Schutzhülle des Tablets zuklappte.

»Frau Haller, so ungern ich wie die Frankfurter

Kollegen klingen will, möchte ich Sie trotzdem um Stillschweigen bitten.«

»Über was?«, fragte Haller.

»Über das, was Sie jetzt von uns hören.«

Die Journalistin nickte kaum merklich.

»Die KEG beobachtet bundesweit ungelöste Mordfälle. Vor einigen Wochen wurde im Saarland eine Frauenleiche mit Würgemalen am Hals und Einstichstellen im linken Arm gefunden. Der Gerichtsmediziner vermutet, dass der Frau vor ihrem Tod regelmäßig Blut abgenommen worden ist. Nicht sonderlich professionell.«

»Oh nein«, stöhnte Haller.

»In Verbindung mit dem Brief an den Galeristen wirkt das ziemlich unheilvoll«, sagte Sommer.

»Weil der Täter weitere Lieferungen ankündigt?«, vergewisserte sich Haller.

Sommer nickte.

»Sind im Saarland oder irgendwo anders Blutbilder aufgetaucht?«, fragte die Journalistin.

»Nein«, antwortete Drosten. »Das wüssten wir. Oder der Empfänger hat das geheim gehalten. Wie schätzen Sie Deville ein? Hätte er ohne Ihre Anwesenheit auch die Polizei alarmiert?«

»Ja. Seine junge Mitarbeiterin hätte garantiert dafür gesorgt. Die war leichenblass, nachdem sie sich das Foto angesehen hat. So jemand verschweigt das nicht der Polizei. Sie sah der Leiche übrigens ähnlich. Ähnlich langes Haar, ähnlicher Körperbau.«

»Hätte sie Ihrer Meinung nach auch nicht geschwiegen, wenn ihr Chef sie dazu aufgefordert hätte?«, fragte Kraft.

»Hundertprozentig. Die junge Frau machte einen korrekten Eindruck auf mich.«

»Umso besser«, sagte Drosten.

»Kommen wir noch einmal auf diesen Deville zu sprechen«, bat Sommer. »Ich sehe das wie Verena. Mir erscheint der Zufall auch zu groß, dass die Bilder ausgerechnet während Ihres Termins in der Galerie eintreffen. Wie ist der Kontakt zustande gekommen?«

»Hauptsächlich per E-Mail. Telefoniert habe ich nur einmal mit ihm. Letzte Woche, um ein paar Kleinigkeiten abzuklären.« Sie nahm ihr Handy aus der Handtasche, öffnete ihr E-Mail-Programm und suchte den entsprechenden Kommunikationsverlauf. »Die Kontaktaufnahme ging von mir aus.« Sie reichte Drosten das Telefon.

Der überflog die ausgetauschten Nachrichten.

»Ich habe mein Anliegen vorgetragen und ihn gefragt, ob er grundsätzlich bereit wäre, sich zu dem Thema interviewen zu lassen«, fasste Haller für Sommer und Kraft zusammen. »Er war der Idee gleich zugeneigt. Dann haben wir uns ein bisschen über den Tenor des Artikels, der mir vorschwebt, unterhalten. Auch da sprach in seinen Augen nichts dagegen. Er fragte, ob ich den Namen seiner Galerie und eine bevorstehende Vernissage erwähnen könnte. Ihm das zuzusagen, war kein Problem, die Vernissage findet einige Tage nach dem geplanten Erscheinen des Artikels statt. Und so haben wir uns dann auf ein Treffen heute am späten Vormittag geeinigt.«

»Läuft das bei Ihnen immer so ab?«, fragte Sommer.

»Meistens«, sagte Haller.

»Hätten Sie das nicht telefonisch oder per Videokonferenz klären können?«, hakte Sommer nach.

»Ich bin lieber vor Ort. Ist besser für die Atmosphäre eines Artikels.«

»Also scheint Deville nicht hinter den Sendungen zu stecken, trotzdem könnte er früher Kontakt zu dem Künstler gehabt haben«, folgerte Drosten.

»Ja«, antwortete Haller. »Die Botschaft ›Ist das spektakulär genug?‹ hat Deville eindeutig auf sich bezogen. Das scheint eine Art Standardabsage zu sein.«

»Dann brauchen wir die Kontaktdaten aller Leute, die sich in den letzten Jahren bei ihm beworben haben«, stellte Sommer fest.

Drosten lächelte.

»Was ist?«, fragte Sommer verunsichert.

»Noch sind wir kein Teil der Ermittlungen«, erklärte Drosten.

»Das ist ja wohl das kleinste Problem«, erwiderte Sommer. »Die Parallelen zum Leichenfund im Saarland sind nicht zu übersehen. Falls die Frankfurter Kollegen uns nicht dabeihaben wollen, muss Karlsen seine Kontakte spielen lassen. Das wird zu einem üblen Fall, wenn wir den Mörder nicht schnell fassen.«

4

Er saß im Wohnzimmersessel und streckte die Beine aus. Nach einem langen Tag tat es gut, sich zumindest für einen Moment fallen zu lassen. Er dachte an die vergangenen Wochen zurück, vor allem jedoch an seinen Abschied von Lina. Er hatte ihre letzten gemeinsamen Stunden genossen, noch einmal den Akt mit ihr vollzogen, ehe er sich hinter dem Kopfteil des Bettes positioniert hatte. Minutenlang hatte er ihren blonden Schopf gestreichelt. Ob sie gewusst hatte, dass ihre Zeit zu Ende ging? Ihre Versuche, sich aufzubäumen, um den Ledergürtel vom Hals zu bekommen, waren schwach ausgefallen. Hatte ihr bloß die Kraft gefehlt, oder war sie sogar dankbar gewesen?

»Meine Lina«, sagte er leise. »Du hast so gut geschmeckt.«

Wenn er sich konzentrierte, war es fast so, als würde er sie wieder schmecken. Schon bald würde er eine neue Frau zu sich holen. Bis dahin sollten die köstlichen Momente mit Lina nicht in Vergessenheit geraten.

»Sei ehrlich. Damit hast du nicht gerechnet«, flüsterte er. »Du bist überrascht, wie gut das alles klappt.«

Er lauschte, doch die Stimme seiner Mutter blieb aus. Trotzdem konnte er sich genau vorstellen, was sie sagen würde, wenn sie leibhaftig vor ihm stände.

Nur vier Gemälde? Wieso nicht mehr? Hast du schon Geld damit verdient?

Er weigerte sich, diese negativen Gedanken zuzulassen. Greta hatte er zum Üben benötigt. Sie war nicht lange sein Gast gewesen. Er hatte gelernt und Selbstsicherheit hinzugewonnen. Das Verschleppen eines Opfers, die Gefangenschaft im schallisolierten Raum, die Blutabnahme, die intimen Momente und schließlich der Höhepunkt: Gretas Erlösung. Außerdem hatte er mit ihrem Blut experimentiert und herausgefunden, wie es sich am besten mit den Ölfarben mischen ließ.

Richtig angefangen hatte seine Karriere als Blutmaler erst mit Lina.

»Selbst wenn die Bullen ihre Leiche durch einen glücklichen Zufall schnell finden, bringt ihnen das nichts«, sagte er an seine Mutter gewandt. »Ich hab sie gewaschen. So wie dich damals. Sehr gründlich. Und mein Saft ist nie mit ihrem Körper in Berührung gekommen. Das Pflegebett ist verdammt praktisch.«

Er lächelte und lauschte. Seine Mutter sprach noch immer nicht zu ihm. So wie früher. Wenn sie nichts zu meckern hatte, bestrafte sie ihn mit Schweigen. Bis er ihr einen Grund gab, ihre Stimme zu erheben.

Zum Glück waren diese Zeiten vorbei. Ihr Tod hatte ihm Freiheit geschenkt. Der Tod der Frauen, die seinen Weg kreuzten, machten ihn hingegen zu einem Genie, über das man jahrelang sprechen würde.

Plötzlich hörte er ihr gehässiges Lachen. Er setzte sich aufrecht hin.

»Warum lachst du?«, fragte er.

Er lauschte ihren haltlosen Vorwürfen.

»Dafür ist es zu früh!«, widersprach er. Sie verstand es einfach nicht. »So war es viel cleverer. Es ist zu früh, die Gemälde der Öffentlichkeit vorzustellen. Ich bin beim ersten Zyklus. Und trotzdem habe ich jetzt Aufmerksamkeit.«

Er spürte, wie sein Pulsschlag stieg. Diskussionen mit ihr hatten immer den gleichen Effekt.

»Nein!«, schrie er und sprang vom Sessel auf. »Du lachst mich nie wieder aus! Du verrottest, und ich habe Spaß!«

Er wischte sich aufgeregt über den Mund und rannte aus dem Wohnzimmer. In der Diele schmiss er die Tür zu. Er atmete tief und gleichmäßig. Sie hatte ihm nichts mehr zu sagen.

Langsam beruhigte er sich. Hoffentlich hatten die Nachbarn seinen Wutausbruch nicht gehört. Er musste unauffällig bleiben. Wenn man in der Masse verschwand, konnte man alles tun. Einfach alles, weil die Leute einen nicht wahrnahmen. Nirgendwo ließ es sich besser agieren als im Schatten.

* * *

Juliane Schwalm genoss die heiße Dusche nach dem intensiven Volleyballtraining. Der Sieg am Wochenende über den bisherigen Tabellenführer hatte sie und ihre Kolleginnen beflügelt. Das war beim heutigen Training klar zu spüren gewesen. Alle hatten sich besonders ins Zeug gelegt. Wenn sie die beiden nächsten Spiele gewännen, wäre ihnen die Meisterschaft sicher. Zum ersten Mal seit vier Jahren. Das war allen Ansporn genug.

Neben ihr stand Katharina, die sich gerade ihr kurzes Haar schamponierte.

»Juli, hast du den Sieg am Samstag noch ordentlich gefeiert?«, fragte sie über das Rauschen des Wassers hinweg.

»Ein bisschen«, antwortete Juliane ausweichend. »Und du?«

»Ich war mit Freundinnen in einer Bar. Ist ziemlich spät geworden. Sonntagmorgen hatte ich einen heftigen Hänger.« Sie lächelte bei dieser Erinnerung.

»Dafür warst du heute voll auf der Höhe«, lobte Juliane sie.

»Du auch«, erwiderte Katharina. »Mit wem hast du gefeiert?«

Juliane erwog, sich eine Ausrede einfallen zu lassen. Aber wieso wollte sie verheimlichen, wie sie das Wochenende wirklich verbracht hatte? Sie beschloss, Katharina nicht anzulügen.

»Mit Netflix und einer Schüssel Popcorn. Juchhu.« Juliane streckte die Zunge raus. »Klingt langweilig, oder?«

»Quatsch!«, entgegnete Katharina. »Manchmal ist das genau das Richtige. Wegen Rico?«

Juliane zögerte kurz, ehe sie nickte. »Ich wollte ihm keine Chance geben, mich abzufangen. Er kennt ja die Orte, an denen ich wochenends am liebsten bin. Dreimal ist er mir in den letzten Wochen über den Weg gelaufen. Rein *zufällig*. Das nervt!«

»Aber davon darfst du dir die freien Tage nicht versauen lassen.«

»Ich weiß.« Juliane seufzte.

»Hat er dich irgendwie belästigt?«

Juliane kicherte und fing sich einen verwunderten Blick von Katharina ein. »Nein. Momentan versucht er, mich eifersüchtig zu machen.«

»Wie das?«

»Das muss ich dir gleich auf dem Handy zeigen. Sonst würde man es kaum glauben.«

»Du machst mich neugierig.«

Juliane lächelte und neigte den Kopf nach hinten. Sie wusch sich das Shampoo aus den langen, blonden Haaren und stellte die Dusche ab.

In der Umkleidekabine trocknete sich Juliane ab und zog BH und Slip an, ehe sie ihr Handy aus der Sporttasche angelte. »Das Bild hat er am Sonntagmittag gepostet. Der ist so peinlich.« Sie rief Ricos Profil auf. Das Foto war noch immer online.

»Bist du das?«, fragte Katharina überrascht.

Der Schnappschuss zeigte eine nackte, blonde Frau, die auf dem Bauch lag und offensichtlich schlief. Oder zumindest den Eindruck erweckte. Am Rand des Bilds war Julianes Ex zu sehen, der in die Kamera grinste und einen Daumen reckte.

»Im ersten Moment hab ich das auch geglaubt. Rico hat mich ständig aufgenommen. Selbst wenn ich es nicht wollte. Er ist ein Kamerajunkie.« Juliane verzog bei dieser Erinnerung den Mund. »Aber dann ist mir ein Muttermal auf ihrer Schulter aufgefallen. Links.«

»Ah ja.«

»Ich hab an der Stelle kein Mal.«

»Also hat er jemanden abgeschleppt, der von hinten aussieht wie du.«

»Würde sich eine nächtliche Eroberung direkt von ihm posten lassen?«, fragte Juliane. »Ich hab 'ne andere Erklärung.«

»Welche?«

»Er hat sich ein Escort gegönnt!«

»Wie eklig! Glaubst du wirklich? Die sind ziemlich teuer.«

»Am nötigen Kleingeld scheitert es bei Rico nicht. Der wird von seinen Eltern total verwöhnt. Kriegt noch immer jeden Monat Taschengeld. Siebenhundert Euro. Der Kerl ist achtundzwanzig.«

»Na super!«

»Warum sind abservierte Männer eigentlich immer so armselig?«, wunderte sich Juliane.

»Männer können mit einem angekratzten Ego nicht umgehen. Sei froh, dass du ihn los bist. Irgendwann verliert er das Interesse daran, dich eifersüchtig zu machen.«

»Je schneller, desto besser«, sagte Juliane.

Katharina beugte sich an ihr Ohr. »Was hast du vorhin angedeutet?«, fragte sie leise. »Er hat dich aufgenommen, wenn du das gar nicht wolltest? Hat er Nacktfotos von dir?«

Juliane schaute sich um, um zu prüfen, ob jemand sie belauschte. Vor allem vor ihrer Trainerin wäre ihr das Geständnis peinlich gewesen.

»Ab und zu hat er mich fotografiert, wenn ich nur einen Slip anhatte. Aber meistens hatte ich mit Armen oder Haaren die Brüste verdeckt.«

»Hast du keine Angst, dass er das posten könnte?«

Juliane schüttelte den Kopf. »Leider habe ich ihm einmal erlaubt, uns beim Sex zu filmen«, flüsterte sie.

Katharina schaute sie erschrocken an. »Oh nein. Und

jetzt? Kann er das online stellen? Ein Racheporno von euch beiden?«

»Ich hab mir die Speicherkarte mit dem Clip geben lassen. Er hat mir versichert, keine Kopie zu besitzen.«

»Glaubst du ihm?«

»Was bleibt mir anderes übrig?«

»Oh Juli. Wir Frauen dürfen bei so was nie zustimmen.«

Juliane nickte. »Mach ich nie wieder. Das war ziemlich dumm.«

Katharina umarmte sie, und die Nähe ihrer Mannschaftskameradin half ihr, die eigenen Ängste beiseitezuschieben. Seit der Trennung von Rico flammte in ihrem Innersten immer wieder die Panik davor auf, dass er sie angelogen hatte. Andererseits hatte sie ihm vor sechs Wochen den Laufpass gegeben – und seitdem war in dieser Hinsicht nichts passiert. Zumindest so viel Anstand schien Rico zu besitzen. Trotzdem hegte sie einen Hauch Restzweifel. Falls er gelogen hatte, könnte er überreagieren, sobald er endgültig einsah, keine Chance mehr zu haben.

5

Der Blick, mit dem Hauptkommissar Möker Drosten und seine Kollegen bedachte, sprach Bände. Er war eindeutig nicht erfreut, sie zu sehen.

»Ihr Besuch aus Wiesbaden ist da«, sagte der Schutzpolizist, der sie zum Büro der zuständigen Ermittler geführt hatte. Schon das war ein deutliches Signal. Kollegen, die der Zusammenarbeit offen gegenüberstanden, hätten sie entweder selbst abgeholt oder zumindest allein durchs Gebäude gehen lassen. Möker hatte bestimmt, dass die Wiesbadener eine Begleitung brauchten, obwohl der Weg ins Büro nicht kompliziert war.

»Dann heißen wir sie wohl mal willkommen«, sagte Möker. »Oder was denkst du, Richard?«

Hauptkommissar Prabel, der bislang stur auf seinen Bildschirm gestarrt hatte und mit dem Rücken zur Eingangstür saß, drehte sich um. »Selbstverständlich.« Sein Blick war ebenso abweisend.

Drosten lächelte. »Herzliche Begrüßungen sind uns immer die allerliebsten. Das sind meine Partner, Hauptkommissarin Verena Kraft und Hauptkommissar Lukas Sommer.«

Möker konzentrierte sich auf Sommer. »Sie waren früher hier fürs Präsidium tätig, richtig? Zuletzt mehrere Jahre undercover, nachdem spektakulär Ihr Tod verkündet worden war. Dann sind Sie nach Wiesbaden gewechselt.«

Sommer nickte. »Ist kein Geheimnis. Genauso wenig, wie Sie ein Geheimnis aus Ihrer Abneigung gegen uns machen. Schön, dass Sie mit offenen Karten spielen. Ehrlichkeit ist immer hilfreich.«

Möker öffnete den Mund und schloss ihn wieder. Seine Gesichtszüge verfinsterten sich. Dann zupfte er zweimal an seinem Ohrläppchen und seufzte. »Wie würden Sie es finden, wenn Sie einer Zeugin klar zu verstehen geben, mit niemandem zu sprechen, sie aber sofort dagegen verstößt?«

»Von wem reden Sie?«, fragte Drosten.

Möker lächelte freudlos. »Wie war das? Ehrlichkeit ist hilfreich? Warum halten Sie sich nicht daran? Nach dem Anruf unseres Polizeipräsidenten haben wir ein wenig recherchiert. Wie konnte die glorreiche KEG so schnell von dem Fall erfahren? Schwups. Die Antwort lautet Eva Haller. Sie stehen mit der Journalistin in Verbindung, das konnten selbst wir mit unseren begrenzten Möglichkeiten herausfinden. Außerdem mögen wir es gar nicht, wenn Ihr Vorgesetzter Karlsen bei unserem Boss Druck macht.«

»Warum nicht?« Kraft lächelte entwaffnend.

»Meinen Sie das ernst?«, erwiderte Möker überrumpelt.

»Meine Partnerin hat recht. Wir sind nicht hier, um Ihnen die Ermittlung wegzunehmen, sondern um gemeinsam mit Ihnen den Täter zu fangen. Das ist alles, was uns interessiert. Die Lorbeeren dürfen Sie am Ende gern selbst ernten«, sagte Drosten. »Außerdem haben wir Informationen, die Sie noch nicht kennen.«

»Zaubern Sie jetzt die Identität des Mörders aus dem Hut, den wir dann festnehmen dürfen?«, fragte Prabel.

Drosten seufzte. »Greta Bürger. Ist Ihnen dieser Name bekannt?«

Möker überlegte kurz, bevor er den Kopf schüttelte und den Blick seines Partners suchte, der mit den Achseln zuckte. »Wer ist das?«

»Eine zweiundzwanzigjährige Frau, deren Leiche vor wenigen Wochen im Saarland gefunden wurde. Langes, blondes Haar, athletischer Körperbau, feine Gesichtszüge. Ähnlichkeiten zu Ihrer Toten sind nicht zu übersehen. Aber das Wichtigste: Sie hatte Einstiche in den Armen. Da die Rechtsmediziner keine Drogen im Blut nachweisen konnten, vermuten sie, dass der Täter seinem Opfer Blut abgezapft hat.«

Drosten öffnete den Reißverschluss der Ledermappe, die er in der Hand trug. Er zog Bilder und Kopien von Berichten heraus, trat näher an die Schreibtische der Frankfurter Kommissare und verteilte die Unterlagen. Dann machte er wieder zwei Schritte zurück und beobachtete Möker. Der vertiefte sich sofort in die Dokumente.

»Richard, jetzt stehen wir da wie Idioten«, murmelte er. Erneut zupfte er an seinem Ohrläppchen. Offenbar eine Angewohnheit, mit der er sich beruhigte.

Möker suchte Drostens Blick. »Wissen Sie, was ich nicht leiden kann?«

»Sie werden es uns bestimmt verraten«, sagte Sommer.

»Auch wenn Sie ebenfalls Polizisten sind, hätte Frau Haller nur mit unserer Erlaubnis Rücksprache mit Ihnen halten dürfen. Außerdem hasse ich es, wenn Vorgesetzte hinter meinem Rücken kungeln und mir dann sagen, was ich zu tun habe. Trotzdem bin ich ausnahmsweise froh, wie es gelaufen ist. Diese arme Frau sieht unserer Toten erschreckend ähnlich.« Er legte die Unterlagen beiseite. »Können wir noch mal von vorn anfangen? Willkommen in Frankfurt.«

Möker erhob sich, ging zu seinen Gästen und reichte ihnen nacheinander die Hand. Sein Partner folgte dem Beispiel.

»Auf dieser Etage ist ein Besprechungsraum mit ein bisschen mehr Platz. Gehen wir dorthin«, schlug Möker vor.

»Es ist ein Problem, dass wir die Leiche noch nicht gefunden haben«, erklärte Möker. »Im Stadtgebiet haben wir bislang erfolglos gesucht. Hundestaffeln kämmen derzeit Parks und größere Waldstücke ab. Dabei dürfen wir nicht zu auffällig agieren, da sonst die Presse aufmerksam wird. Und die wollen wir erst einschalten, wenn es nicht mehr anders geht. Spezialisten haben das Bild bearbeitet und eine Version erstellt, die wir der Öffentlichkeit zumuten können. Aber noch sträuben wir uns vor diesem Schritt.«

»Es gibt leider keine Garantie, dass der Mörder sein zweites Opfer in Frankfurt entsorgt hat«, sagte Drosten. »Zwar fand ein Spaziergänger Frau Bürgers Leiche am Ufer der Saar, gewohnt hat sie allerdings zwanzig Kilometer entfernt. Ebenfalls im Saarland, aber nicht in dem Örtchen, wo sie gefunden wurde.«

»Eine weitere Schwierigkeit«, stöhnte Prabel. »Als hätten wir davon nicht genug.«

»Gab es beim ersten Opfer Anzeichen sexueller Gewalt?«, erkundigte sich Möker.

»Der Täter hat sie weder vaginal noch anal penetriert. Auch sonst hat die Rechtsmedizin keine Spuren gefunden, die auf einen Missbrauch hindeuten«, sagte Kraft.

»Was ich bei unserer unbekannten Toten nicht verstehe, ist die umgelegte Windel«, stellte Prabel fest. »Ich würde vermuten, der Täter überdeckt damit Anzeichen auf eine Vergewaltigung, vielleicht sogar richtig üble Spuren. Aber bei dem, was Sie uns aus dem Saarland berichten können, ist das wieder fraglich.«

»Reden wir über die Einstichstellen an den Armen«, schlug Drosten vor. »Haben Sie schon Laborergebnisse zu den Gemälden?«

Möker nickte. »Sind heute Morgen reingekommen. Die rote Farbe enthält definitiv Blut. Wir haben die Fotos vergrößern lassen, und der Rechtsmediziner ist überzeugt, dass der Täter dem Opfer entweder Drogen gespritzt oder Blut abgenommen hat. In Verbindung mit den Ergebnissen der Gemäldeuntersuchung tendieren wir zur zweiten Variante.«

»Sehen wir genauso«, sagte Sommer. »Und das heißt, er wird sich ein weiteres Opfer suchen.«

»Die Ankündigung an den Galeristen.« Wieder nickte Möker. »Die Mediziner konnten übrigens auch die Blutgruppe bestimmen. AB Rhesus positiv. Das haben in Deutschland nur rund vier Prozent der Menschen.«

»Das hilft vielleicht bei der Identifizierung«, spekulierte Drosten. »Besser als eine häufige Blutgruppe.«

»Haben Sie über den Galeristen schon etwas herausgefunden?«, fragte Sommer.

»Die Galerie gibt es seit fast hundert Jahren, gegründet vom Großvater«, begann Prabel. »In der Nazi-Diktatur war sie geschlossen, seit 1948 ist sie wieder im Geschäft. Devilles Eltern haben sie lange betrieben. Der Vater starb bereits Anfang der Nullerjahre, die Mutter 2017. Seit 2007 ist Valerian Deville eingetragener Geschäftsführer. Wir haben die Steuerunterlagen angefordert, die liegen leider noch nicht vor. In den ersten Gesprächen fanden wir ihn nicht verdächtig.«

»Das deckt sich mit dem, was Frau Haller uns erzählt hat«, sagte Drosten.

»Vertrauen Sie der Journalistin?«, erkundigte sich Möker.

»Ohne jeden Zweifel«, antwortete Drosten. »Mit Ihrer Erlaubnis würde ich das Foto der Toten ans BKA weiterleiten, gerne auch mit Ihrer bearbeiteten Version. Die Kollegen können bundesweit nach Vermissten suchen, und wenn wir diese Anfrage stellen, wird es mit etwas höherer Priorität angefasst.« Beinahe entschuldigend zuckte Drosten die Schultern. »Sie würden dieselben Ergebnisse bekommen. Aber nicht so schnell wie wir. Ein Behördendschungel, der uns selbst nicht gefällt.«

»Das nehmen wir gern in Anspruch«, erwiderte Möker.

* * *

Drei Stunden später war die Identität der Toten geklärt.

Lina Neese, dreiundzwanzig Jahre alt, Studentin, wohnhaft im bayerischen Aschaffenburg. Ihre Eltern hatten sie vor vier Wochen vermisst gemeldet. Aschaffenburg lag zwar in einem anderen Bundesland, aber nur gut vierzig Kilometer von Frankfurt entfernt. Die Eltern hatten die örtliche Polizei informiert, dass es ihre Tochter oft nach Frankfurt zog. Ob sie Anfang des Jahres dort war, hatten sie jedoch nicht sagen können, da sie über Silvester in den Alpen beim Skiurlaub gewesen war. So blieb der genaue Tag des Verschwindens unklar. Neese wohnte in ihrer eigenen Zweizimmerwohnung, Nachbarn hatten ihr Verschwinden nicht bemerkt. Auch zu Freundinnen hatte sie in der ruhigen Zeit direkt nach Silvester kaum Kontakt. Ihre Blutgruppe passte.

»Da wir bundesweit ermitteln, könnten wir sofort nach Aschaffenburg aufbrechen«, schlug Drosten am frühen Nachmittag den Frankfurter Kollegen vor. »Einverstanden? Ich würde mich heute Abend bei Ihnen melden und eine erste Zwischenmeldung durchgeben.«

»Ich kenne mich gut genug, um zu wissen, wie ich beim nächsten Mal reagiere, wenn sich jemand von außerhalb in meine Ermittlungen einmischt. Nein, ich wollte sagen: *einbringt.* Ziemlich allergisch.« Möker lächelte und zupfte erneut an seinem Ohrläppchen. »So bin ich gestrickt, und einem alten Hund bringt man keine neuen Tricks bei. Aber über Ihr Auftauchen bin ich wirklich dankbar.« Er reichte Drosten die Hand. »Ich freue mich, später von Ihnen zu hören. Sie erreichen mich jederzeit.«

* * *

In Aschaffenburg öffnete ihnen eine Mittfünfzigerin, die einen Mantel und Winterstiefel trug.

»Frau Neese?«, vergewisserte sich Drosten.

Die Augen der Frau schlossen sich. »Sie kommen wegen Lina, oder?«, fragte sie leise.

»Ja.« Drosten zeigte seinen Dienstausweis vor.

»Haben Sie meinen Schatz gefunden?« Frau Neese öffnete wieder die Augen, in denen Tränen standen.

»Noch nicht. Trotzdem haben wir keine guten Neuigkeiten. Wollen wir uns in Ruhe unterhalten?«

Die Mutter nickte. »Ich war auf dem Weg zu meiner Schwester. Mein Neffe ist erkältet. Ich ...« Sie drehte sich um. »Kommen Sie. Ich ...« Ihre Stimme versagte.

Veronika Neese führte die Besucher ins Wohnzimmer. »Ich muss Andreas anrufen. Auch wenn er eigentlich schon zu Hause sein ...«

In diesem Moment öffnete sich die Haustür.

»Hallo, Veronika«, erklang eine männliche Stimme.

»Andreas!«, rief sie.

Die Tonlage seiner Frau schien den Mann zu alarmieren. Er kam ins Wohnzimmer geeilt und blieb wie vom Blitz getroffen stehen, als er die drei Besucher erblickte. »Lina?« Sein Blick huschte zwischen den Polizisten und seiner Ehefrau hin und her.

»Es ist besser, wenn Sie sich setzen«, sagte Drosten.

»Nein!«, stöhnte Linas Vater. »Nein!«

Möglichst einfühlsam berichteten Drosten und Kraft von den Ereignissen in Frankfurt. Sommer hielt sich bei dem Gespräch im Hintergrund und beobachtete die Reaktion der Eltern.

»Der Täter hat mehrere Gemälde und ein Foto geschickt. Auf den Leinwänden hat die Spurensicherung Blut gefunden«, erklärte Drosten.

Veronika Neese hielt sich erschrocken eine Hand vor den Mund.

»Die Blutgruppe entspricht der Ihrer Tochter«, fuhr

Kraft fort. »AB Rhesus positiv. Außerdem hat der Täter das Foto einer weiblichen Toten beigelegt.«

»Zeigen Sie her!«, sagte Andreas Neese. »Bitte.«

Drosten entnahm einer Mappe die bearbeitete Fassung und schob sie über den Tisch. Die Reaktion der Eltern war eindeutig. Veronika Neese schluchzte lautstark, während sich der Blick des Vaters verfinsterte.

»Das ist sie«, jammerte die Mutter. »Das ist unser Schatz.«

Sie sprang auf und lief weinend aus dem Zimmer.

Eine Weile später kehrte sie zu ihnen zurück und entschuldigte sich.

»Sie haben keinen Grund, sich zu entschuldigen«, sagte Kraft, »und wir versuchen, Sie so kurz wie möglich zu behelligen. Ihr Mann hat gerade eben schon angedeutet, dass Lina gern nach Frankfurt gefahren ist.«

»Aber ich habe auch erwähnt, dass du einen besseren Draht zu Lina hattest«, sagte der Vater.

»Lina liebte Frankfurt«, erklärte Veronika Neese mit leiser Stimme. »Am Wochenende ging sie dort in die Clubs, statt hier zu feiern. Dafür nahm sie die Stunde Nachtfahrt gern in Kauf. Da sie keinen Alkohol trank, war das nie ein Problem. Sie hat immer gesagt, Frankfurt hätte so viel mehr zu bieten. Bessere Clubs, bessere Geschäfte, bessere Galerien.«

»Galerien?«, hakte Sommer nach. Bislang hatten sie nicht erwähnt, dass der Adressat der Lieferung ein Galerist war.

»Lina liebte Kunst«, brachte sich ihr Vater ein. »Sie studiert ja nicht umsonst Kunstgeschichte. Studierte«, verbesserte er sich. »Immer mal wieder war sie auf

Vernissagen in Frankfurt. Einmal haben wir sie sogar begleitet, erinnerst du dich, Veronika?«

Seine Ehefrau nickte.

»Wir haben uns schrecklich gelangweilt«, fuhr ihr Ehemann fort. »Lina hat das mitbekommen und uns nie wieder überredet, sie zu begleiten.«

»Können Sie im Nachhinein herausfinden, bei welchen Vernissagen Ihre Tochter war? Vielleicht sogar in den letzten ein bis zwei Jahren?«, fragte Drosten.

»Wahrscheinlich. Sie hat ziemlich penibel Kalender geführt. Aber wieso ist das wichtig?«, erkundigte sich die Mutter.

»Für einen Gesamteindruck«, wich Drosten aus. »Wie war der Beziehungsstatus Ihrer Tochter?«

»Single. Allerdings war sie heiß begehrt. Kein Wunder. So ein hübsches Mäd...« Wieder brach ihre Stimme, und sie senkte den Blick.

»Kennen Sie ein paar Namen der Männer, die Interesse an Ihrer Tochter hatten?«, wollte Kraft wissen.

Der Vater zuckte hilflos mit den Achseln.

»Ja«, sagte seine Ehefrau.

»Das hilft uns sehr. Je mehr Namen Sie uns nennen können, desto besser«, erklärte Kraft. »Von Männern, mit denen sie in Kontakt stand, Galerien, bei denen Ihre Tochter zu Vernissagen war, und Clubs, in denen sie gefeiert hat. Wir werden alles daransetzen, den Mörder Ihrer Tochter zu finden, und solche Informationen sind dabei hilfreich.«

6

Ihre eiskalte Ignoranz ärgerte ihn am meisten. Rico Pfeffer saß vor seinem Laptop und starrte auf Julianes Profil. Was hatte er in den letzten Wochen nicht alles unternommen, um ihre Aufmerksamkeit zu wecken! Irgendwie schaffte sie es trotzdem, ihn nicht wahrzunehmen. Hatte sie ihre schöne gemeinsame Zeit vergessen?

Mit einer vorübergehenden Trennung als Warnschuss hätte er sich arrangieren können. Ein paar Tage hätte sie ihm die kalte Schulter zeigen dürfen, danach wäre er auch bereit gewesen, sie mit Versöhnungsgeschenken zu überhäufen. Stattdessen schien sie ihren Entschluss ernst zu meinen. Sie reagierte nicht auf seine Nachrichten oder Anrufe. Selbst die Botschaften, die er öffentlich auf Social Media an sie richtete, erzeugten keinen Widerhall.

»Blöde Schlampe«, zischte er leise.

Juli hatte vergangenes Wochenende ein Foto von sich im Kreis ihrer Mannschaft gepostet. Sie war eindeutig der Star, stand nicht zuletzt deshalb in der Mitte des Bildes, und feuerte ihre Kolleginnen an. Als hätte es eine

Bedeutung, wie ihr Team abschnitt. Man konnte den Eindruck gewinnen, sie würde in der Bundesliga spielen, dabei war sie lediglich in einer unterklassigen Mannschaft.

»Du bildest dir ein, ein Star zu sein«, flüsterte er. »Aber ein Star kannst du nur durch mich werden.«

Was hatte er ihr in ihrer gemeinsamen Zeit alles ermöglicht! Reisen in die schönsten Hotels, die für ihn Normalität waren, sie jedoch jedes Mal überwältigt hatten. Juli liebte diese Kurztrips. Donnerstag nach der Arbeit losfahren und bis zum Sonntag bleiben. Das war ihre Vorliebe an spielfreien Wochenenden gewesen. Dafür hatte sie unter der Woche gern Überstunden gemacht. Wie konnte sie das alles bloß wegen einiger Meinungsverschiedenheiten wegwerfen?

Das war vollkommen verrückt. Irgendwann würde sie das von allein einsehen, aber er hatte keine Lust mehr, darauf zu warten. Ihm gefiel es nicht, passiv zu sein. *Wer führt, gewinnt.* Das war seine Lebensmaxime.

Pfeffer klappte den Laptop zu. So sprang sie nicht länger mit ihm um. Nie mehr!

Er stand auf und schritt im Wohnzimmer auf und ab. Die Wut auf Juli ließ einfach nicht nach. Er hatte erfolglos verschiedene Strategien ausprobiert, also war es an der Zeit, die direkte Konfrontation zu suchen. Pfeffer ging zum Fenster und starrte hinaus. Draußen fiel leichter Schneeregen. Er blickte auf seine Uhr. Juli hätte in einer halben Stunde Feierabend.

Sollte er sich bei diesem Wetter aufraffen? Spielten ihm der Schneeregen und die Kälte vielleicht sogar in die Karten? Bestimmt würde sie es nicht wagen, ihn vor der Tür abzuwimmeln und nicht einmal auf einen Kaffee hereinzubitten. Vor allem, da er ihr den Kaffeeautomaten zum letzten Geburtstag geschenkt hatte. Noch einmal blickte er auf seine Uhr. Falls sie sich einem klärenden Gespräch verweigerte, hatte er ein Ass im Ärmel, das er gewissenlos ausspielen würde.

Pfeffer traf eine Entscheidung. Heute war Juli fällig. Er wollte nicht mehr warten. Sie hatte ihm lange genug auf der Nase herumgetanzt.

* * *

»Weltklasse«, stöhnte Juliane. Hätte sie bloß die Mail ihres Vorgesetzten nicht geöffnet. Aber bestimmt hätte er sie dann noch vor Feierabend angerufen.

Pünktlich nach Hause zu kommen, konnte sie jetzt vergessen. Ihr Chef bat darum, dass sie die telefonischen Anfragen der letzten zwei Wochen auswerten solle. Was sollte das? Es war nichts vorgefallen, was seinen Argwohn hätte wecken können. Ob wieder einmal eine Vorstandssitzung anberaumt war, von der sie und ihre Kollegen erst im Nachhinein erfuhren?

Juliane antwortete ihrem Chef, dass sie ihm die Auswertung innerhalb der nächsten Stunde schicken würde. Sie ging zu der kleinen Kaffeetheke, auf der die Süßigkeitenreste lagen, die ihre Kollegin Mareike heute mitgebracht hatte. Juliane nahm sich einen Schokoriegel und kehrte zu ihrem Arbeitsplatz zurück, wo sie sich in das Analysetool einloggte. Seufzend biss sie in den herrlich süßen Riegel und loggte sich ein. Normalerweise hätte sie in fünf Minuten Feierabend. Falls sich bei der Analyse keine Probleme aufzeigten, säße sie frühestens in einer Dreiviertelstunde in ihrem Auto.

Die Software präsentierte ihr die ersten Balkendiagramme. Juliane fand keine Auffälligkeiten. Vielleicht wäre sie sogar in einer halben Stunde fertig, wenn sie sich beeilte.

* * *

Das Wetter schien sich minütlich zu verschlechtern. Inzwischen bildeten die fetten Schneeflocken am Boden eine dünne Decke. Rico Pfeffer fuhr langsam die Straße entlang, in der Juliane wohnte. Der Parkstreifen am Straßenrand vor ihrem Haus war besetzt. Als er an dem Gebäude vorbeikam, warf er einen raschen Blick zu ihrem Fenster, hinter dem kein Licht brannte. Er fuhr weiter geradeaus, bis er einen Kreisverkehr erreichte und zum Wenden nutzte. Auf dem Rückweg hatte er endlich Glück und fand eine freie Lücke rund hundert Meter von ihrem Haus entfernt. Nun hieß es warten. Normalerweise müsste sie in den nächsten Minuten auftauchen.

Da die Sitzheizung bei abgestelltem Motor ausgehen würde, ließ er das Auto im Leerlauf. Der Scheibenwischer kämpfte gegen die dicken Schneeflocken, und das Seitenfenster begann zu beschlagen.

Schon nach kurzer Wartezeit fragte er sich, wo sie blieb. Sie müsste längst Feierabend haben. Normalerweise ging sie dienstags nach der Arbeit nie einkaufen. Er öffnete die Fahrertür, stieg aus und blickte zu ihren dunklen Fenstern in der zweiten Etage. Ob sie bereits zu Hause war und in der Badewanne lag? Das Badezimmer verfügte über kein Tageslicht. Hatte er ihre Rückkehr im dichten Schneetreiben verpasst, oder war er einfach zu spät gekommen? Er würde ein paar Minuten warten und dann bei ihr klingeln. Wenn sie bereits badete, könnte er sich gern dazugesellen, um ihre Versöhnung angemessen zu feiern. Vielleicht wäre es klug gewesen, eine Flasche

Champagner einzustecken? Er ärgerte sich, nicht daran gedacht zu haben.

* * *

Wie erhofft hatte Juliane die zusätzliche Aufgabe in einer halben Stunde geschafft. Aber genau in dieser Zeit schienen alle Anwohner der Straße ebenfalls Feierabend gemacht zu haben. Auf beiden Seiten waren die Parkstreifen belegt.

Zu allem Überfluss war die Verzögerung bei der Arbeit völlig unnötig gewesen. Die Analyse hatte keine Auffälligkeiten erbracht. Ganz im Gegenteil. Im Vergleich zum Durchschnitt der letzten zwölf Monate hatte das Team hervorragend gearbeitet. Wofür ihr Chef die Zahlen so kurzfristig brauchte, blieb vorläufig ein Rätsel, denn als sie ihm die Mail geschickt hatte, war er bereits auf dem Heimweg gewesen.

Juliane konzentrierte sich wieder auf die Suche nach einem Parkplatz. Und tatsächlich hatte sie Glück. Vor ihr fuhr ein Wagen aus der Parklücke. Sie bremste, setzte den Blinker, parkte geschickt ein, schaltete den Motor aus und nahm ihre Handtasche. Sie stieg aus, und sofort wehten ihr große Schneeflocken ins Gesicht. Mit gesenktem Blick lief sie los. Plötzlich hörte sie eine vertraute Stimme.

»Juli! Da bist du ja endlich!«

Fassungslos blieb sie stehen. Sie war soeben an Ricos Fahrzeug vorbeigegangen, ohne es zu bemerken.

»Was willst du hier?«, fragte sie verärgert.

»Wir müssen mit dieser Farce Schluss machen. Du hast es mir gezeigt, und jetzt vertragen wir uns wieder.«

»Spinnst du? Es ist vorbei. Wann kapierst du das endlich?«

Sie trat an den Bordstein. Ein Auto fuhr die Straße entlang, und der Schneefall wurde immer dichter. Selbst auf dem Asphalt bildete sich mittlerweile eine kleine Schneeschicht.

»Wir müssen reden, ob dir das gefällt oder nicht«, rief er ihr hinterher.

Aus einem Impuls heraus zeigte sie ihm den Mittelfinger, ohne sich zu ihm umzudrehen.

»Juli!«, schrie er.

Sie überquerte die Straße.

»Ich lade das Video hoch. Das ist deine letzte Chance.«

Auf der anderen Straßenseite blieb sie stehen. Drohte er ihr wirklich damit? »Ich denke, du hast es gelöscht?«

»Vielleicht hab ich gelogen! Wir gehen jetzt zu dir und reden in Ruhe.« Er setzte sich in Bewegung, ohne auf den Verkehr zu achten.

»Rico!«, schrie sie.

Es war zu spät. Ein weißer, im Schneetreiben schlecht zu erkennender Lieferwagen riss Rico von den Beinen. Das Elektrofahrzeug bremste schlitternd. Voller Wucht schlug Rico zuerst mit dem Kopf auf die Straße.

»Rico!«, schrie Juliane erneut.

Die Handtasche entglitt ihr. Sie schaute nach links und rechts, bevor sie zu ihm rannte. Blut aus seinem Hinterkopf verfärbte den Schnee auf dem Asphalt. Seine Augen waren geschlossen.

Der Fahrer des Unfallwagens kam herbeigeeilt. »Ich hab ihn nicht gesehen«, rief der Mann. »Warum rennt der einfach so auf die Straße? Der ist doch kein Kind mehr!«

»Sie sind viel zu schnell gefahren!«, schrie Juliane.

»Juli«, stöhnte Rico. Flatternd öffneten sich seine

Augenlider.

»Rico, alles wird gut.«

»Ich bin fünfzig gefahren. Höchstens fünfundfünfzig«, jammerte der Fahrer.

»Bei diesem Wetter? Sind Sie wahnsinnig?« Juliane fiel es schwer, dem Mann nicht an die Kehle zu gehen. »Rufen Sie wenigstens einen Krankenwagen! Schnell!«

»Ich muss Termine einhalten. Sonst werde ich entlassen. Meinem Chef ist der Schnee egal.«

»Einen Krankenwagen!«, brüllte sie.

»Ja! Hab's kapiert!«

»Juli«, wisperte Rico. »Ich liebe ...« Er verstummte.

»Alles wird gut«, versprach sie ihm. »Gleich kommt ein Krankenwagen.«

Seine Augenlider fielen wieder zu.

»Bleib bitte wach.«

Er blutete noch immer stark. Hektisch tastete sie nach seinem Pulsschlag, jedoch ohne Erfolg. Dabei hörte sie die Stimme des Unfallfahrers, der endlich jemanden telefonisch erreichte. Juliane veränderte ihre Position und begann mit einer Herzdruckmassage.

»Der Notarzt braucht zehn Minuten«, sagte der Mann kurz darauf entschuldigend.

»So lange? Das ist zu spät.«

»Liegt am Wetter. Gehen Sie beiseite. Sie machen das nicht richtig. Sie drücken falsch!«

Juliane schaute zu ihm hoch. »Woher wollen Sie das wissen?«

»Ich bin in unserem Betrieb Ersthelfer. Beiseite! Wenn sein Herz zu lange nicht schlägt, hat er keine Chance.« Der Mann kniete sich zu Boden. Zögerlich machte Juliane ihm Platz. Ihr Blick fiel auf den blutroten Schnee. War der Fleck noch größer geworden?

7

Drosten schaute in den wolkenlosen Himmel. Nachdem es bis gestern spätabends geschneit hatte, war über Nacht eine Warmluftfront mit Wind herangezogen, der den Schnee in wenigen Stunden weggefegt hatte. Ein Hauch von Frühling schien in der Luft zu liegen. Drosten blickte auf das Navigationsgerät, das ihre Ankunft innerhalb der nächsten zwanzig Minuten prophezeite.

»Gestern hätten wir deutlich länger gebraucht«, sagte Sommer, der Drosten im Rückspiegel ansah.

Der seufzte tief. »Wo hat der Täter bloß die Leiche versteckt? Bei den Temperaturen der vergangenen Wochen sind viele Waldböden hart wie Beton. Eine Leiche zu vergraben, erscheint mir zu dieser Jahreszeit unwahrscheinlich. Das würde Spaziergängern auffallen. Hat er sie im Main versenkt?«

»Die Leiche von Bürger lag am Flussufer der Saar«, erinnerte sich Kraft. »Deine Theorie ist nicht abwegig. Vielleicht hat ihm beim ersten Mal der Mut oder die Gelegenheit gefehlt, sie im Wasser zu entsorgen.«

Drosten nickte nachdenklich. Er würde sich bei den Frankfurter Kollegen erkundigen, ob die Wasserschutzpolizei in die Suche involviert war. Wahrscheinlich waren Möker oder Prabel selbst auf die Idee gekommen, aber es schadete nicht, das Thema anzusprechen.

Der Freund von Greta Bürger lebte in der Einliegerwohnung eines Einfamilienhauses. Drosten ging die vier Stufen bis zur Souterrainwohnung hinab und klingelte. Da der Treppenzugang schmal war, blieben Sommer und Kraft zunächst auf dem Bürgersteig stehen.

Es dauerte nur wenige Sekunden, bis ihnen ein junger Mann öffnete. Er trug einen dicken Pullover, Wollsocken und eine Jogginghose. Sein anfängliches Lächeln fiel in sich zusammen. »Sie sind offensichtlich nicht die Heizungsinstallateure«, sagte er.

»Nein«, erwiderte Drosten. »Ist Ihre Heizung ausgefallen? Heute ist es ja zum Glück nicht ganz so eisig.«

»Leider hält sich die Kälte in der Wohnung.« Der Mann runzelte die Stirn. »Polizei?«

»Sie sind Hanno Schommers?«, vergewisserte sich Drosten.

Der Angesprochene nickte.

Drosten zog seinen Dienstausweis aus der Jacke. Er stellte sich und seine Kollegen vor.

»Wiesbaden?«, wiederholte Schommers. »Es geht um Greta, richtig? Nur falls Sie es nicht wissen, ich habe ein Alibi für Gretas Verschwinden. Ihre saarländischen Kollegen haben das überprüft und bestätigt.«

»Wir kennen die Akten und betrachten Sie nicht als Verdächtigen«, stellte Drosten klar. »Können wir reinkommen und uns unterhalten?«

»Nur, bis die Heizungsinstallateure auftauchen.« Schommers trat beiseite und ließ sie in die Wohnung.

»Oh ja, ziemlich kühl«, gab Kraft zu. »Sie Ärmster.«

»Gestern Morgen ist sie ausgefallen. Keine Heizung, kein Warmwasser. Die Installateure wollten schon gestern kommen und haben mich dann spätnachmittags auf heute vertröstet. Was führt Sie aus Wiesbaden hierher?« Schommers setzte sich an einen Küchentisch mit insgesamt vier Stühlen. »Nehmen Sie Platz.«

Drosten schaute sich in der geräumigen Wohnküche um. An einer Wand hing ein Ölgemälde, das den Raum mit seiner Größe und den Pastellfarben dominierte. Drosten konnte es keinem bekannten Künstler zuordnen.

»Wir ermitteln bundesweit in Mordfällen«, erklärte er. »In Frankfurt hat sich eine Tat zugetragen, die eventuell mit dem Mord an Ihrer Freundin zusammenhängt. Sie haben hier gemeinsam gewohnt?«

Schommers nickte. »War immer ziemlich eng für uns zwei. Aber ist halt günstig. Wohnküche, Schlafzimmer, Bad, achtundvierzig Quadratmeter, unter fünfhundert Euro Warmmiete. Manchmal frage ich mich, ob der Platzmangel und das fehlende Licht zu ihrer Depression beigetragen haben.« Er mied den Blick seiner Gäste und starrte auf den Küchentisch.

»Das Gemälde an der Wand trägt die Initialen GB«, stellte Kraft fest. »Hat Frau Bürger das gemalt?«

»Das war wohl ihr bestes Werk«, sagte Schommers. »Deswegen durfte sie es trotz der Größe aufhängen.«

»Gefällt es Ihnen nicht?«, fragte Sommer.

Schommers betrachtete es in aller Ruhe, als müsste er erst zu einem Urteil gelangen. »Nur so mittel. Wie schon gesagt, es war Gretas bestes Werk. Aber mir sagen die

Farben nicht zu. Außerdem haben mich ihre Bilder immer an ihre Krankheit erinnert.«

»Wieso?«, wollte Drosten wissen.

»Greta hat bei einem stationären Aufenthalt Grundkenntnisse des Malens gelernt und sich danach voller Begeisterung reingehangen. Leinwände, Pinsel, Farben. Da ging so viel Geld für drauf.« Er hob die Augenbrauen.

»Sie haben das Bild nicht abgenommen«, sagte Drosten.

Schommers betrachtete es erneut. »Aus Faulheit«, bekannte er. »Und weil es mich an Greta erinnert. Wir hatten auch gute Zeiten.« Er räusperte sich. »Sie kommen ja nicht, um mit mir über Gretas Hobby zu sprechen. Was ist in Frankfurt passiert? Ein zweiter Mord?«

»Leider ja«, sagte Drosten. »Das Opfer weist ebenfalls Einstichstellen an den Armen und Würgemale auf.« Dass die Leiche bisher nicht aufgetaucht war, verschwieg er aus taktischen Gründen.

»Verrückt«, murmelte Schommers. »Wer macht so etwas? Als die Polizei damals hier auftauchte, war ich im ersten Moment überzeugt, Greta hätte sich umgebracht.«

»Wieso?«, hakte Kraft nach.

»Sie war wieder einmal in einer ihrer dunklen Phasen. Sprach von Suizid und davon, wie sinnlos das Leben ist.«

»Wie haben Sie darauf reagiert?«, fragte Drosten.

Schommers antwortete nicht sofort. »Bei einem ziemlich üblen Streit zwei Tage vor Gretas Verschwinden habe ich ihr gesagt, dann soll sie es endlich tun und mich in Ruhe lassen.« Er schnaubte. »Ich hab's nicht so gemeint. Wir hatten auch tolle Zeiten. Aber je länger ihre dunklen Phasen anhielten, desto schwieriger wurde es.

Ich bin kein Mensch, der im Nachhinein behauptet, alles sei super gewesen.« Er zuckte die Achseln. »Wahrscheinlich haben mich Ihre Kollegen deswegen als Verdächtigen angesehen, aber ... na ja. Ich war's halt nicht.«

Drosten hatte eine Kopie von Schommers' Aussage studiert, die er vor den saarländischen Kollegen gemacht hatte. Sie deckte sich mit dem, was der Student nun wiederholte.

Schommers deutete aufs Bild. »Dass ich nie überschwänglich auf Gretas Kunstwerke reagiert habe, war ein ständiges Streitthema.« Er lachte. »Dabei hat sie sich auch nie für mein Hobby interessiert. Mit mir samstags auf den Fußballplatz zu gehen, war ihr angeblich unmöglich. Fast alle meine Mannschaftskameraden kommen in Begleitung ihrer Freundinnen. Mir war das nicht vergönnt.«

»Sie waren nicht glücklich miteinander?«, fasste Kraft zusammen.

»Die meiste Zeit nicht«, antwortete Schommers. »Wir sind aus Bequemlichkeit zusammengeblieben, nicht aus Liebe.« Wie zur Entschuldigung breitete er die Hände aus.

»Wir kennen Ihre Antwort auf die Frage, ob Ihre Freundin Drogen konsumiert hat«, sagte Drosten.

»Greta hat sich nie Drogen gespritzt«, erklärte Schommers. »Falls Sie wegen der Einstiche fragen.«

Drosten nickte.

»Sie hat Antidepressiva geschluckt. Ab und zu einen Joint geraucht. Aber niemals nahm sie Drogen intravenös. Das kann ich ausschließen. Greta lief gern nur in Unterwäsche durch die Wohnung. Mir wären Nadelstiche an Armen oder Beinen garantiert aufgefallen.« Er lächelte wehmütig. »Sie hatte makellose Haut. In unseren guten Phasen habe ich es geliebt, sie zu streicheln. So glatt. Fast wie Babyhaut.«

Drosten beobachtete den Mann. Nichts deutete darauf hin, dass er seine verstorbene Freundin in Schutz nahm. Also hatte der Mörder die Haut des Opfers punktiert. Um ihr Blut abzuzapfen?

»Seit wann malte Frau Bürger?«, erkundigte sich Kraft.

»Letzten Februar war sie für sechs Wochen stationär in Behandlung. Danach kam sie wieder, zeigte mir begeistert ihre Bilder, die sie in der Klinik angefertigt hatte, und bat mich, sich Zubehör kaufen zu dürfen. Leinwände. Eine Staffelei, Pinsel, Farben. Sie wollte ständig meine Meinung hören, als es um die Auswahl der Produkte ging.« Er zuckte die Achseln. »Ich hab davon keine Ahnung, konnte immer nur auf den Preis achten. Sogar deswegen haben wir uns gestritten. Sie warf mir vor, keine Hilfe zu sein.«

»Hat sie irgendwo anders Unterstützung bekommen?«, fragte Sommer.

»Im Internet. Sie hat sich in verschiedenen Foren angemeldet, in denen sich Hobbykünstler ausgetauscht haben«, antwortete Schommers.

Drosten wurde hellhörig. War sie in einem dieser Foren auf einen Verdächtigen gestoßen? Hatten die saarländischen Kollegen das bereits überprüft und waren nicht fündig geworden? »Hat Frau Bürger am Computer Lesezeichen zu diesen Foren gesetzt?«

Schommers schüttelte augenblicklich den Kopf. »Greta besaß seit fast einem Jahr keinen Laptop mehr. Sie war ein Smartphone-Junkie. Wenn sie mal dringend einen Computer brauchte, hab ich ihr meinen geliehen. Aber nicht für diese Foren.«

»Wo ist ihr Smartphone?«, fragte Drosten.

»Keine Ahnung. Sie hatte es bei sich, als sie verschwunden ist. Falls es aufgetaucht ist, habe ich es nicht zurückbekommen.«

In Gedanken ging Drosten die Akte durch, die ihnen das LKA zur Verfügung gestellt hatte. Von einem bei der Leiche gefundenen Handy war nicht die Rede. »Wissen Sie, mit welcher E-Mail-Adresse oder welchem Nutzernamen Frau Bürger solche Foren genutzt hat?«

»Greta hatte mehrere E-Mail-Adressen. Die hat sie mindestens einmal im Jahr gewechselt. Ich weiß es also nicht. Aber vielleicht haben Sie trotzdem Glück. Kommen Sie mit.« Schommers stand auf, verließ die Wohnküche und ging ins Schlafzimmer. »Hätte ich Besuch erwartet, hätte ich aufgeräumt«, murmelte er entschuldigend. Er kniete sich vors Bett und zog einen schwarzen Karton hervor.

»Was ist da drin?«, fragte Kraft.

»Das ist Gretas Kramkiste. Die Polizei wollte sie nicht haben.« Er nahm den Deckel ab und wühlte darin herum, bis er ein pinkfarbenes Notizbuch fand. »Hier hat Greta ihre Passwörter reingeschrieben. Hilft Ihnen das weiter?«

Kraft nahm das Buch entgegen und blätterte kurz. »Sieht vielversprechend aus. Dürfen wir es mitnehmen?«

»Ich brauche es nicht. Gretas Eltern wollten es nicht haben. Die haben nach Gretas achtzehntem Geburtstag den Kontakt zu ihr abgebrochen. Irgendwann werde ich das alles wegschmeißen müssen, aber so weit bin ich noch nicht.« Schommers erhob sich wieder.

»Bevor Sie etwas wegwerfen, sagen Sie uns bitte Bescheid.« Drosten reichte ihm eine Visitenkarte. »Und falls Sie zufällig auf Zugangsdaten für ein Forum stoßen, würden wir uns auch freuen, von Ihnen zu hören.«

»Darauf würde ich nicht wetten. Wie schon gesagt, an meinem Laptop war sie ...« Ein Klingeln an der Wohnungstür unterbrach ihn. Schommers schaute auf seine Uhr. »Hoffentlich ist das der Installateur. Ich will endlich wieder heiß duschen. Sind wir fertig?«

Drosten nickte und reichte dem Mann die Hand. »Sie haben uns sehr geholfen.«

Schommers wirkte überrascht. »Das freut mich.« Er ging mit ihnen zur Wohnungstür.

8

Oliver Wemmer biss in ein halbes Käsebrötchen. Von allen Annehmlichkeiten seines Lebens genoss er am meisten den Luxus, morgens Zeit zu haben. Es war toll, den Lebensunterhalt mit Mieteinnahmen zu verdienen. Er schlief oft bis neun oder halb zehn, ehe ihn sein Biorhythmus von allein weckte. Danach duschte er, zog sich an und ging zur wenige hundert Schritte entfernten Bäckerei. Zwei Brötchen und ein Schokocroissant. Die Mitarbeiterinnen der Bäckerei wussten inzwischen, was er jeden Tag einkaufte. Manchmal kam er mit ihnen ins Gespräch und …

An der Wohnungstür klingelte es. Wemmer schaute zur Uhr. Er erwartete keinen Besuch. Wollte einer der Mieter ein Problem melden? Mit einer Serviette tupfte er sich die Mundwinkel ab, stand auf und ging in aller Seelenruhe in die Diele. Hoffentlich war das nicht der penetrante Student aus der ersten Etage, der ihn neulich in eine Diskussion über Dämmungsmaßnahmen verwickeln wollte. Öko-Spinner! Spätestens bei der daraus resultierenden Mieterhöhung würde er schnell rumjammern. Wemmer schaute durch den Spion und wich überrascht zurück. Vor der Tür standen zwei Schutzpolizistinnen. Es klingelte erneut.

»Bin schon da«, rief er und öffnete die Wohnungstür. »Hallo«, sagte er. In diesem Moment bemerkte er eine dritte Frau, die hinter den Polizistinnen stand. Er lächelte ihr zu. »Oh. Hi.«

»Guten Tag, Herr Wemmer«, begrüßte ihn die ältere der beiden Beamtinnen. »Barsch, mein Name. Und das ist Polizeikommissarin Kerk.«

»Hallo, Herr Wemmer«, sagte nun auch die dritte Frau.

Er musterte sie. »Sie sind Ricos Ex, richtig? Wir haben uns zwei-, dreimal gesehen und ein bisschen geplaudert.«

Juliane Schwalm schaute ihn überrascht an. »Woher wissen Sie von der Trennung?«

»Rico hat vor ein paar Wochen sein Herz bei mir ausgeschüttet. Ihm geht's nicht gut. Er hängt an Ihnen.« Wemmer runzelte die Stirn. »Sind Sie hier, weil er Mist gebaut hat? Hat er Sie belästigt?«

»Das nicht«, erklärte Barsch.

»Gott sei Dank.«

»Aber es geht tatsächlich um Herrn Pfeffer«, fuhr Barsch fort. »Ich entnehme Ihren Worten, dass Sie noch nicht davon gehört haben.«

»Wovon?«, fragte Wemmer.

»Herr Pfeffer ist gestern bei einem Verkehrsunfall ums Leben gekommen.«

Wemmer riss den Mund auf. »Oh mein Gott. Wie schrecklich!« Er suchte den Blick der Freundin. »Das tut mir so leid für Sie. Mein aufrichtiges Beileid.« Er verspürte den Impuls, sie tröstend in den Arm zu nehmen, doch da sie sich nur wenige Male begegnet waren, erschien ihm das übertrieben, erst recht vor den Polizistinnen. Herzlichkeit wurde heutzutage schnell missverstanden. »Wo ist es passiert?«

»In der Straße, in der ich wohne«, sagte Schwalm.

»Waren Sie Zeugin?«

Schwalm nickte.

»Furchtbar.« Wemmer schüttelte sich und suchte den Blick der Polizistin. »Wie kann ich Ihnen helfen?«

»Wir möchten Herrn Pfeffers Wohnung betreten«, erklärte Barsch.

Wemmer zuckte mit den Achseln. »Meinetwegen gerne. Ich meine, Sie sind von der Polizei.« Er lachte. »Wenn man Ihnen nicht vertrauen kann, wem dann?«

»Wir haben leider ein Problem. Wir haben keinen Schlüssel«, fuhr Barsch fort.

Nun runzelte Wemmer die Stirn. »Das verstehe ich nicht. Hatte er keinen Schlüsselbund bei sich? Ich meine, beim Unfall?«

»Wir haben nur den Wagenschlüssel gefunden. Weder in dem Fahrzeug noch in seiner Kleidung waren andere Schlüssel.«

Wemmer schaute die junge Frau an. »Hast du, äh, haben Sie keinen?«

»Nein«, antwortete Schwalm. »Aber Rico hat mir mal erzählt, dass er einen Schlüssel bei Ihnen gelassen hat, falls er sich aussperrt.«

Nun lächelte Wemmer. »Was eine gute Entscheidung war. Ist ihm im letzten Jahr mindestens dreimal passiert.«

»Und da dachten wir, bevor wir einen Schlüsseldienst rufen, fragen wir Sie«, mischte sich Kerk ein.

»Ist überhaupt kein Problem.« Er wandte sich dem

Schlüsselkasten im Flur zu, suchte das Exemplar für die Erdgeschosswohnung und gab es der Polizistin Barsch. »Bringen Sie mir den Schlüssel später wieder?«

»Selbstverständlich. Vielen Dank für Ihre Hilfe.«

»Kümmern Sie sich um Herrn Pfeffers Eigentum?«, fragte Wemmer Juliane Schwalm.

Die schüttelte sofort den Kopf.

»Wir haben schon die Eltern kontaktiert«, erklärte Barsch. »Leider sind sie seit Montag im Urlaub in Dubai, kommen aber so schnell wie möglich nach Hause. Bestimmt setzen sich die Hinterbliebenen mit Ihnen in Verbindung.«

»Okay. Danke. Oh Gott. Wie schrecklich. Die armen Eltern.«

»Bis später.« Die drei Frauen wandten sich ab.

Wemmer schaute ihnen einen Moment hinterher, dann schloss er die Tür.

* * *

»Ich bin Ihnen so dankbar«, sagte Juliane leise auf dem Weg nach unten.

»Das machen wir gern«, erklärte Barsch. »Hoffentlich finden Sie die Datei.«

»Ehrlich gesagt hoffe ich eher, dass er mich gestern angelogen hat. Er hatte mir nämlich versprochen, die Aufnahmen zu löschen. Ich war so dumm. Von Anfang an war ich dagegen, aber er hat mich überredet.«

»Manchmal macht man vermeintlich aus Liebe Sachen, die einem widerstreben. Da sind Sie nicht die Einzige«, sagte Kerk. »Obwohl es immer besser ist, aufs Bauchgefühl zu hören.«

Juliane nickte. »Das wird mir nie wieder passieren.«

Sie erreichten die Erdgeschosswohnung. Barsch steckte den Schlüssel ins Schloss und verschaffte ihnen Zutritt. Die Polizistin ging voran.

»Hier in der Diele liegt ein Schlüsselbund«, sagte sie.

»Also hat er sich gestern ausgesperrt«, folgerte Juliane.

»Wahrscheinlich war er so erpicht darauf, mit Ihnen zu sprechen, dass er nichts anderes im Kopf hatte. Erklärt natürlich auch, wieso er den Lieferwagen nicht gesehen hat«, stellte Kerk fest.

»Bekommt der Fahrer Ärger?«, erkundigte sich Juliane. »Ich hoffe es! Wäre er nicht zu schnell gefahren, wäre das gar nicht passiert. Fünfundfünfzig bei dem Schnee. Ein Wahnsinn!«

Barsch nickte. »Bei einem solchen Verkehrsunfall wird immer alles genau analysiert. Ich finde das Fahrverhalten auch zumindest grob fahrlässig. Ob der Fahrer angeklagt wird, entscheidet allerdings ein Staatsanwalt.«

»Hoffentlich!«, brummte Juliane. »Ich bin wegen des Schnees auf dem Nachhauseweg von der Arbeit gestern kaum schneller als fünfunddreißig gefahren.«

Sie betraten das Wohnzimmer. Auf dem Couchtisch stand der Laptop.

»Darf ich ihn anschalten? Falls Rico das Kennwort in den letzten Wochen nicht geändert hat, kenne ich es.«

»Probieren Sie Ihr Glück«, sagte Barsch.

Juliane setzte sich und klappte den Laptop auf. Das Betriebssystem startete und forderte sie kurz darauf auf, ein Passwort einzugeben. Juliane tippte das ihr bekannte Kennwort ein. Sie hielt den Atem an. Als das System ihr den Zugriff gewährte, atmete sie erleichtert auf. »Ich bin drin.«

Die Polizistinnen schauten ihr über die Schulter.

Offenbar wollten sie sichergehen, dass Juliane die Computerdateien nicht aus einem anderen Grund aufrief. Davon unbeeindruckt öffnete sie den Systemmanager und durchsuchte die Ordnerstruktur. Rico hatte im Bereich Videos einen Ordner mit ihrem Namen angelegt. Darin entdeckte sie einen ziemlich großen Videoclip.

»Ich glaube, ich hab ihn gefunden«, sagte sie. »Darf ich ihn anklicken?«

Barsch trat näher. Juliane zeigte auf die Datei.

»Ist zumindest nach mir benannt«, stellte sie fest. »Er hat die Abkürzung verwendet. Freunde nennen mich Juli.«

»Klicken Sie drauf«, sagte Barsch. Sie wandte sich wieder ab.

Juliane startete den Clip. Schon nach wenigen Sekunden wusste sie, dass Rico gestern Abend nicht gelogen hatte. »Das ist der Film! Dieses ...« Im Anbetracht des tödlichen Verkehrsunfalls hielt sie das Schimpfwort im letzten Moment zurück. »Wie konnte er mich so dreist anlügen?« Sie löschte den Clip, wechselte zum Papierkorb und vernichtete die Datei dauerhaft.

»Hat er Daten in einer Cloud gespeichert?«, fragte Kerk.

»Meines Wissens nicht. Er hielt davon nichts, und ich finde keinen Speicherordner, der darauf hindeutet. Aber bei den Videodateien sind noch andere Clips mit Frauennamen.«

»Zeigen Sie mal her.« Barsch setzte sich neben sie.

Juliane schob ihr den Laptop zu. Barsch klickte auf eine der insgesamt vier Dateien. Es öffnete sich ein Film, der mit der Nahaufnahme einer schlafenden Frau begann. Sie lag auf dem Bauch. Die weiße Bettdecke ging ihr bis zur Hüfte.

Barsch stoppte den Clip.

»Wollen Sie ihn nicht löschen?«, fragte Juliane.

»Das dürfen wir nicht.«

»Und wenn die Frau nichts davon ahnt, dass er sie gefilmt hat? Vielleicht hat er das heimlich gemacht.«

»Trotzdem. Es steht uns nicht zu, solche Dateien zu löschen. So sehr ich das bedauere. In Ihrem Fall konnten wir eine Ausnahme machen, weil Sie Rechte an Ihrem Video besitzen. Aber das war's, was wir an Befugnissen haben. Mir tun die Eltern leid, falls sie jemals auf diese Clips stoßen. Das wollen sie bestimmt nicht sehen.« Barsch fuhr den Computer wieder herunter. »Meine Kollegin und ich gucken uns eben kurz um. Haben Sie Gegenstände in der Wohnung deponiert, die Ihnen gehören?«

»Nein. Wenn ich hier geschlafen habe, hatte ich immer frische Sachen dabei.« Sie deutete zu einem Kerzenständer in einem der Wohnzimmerregale. »Den Ständer habe ich mitgebracht.«

»Als Geschenk?«, fragte Kerk.

Juliane überlegte kurz. »Irgendwie schon.«

»Dann muss er hierbleiben.«

Juliane nickte. »Alles, was mir wichtig war, habe ich am Tag der Trennung eingesteckt.«

»Gut. Warten Sie auf uns und rühren sich bitte nicht vom Fleck.«

Während die Polizistinnen die Wohnung inspizierten, erinnerte sich Juliane an die Zeit, die sie hier verbracht hatte. Zu ihrer Überraschung empfand sie kaum Trauer. Zwischen ihr und Rico war es aus gewesen. Seine Lüge, was den Clip anbelangte, tat ihr Übriges. Sie bedauerte seine Eltern, die nun den Verlust ihres einzigen Kindes verkraften mussten. Für Juliane hingegen würde sich das Leben fast wie gewohnt weiterdrehen.

Schnell kehrten die Polizistinnen zu ihr zurück und beendeten die Grübelei.

»Wir bringen Herrn Wemmer noch den Ersatzschlüssel und behalten dafür die Exemplare von Herrn Pfeffer. Wollen Sie sich von dem Vermieter verabschieden? Sie scheinen sich ja zu kennen.«

Juliane schüttelte den Kopf. »Wir haben uns nur ein paar Mal gesehen und kaum miteinander gesprochen. Wenn es Ihnen nichts ausmacht, warte ich lieber hier unten.«

»Würde ich an Ihrer Stelle auch machen«, sagte Kerk.

Gemeinsam verließen sie die Wohnung. Barsch schloss die Tür ab. Während Juliane vor der Haustür wartete, gingen die Polizistinnen zur Wohnung des Vermieters im dritten Stock. Sie klingelten, und Juliane hörte, wie der Mann den Beamtinnen öffnete.

»Hat es geklappt?«, fragte er.

»Ja. Vielen Dank«, erklang Kerks Stimme. »Hier haben Sie den Schlüssel. Sein Bund lag in der Diele. Er hat sich gestern wohl ausgesperrt. Den behalten wir vorläufig. Sie kriegen die übrigen Exemplare natürlich zurück, wenn alle Angelegenheiten geregelt sind. Wir geben den Hinterbliebenen Bescheid, dass Sie im Haus wohnen. Bestimmt kommen sie auf Sie zu.«

»Machen Sie das. Und sagen Sie Ricos Freundin, dass ich jederzeit für sie da bin, falls sie Redebedarf hat.«

»Alles klar. Bis dahin!«, verabschiedete sich Barsch.

Die Polizistinnen kamen die Treppe herunter. Juliane öffnete die Haustür und trat nach draußen. Sie wandte sich der Sonne zu, die ihr das Gesicht wärmte. Warum war es nicht schon gestern so schön gewesen? Würde Rico dann noch leben? Plötzlich erfüllte sie Schwermut. Hatte sie nicht erst vor ein paar Minuten geglaubt, für sie würde alles normal weitergehen? In diesem Moment wurde ihr klar, wie trügerisch diese Hoffnung war. Sie hatte sich etwas vorgemacht. Tränen füllten ihre Augen. Gleichzeitig verließen die Polizistinnen das Haus. Barsch bemerkte ihre Stimmung und nahm sie in den Arm. Juliane schluchzte herzzerreißend.

»Irgendwann wird alles gut«, versprach die Polizistin.

9

Am späten Mittag betraten Drosten und seine Kollegen die Galerie Deville. Eine attraktive, junge Frau kam ihnen entgegen.

»Herzlich willkommen. Sie sind die Herrschaften aus Wiesbaden, die sich telefonisch angekündigt haben?«

Drosten lächelte amüsiert über die antiquierte Ausdrucksweise der jungen Frau. »Das sind wir.« Er zeigte seinen Dienstausweis vor.

»Ich erwarte Herrn Deville in wenigen Augenblicken zurück. Mein Name ist übrigens Nora. Wollen Sie sich umsehen, oder möchten Sie einen Kaffee?«

Sommer schaute auf seine Uhr. »Wo ist Herr Deville? Wir sind verabredet und nicht zu früh gekommen.«

Nora zuckte entschuldigend mit den Achseln. »Er ist vor einer halben Stunde gegangen, um irgendwo eine Kleinigkeit zu essen.«

»Aber Sie wissen nicht wo?«, vergewisserte sich Sommer.

»Leider nicht.«

»Dann rufen Sie ihn bitte an«, sagte Sommer.

»Sein Handy liegt in seinem Büro«, erwiderte die junge Frau. »Das nimmt er mittags nie mit. Schauen Sie sich einfach um. Bestimmt müssen Sie nicht lange auf Herrn Deville warten. Mich finden Sie dort vorn.«

Ihr Blick glitt an ihnen vorbei, und die Anspannung verschwand aus ihren Gesichtszügen. »Da kommt er ja.« Sie lächelte. »Wer von Ihnen möchte einen Kaffee?«

In seinem Büro entschuldigte sich Deville für seine Verspätung. »Aber Sie müssen bekennen, sich sehr kurzfristig angemeldet zu haben. Ich kann ja nicht all meine Pläne einfach umwerfen.«

»Ob Sie's gerne hören oder nicht, wir haben sogar mit dem Gedanken gespielt, Sie gar nicht vorab zu informieren«, sagte Sommer.

»Dann hätten Sie mich vielleicht verpasst.« Deville lächelte selbstbewusst. »Als Galerist bin ich viel unterwegs. Am Telefon haben Sie mir übrigens verschwiegen, weshalb eine bundesweit tätige Behörde in diesem Fall ermittelt. Ist das ein Geheimnis? Oder haben sich die Frankfurter Kommissare bloß als unfähig herausgestellt? Wundern würde es mich nicht.«

»Ganz im Gegenteil«, sagte Drosten. »Wir sind vor allem wegen Frau Haller involviert«, behauptete er. Auf diese Strategie hatten sie sich vorab geeinigt.

»Inwiefern?«, fragte Deville.

»Ist es nicht ein ungewöhnlicher Zufall, dass die Lieferung ausgerechnet dann eintraf, als Sie und Frau Haller im Gespräch waren?«, erkundigte sich Kraft.

»Und? Der Paketfahrer kommt meistens zu dieser Uhrzeit.«

»Frau Haller war schon einmal im Visier eines Serienmörders. Wir wollen eine neue Gefährdungslage für sie ausschließen«, sagte Drosten.

»Oh. Das wusste ich nicht. Wie lange ist das her?«

»Spielt keine Rolle«, erwiderte Drosten.

»Trotzdem kann das nur Zufall sein. Frau Haller hat mich kontaktiert. Von dem Termin wussten bloß Nora und ich. Wer auch immer die Bilder geschickt hat, konnte das nicht ahnen. Es sei denn, Frau Haller war gesprächig. Das kann ich nicht beurteilen.«

»Lassen wir diesen Punkt einmal beiseite«, schlug Drosten vor. »Haben Sie eine Vermutung, wer Ihnen die Gemälde geschickt hat? Jemand, zu dem Sie früher Kontakt hatten?«

»Das ist leider ziemlich wahrscheinlich«, bestätigte Deville. »Auch wenn ich nicht geahnt habe, was in diesem Menschen vor sich gehen muss.«

»Können Sie uns einen konkreten Namen nennen?«, wollte Kraft wissen.

»Das nicht. Aber es spricht vieles dafür, dass ich einmal Werke von ihm abgelehnt habe.«

»Spielen Sie auf die Formulierung in dem beigelegten Schreiben an?«, vergewisserte sich Drosten. »›Ist das spektakulär genug?‹«, zitierte er.

»Ich führe häufig die fehlende Besonderheit als Absagegrund an. Vor allem Künstler, die sich am Markt noch nicht durchgesetzt haben, gehen nicht selbstkritisch mit ihrem Werk um. Selbst wenn sie mit Talent gesegnet sind, müssen sie potenzielle Käufer auf sich aufmerksam machen. Wie soll man sie sonst entdecken? Kunst verkauft sich nur gut, sobald sie etwas Spektakuläres zu bieten hat.«

»Wie würden Sie die Verkaufschancen der Bilder

einschätzen, wenn sie auf dem freien Markt erhältlich wären?«, fragte Kraft.

Sofort lag ein Funkeln in den Augen des Galeristen. »Die Preise würden durch die Decke gehen, falls die Hintergrundgeschichte publik würde. Auf einer Auktion würde das x-Fache des tatsächlichen Werts geboten. Davon bin ich felsenfest überzeugt.« Er nippte an seiner Espressotasse. »Gibt es eine Chance, dass ich die Bilder auf dem Markt anbieten darf? Meinetwegen auch erst, sobald Sie den Täter gefasst haben?«

»Nein«, erwiderte Drosten.

»Warum nicht?«

»Weil es Beweisstücke in einer Mordermittlung sind. Die werden niemals zum Verkauf angeboten.«

Das Funkeln in Devilles Augen erlosch. »Na toll«, brummte er. »Warum stehlen Sie mir dann meine wertvolle Zeit? Was bringt es mir, Sie zu empfangen?«

»Sie wollen sicher helfen, den Mörder zu fassen«, vermutete Drosten.

»Als könnte ich dazu beitragen.«

»Wir waren uns vorhin einig, dass Sie in der Vergangenheit höchstwahrscheinlich Kontakt zum Mörder hatten«, erinnerte sich Sommer.

»Ja und? Ich bekomme jedes Jahr Dutzende Anfragen. Der Hälfte der Bewerber sage ich mit dem Hinweis ab, ihr Werk sei nicht spektakulär genug. Wie soll Ihnen das weiterhelfen?«

»Ist das nicht offensichtlich?« Sommer klang genervt.

Drosten schaute zu seinem Freund und signalisierte ihm mit einer unauffälligen Handbewegung, ruhig zu bleiben. »Wir brauchen die Kontaktdaten dieser Künstler«, erklärte er. »Wenn es wirklich so viele sind, wie Sie andeuten, beschränken wir uns vorläufig auf die letzten beiden Jahre.«

Deville zögerte kurz. »Sie gehen von falschen Voraussetzungen aus«, sagte er mit ruhiger Stimme. »Ich führe darüber kein Buch. Das ist mir zu viel Aufwand.«

»Was?«, entfuhr es Drosten.

»Die Galerie ist ein Ein-Mann-Unternehmen. Von Praktikantinnen wie Nora abgesehen, muss ich alles allein regeln. Wenn ich Buch führen würde über Künstler, denen ich abgesagt habe, würden dafür im Laufe eines Jahres Tage draufgehen. Das lohnt sich nicht.«

»Fällt mir schwer zu glauben«, sagte Sommer.

»Glauben Sie's oder nicht.«

»Moment!« Drosten bemühte sich um einen deeskalierenden Tonfall. »Wie bewerben sich diese Künstler bei Ihnen?«

»Die meisten schicken mir Mails mit Fotos ihrer Bilder. Mit manchen, die mein Interesse wecken, vereinbare ich Videotelefonate. Dann begutachte ich die Gemälde online.«

»Also dürfte es keine große Arbeit sein, uns diese E-Mails weiterzuleiten«, sagte Kraft.

»Ich lösche diese Korrespondenz regelmäßig. Mindestens zum Quartalsende, wenn ich die Umsatzsteuervoranmeldung ans Finanzamt schicke. Manchmal sogar monatlich.«

Sommer stöhnte. »Wieso denn das?«

»Damit mein E-Mail-Konto nicht überläuft. Ich darf den Überblick nicht verlieren. Jeder Kunde ist für mich tausendmal wichtiger als Künstler mit wenig Talent. Früher habe ich geschäftlich relevante E-Mails übersehen. Daraus habe ich meine Lehren gezogen.«

»Dafür kann man im Postfach Unterordner anlegen«, empfahl Sommer.

»Ich konnte ja nicht ahnen, dass diese Informationen eines Tages polizeirelevant sein könnten.«

»Haben Sie keine Angst, dass manche Künstler immer wieder ihr Glück bei Ihnen versuchen und Ihnen wertvolle Zeit stehlen?«, fragte Kraft.

»Die meisten, mit denen ich zu tun habe, sind so überzeugt von ihrem Schaffen, dass sie mich nach einer Absage auf ihre schwarze Liste setzen.« Er lächelte amüsiert.

Drosten fuhr sich mit der Hand übers Gesicht und sammelte seine Gedanken. »Können Sie sich an jemanden erinnern, der mit Blut gemalt oder zumindest davon gesprochen hat?«

»Dann hätte ich das Ihren Kollegen schon längst ...« Deville hielt inne. »Verdammt!« Er schlug sich an die Stirn. »Wie konnte ich den vergessen?«

»Wen?«, fragte Sommer.

»Theodor von Schwartz. Künstlername: schwarzer Teddy.«

»Was ist mit ihm?«, hakte Drosten nach.

»Teddy und ich haben vor gut zwei Jahren eine Ausstellung hier in der Galerie organisiert. Lief mittelprächtig. Ein paar verkaufte Gemälde. Wir waren beide nicht unzufrieden, aber auch nicht völlig begeistert. Eines Tages kam Teddy zu mir ins Büro, um mir seine neueste Idee zu präsentieren. Er wollte Bilder mit Tierblut malen. Zeigte mir ein Foto vom ersten fertigen Werk. Gefiel mir aus mehreren Gründen nicht. Tierblut? Da sehe ich die Demonstranten draußen auf dem Bürgersteig in langen Reihen stehen. Heutzutage muss man sich ja schon schämen, wenn man im Restaurant ein blutiges Steak bestellt.

Ich sagte zu Teddy, dass ich davon nichts halte. Da war er persönlich beleidigt und beendete unsere Zusammenarbeit. Völlig verrückt.«

»Haben Sie wenigstens seine Kontaktdaten?«, fragte Sommer.

»Sie finden ihn ganz einfach im Internet. Schwarzerteddy.de.«

Sommer zog sein Handy aus der Hosentasche, öffnete den Browser und gab die Adresse ein. »Ja, die Seite gibt es noch immer.«

Deville blickte demonstrativ auf seine Uhr. »War's das? Dann würde ich mich gern meiner Arbeit widmen.«

* * *

Sie beratschlagten sich im Auto und blieben absichtlich in Sichtweite der Galerie stehen.

»Ich glaub ihm nicht«, sagte Sommer. »Es macht viel mehr Arbeit, solche Anfragen von Künstlern zu löschen, als sie einfach im Postfach zu behalten. Ein schmieriger, unangenehmer Kerl.«

»Aber wieso lügt er?«, fragte Kraft.

»Macht die Galerie auf euch einen erfolgreichen Eindruck?«, erkundigte sich Drosten. »Vielleicht kriegt er jährlich nicht Dutzende Anfragen, sondern nur ganz wenige. Die Praktikantin sah nicht überarbeitet aus. Auf ihrem Schreibtisch stand ein Fläschchen Nagellack. Nicht ein Kunde ist während unseres Gesprächs in die Galerie gekommen. Kein einziges Mal hat das Telefon geklingelt.«

»Dann müsste es umso einfacher für ihn sein, uns Namen von Bewerbern zu nennen, denen er abgesagt hat«, meinte Sommer.

»Vielleicht hat er ein besonderes Interesse daran, uns das vorzuenthalten«, vermutete Drosten.

Kraft sah ihn an. »Hältst du ihn für verdächtig?«

»Entweder das, oder er hat großes Interesse daran, die Bilder des Täters zu verkaufen.«

»Also hofft er auf eine neue Lieferung? Zutrauen würde ich es ihm. Dann wäre es nur Pech für ihn gewesen, dass die Gemälde kamen, als eine Zeugin dabei war.« Sommer starrte zum Eingang der Galerie. »Er steht an der Tür und beobachtet uns.« Spöttisch hob Sommer die Hand zum Gruß. »Jetzt wendet er sich ab.«

Drosten entnahm seiner Aktentasche ein Tablet. Er rief die Homepage des Künstlers auf, den der Galerist genannt hatte. Darauf stellte Theodor von Schwartz einige Werke vor, die man online direkt bei ihm kaufen konnte. Drosten wechselte zum Unterpunkt *Persönliches.* »Wow, seht euch das an«, sagte er nach ein paar Sekunden. Er reichte Kraft das Tablet. »Wenn die Informationen stimmen, lebt von Schwartz auf einem abgelegenen Bauernhof zwanzig Kilometer außerhalb Frankfurts«, fuhr Drosten fort. »Da kann man ihn besuchen, um die Bilder vor dem Kauf unter die Lupe zu nehmen. Auf einem der Fotos sieht man ihn umringt von Schweinen.«

»Es hat Fälle gegeben, in denen Menschenleichen an Schweine verfüttert wurden«, sagte Kraft. »Das könnte erklären, warum die zweite Leiche noch nicht gefunden wurde.«

Sommer nahm das Tablet von Kraft entgegen. »Wenn er wirklich so einsam wohnt, wäre es kein Problem, Frauen zu verschleppen und ihnen bei Bedarf Blut abzuzapfen.«

»Genau mein Gedanke«, sagte Drosten. »Ich leite

eine Anfrage ans BKA weiter, ob Theodor von Schwartz jemals polizeilich in Erscheinung getreten ist.«

Sommer lachte amüsiert. »Schaut euch das an! Der vielbeschäftigte Galerist steht schon wieder an der Tür und beobachtet uns. Lasst uns noch fünf Minuten hier stehen bleiben.«

»Überhaupt kein Problem.« Drosten wählte an seinem Handy die Nummer eines BKA-Kontaktes und hielt sich das Telefon ans Ohr. »Soll er sich ruhig fragen, mit wem ich telefoniere.«

10

Ein Klingeln an der Wohnungstür ließ ihn aufhorchen. Oliver Wemmer saß am PC und klickte sich durch die Nachrichten des Tages. War das schon wieder die Polizei? Erneut unangekündigt, diesmal abends, kurz vor acht? Zumindest erwartete er keinen anderen Besuch, und die Mieter belästigten ihn meist nicht zu so später Uhrzeit.

Er stand auf und musste an Pfeffer denken. Gestorben bei einem Verkehrsunfall. Welch sinnloser Tod für einen Mann seines Alters. Wemmer schaute durch den Türspion. Im Flur standen keine Polizisten in Uniform, sondern ein Mann und eine Frau, beide in den Fünfzigern.

Wemmer öffnete ihnen und musterte sie näher. Die Frau hatte gerötete Augen, der Mann starrte ihn mit finsterer Miene an. Handelte es sich bei den unangekündigten Besuchern um Pfeffers Eltern? Zumindest erkannte Wemmer eine gewisse Ähnlichkeit zwischen seinem verstorbenen Mieter und dem vor ihm stehenden Mann.

»Ja, bitte?«, fragte er.

»Ja, äh, hallo, n'Abend«, stammelte der Unbekannte. Er schaute zunächst zu Boden, raffte dann die Schultern und blickte ihm in die Augen. »Wir sind Rico Pfeffers Eltern.«

»Oh, herrje, mein herzliches Beileid. Ich habe von Ihrem Verlust gehört.« Wemmer reichte der Frau die Hand, die sie mechanisch ergriff.

»Danke«, sagte sie kaum hörbar.

Auch der Mann erwiderte den Händedruck – deutlich fester als seine Ehefrau.

»Wir sind ohne Umweg vom Flughafen hergekommen«, erklärte er. »Unser Flieger ist vor anderthalb Stunden gelandet. Die Todesnachricht hat uns beim Dinner in Dubai erreicht.«

»Waren Sie schon bei der Polizei und haben Ihren Sohn gesehen?«, fragte Wemmer.

Die Mutter schluchzte laut auf, der Vater schüttelte den Kopf.

»Dafür fehlt uns heute die Kraft«, sagte Pfeffer. »Morgen früh.«

»Aber Sie sind zu mir gekommen.«

Der Mann nickte. »Nichtstun hätte ich auch nicht ertragen. Es sind zu viele Fragen offen, die ich geklärt haben will, bevor ich zur Polizei fahre.«

»Fragen?«, hakte Wemmer nach.

»Das klären wir später! Rico hat uns erzählt, er hätte bei Ihnen einen Ersatzschlüssel deponiert. Stimmt das?«

»Ja. Rico und ich haben uns gut verstanden. Wir waren auf einer Wellenlänge. Ein toller Mensch. Ich bedauere den Verlust.«

Wieder schluchzte die Mutter.

»Wir haben ab und zu bei mir auf dem Balkon

gesessen und ein Bier getrunken. Vor allem im Sommer, aber auch, seit ihn … na ja. Sie wissen schon.«

»Nein«, erwiderte der Mann. »Was meinen Sie?«

Wemmer zögerte. Konnte er kaltherzig die trauernden Eltern anlügen? Das erschien ihm gefühllos. »Er hat die Trennung von seiner Freundin Juliane nicht gut weggesteckt. Zweimal hat er mir deswegen sein Herz ausgeschüttet.«

»Sie sind der Mann, mit dem ich sprechen will. Haben Sie Zeit?«

Wemmer trat einen Schritt zurück. »Kommen Sie rein!«

»Ich möchte erst in Ricos Wohnung«, bat die Mutter leise. »Mich bei meinem Engel umsehen.«

»Was soll das bringen?«, fragte der Vater.

»Und was soll *das hier* bringen?«, entgegnete sie scharf.

Der Vater rollte mit den Augen.

Wemmer konnte die Mutter gut verstehen. Daher öffnete er den Schlüsselschrank und holte zum zweiten Mal an diesem Tag das Exemplar für die Erdgeschosswohnung heraus. Er drückte es der Mutter in die Hand, schaute jedoch dem Vater in die Augen.

»Ich habe heute Abend für Sie alle Zeit der Welt«, versprach er. »Das ist überhaupt kein Problem.«

»Danke«, murmelte die Mutter. Sie griff nach dem Ellenbogen ihres Ehemanns. »Komm!«

Gabriele Pfeffer schluchzte, als sie über die Türschwelle trat und hielt sich am Türrahmen fest. »Ich war viel zu lange nicht hier.«

»Rico war oft genug bei uns. Warum hättest du hierherkommen sollen?«

»Weil er mein Sohn ...«

Der Blick ihres Mannes brachte sie zum Schweigen.

»*Unser* Sohn«, zischte er.

Johann Pfeffer durchquerte die Diele und betrat das Wohnzimmer.

Seine Frau folgte ihm. »Was sollen wir bloß mit all den Sachen machen?«

Pfeffer schaute sich kurz um. »Das meiste lasse ich abholen und entsorgen. Oder wir verkaufen es.«

»Was?«, erwiderte seine Frau entsetzt.

»Wir können uns kaum seine Möbel in den Keller stellen.«

»Warum nicht? Mehr bleibt uns nicht von ihm.«

»Meinetwegen seine persönlichen Sachen, aber nicht die Möbel.«

»Johann!«

»Wir reden später darüber.« Er setzte sich auf die Couch und klappte den Laptop auf. Das Betriebssystem startete und forderte ein Kennwort. »Kennst du sein Passwort?«

Sie schüttelte den Kopf.

Pfeffer gab testweise viermal die Null ein, leider verweigerte ihm das System den Zugriff. »Scheiße! Dafür brauchen wir einen Techniker. Falls uns nicht irgendwer sein Passwort verraten kann.«

»Ich geh ins Schlafzimmer«, sagte seine Frau.

»Mach das.« Pfeffer blieb sitzen. In seinem Kopf lief ein Film ab. Rico wäre niemals so dumm gewesen, sich von einem Fahrzeug mitten auf der Straße überfahren zu lassen. Es musste etwas anderes dahinterstecken. Ein hinterhältiger Plan. Er hatte eine genaue Vorstellung davon, wer Rico in eine Falle gelockt hatte. Er müsste es bloß beweisen.

Rico hatte ihnen Juliane Schwalm offiziell bei einer Verabredung zum sonntäglichen Gebäck vorgestellt und sie ein weiteres Mal zu einer Familienfeier mitgebracht. Pfeffer hatte die Begeisterung seines Sohnes für die Frau nicht verstanden. Sie war zweifelsohne attraktiv, strahlte jedoch keine Wärme aus. Pfeffer hatte immer gehofft, dass sie nicht ihre Schwiegertochter werden würde. Mit einem solchen Ende hatte er allerdings nicht gerechnet, und er würde alles daransetzen, ihre Rolle in dem Unfall herauszufinden.

Aus dem Nebenraum drang das Schluchzen seiner Frau zu ihm. Pfeffer blieb sitzen. Jeder trauerte auf seine Weise. Tränen verschafften ihm keine Erleichterung. Es war besser, die Wut gären zu lassen, bis er eine Lösung fände.

»Ich bringe den Schlüssel hoch«, schlug Gabriele ihrem Mann vor, als sie aus dem Schlafzimmer kam. »Du kannst ja schon mal im Wagen warten.«

Er schaute sie irritiert an. »Ich unterhalte mich noch mit dem Vermieter. Der hat Informationen.«

»Was soll das bringen?«

»Ich will die Wahrheit erfahren.«

»Rico ist tot!«, schrie sie. »Das ist die Wahrheit.«

»Und jemand ist dafür verantwortlich!«, brüllte er zurück.

»Können wir nicht einfach nur um unseren Schatz trauern? Warum gibst du mir keinen Halt? Ich brauche dich.«

»Diese Schlange hat ihn in eine Falle gelockt. Ich konnte sie nie leiden, und meine Instinkte waren richtig.«

»Ach, Johann. Er ist von einem Wagen erfasst worden. Ein tragischer Unfall bei Schneetreiben.«

»Glaub, was du willst! Ich werde nachforschen. Der Mann hat gesagt, er wüsste was. Ich will hören, was er zu sagen hat.«

»Na schön. Aber dann geh ich zum Wagen und warte dort.«

»Ich weiß nicht, wie lange das dauert. Mir ist das egal. Wenn du warten willst, nehme ich auf dich keine Rücksicht.«

»Ist ja ein völlig neuer Zug an dir«, sagte sie sarkastisch. Sie betrat die Diele.

»Gabi!«, rief er ihr nach.

Seine Frau kehrte zurück. In ihrem Gesicht stand keine Wut, sondern blanker Hass. »Was ist das bloß für eine Ehe?«, schrie sie. »Ständig lässt du mich allein. Bist tagelang verschwunden.«

»Du weißt, warum. Das ist meine Art, die ... die ...«, stammelte er. »Die Ereignisse zu verarbeiten.«

»In deiner eigenen Wohnung, zu der ich keinen Zutritt habe? Weißt du, wie krank das ist? Kein Wunder, dass ich mit niemandem darüber sprechen darf. Was soll ich auch schon sagen? Ich hab ja keine Ahnung, was du in der Wohnung treibst.«

»Ich brauche den Freiraum nicht, um dich zu betrügen«, versicherte er ihr. »So ist das nicht!«

»Inzwischen wäre mir das egal. Rico ist tot. Der einzige Trost, den ich hatte, wenn du verschwunden bist. Wir haben uns an solchen Tagen Nachrichten geschrieben, und er hat mir immer geraten, durchzuhalten, weil du in naher Zukunft wieder normal wirst. Jetzt ist er tot, und du bist nicht mal in der Lage, mir einen kleinen Gefallen zu tun.«

»Ich kann das nicht akzeptieren! Er wäre niemals so dumm gewesen und ...«

»Wieso nicht? Vielleicht steckt vielmehr von dir in ihm, als du dir vorstellen magst.«

»Sag das nicht!«, schrie Pfeffer.

Seine Frau starrte ihn noch eine Sekunde an, dann drehte sie sich um und betrat die Diele. Er war nicht in der Lage, ihr zu folgen. Sie verließ die Wohnung und warf die Tür zu.

Der Vermieter öffnete ihm rasch die Tür. »Kommt Ihre Frau nach?«, fragte er.

»Sie wartet lieber im Auto. Gabriele hat beschlossen, sich wie ein Schaf zu verhalten und alles zu schlucken, was ihr die offiziellen Stellen vor die Füße werfen. So war sie schon immer. Ich nicht.«

»Setzen wir uns in die Küche und trinken einen Kaffee«, schlug Wemmer vor. Er ging voran und schaute über die Schulter. »Zweifeln Sie an der Unfalltheorie?«

»Mir kommt das spanisch vor. Kinder werden überfahren, alte Menschen, aber kein Mann, der mitten im Leben steht. Nicht als Fußgänger.«

Sie setzten sich an den Küchentisch. Pfeffer deutete auf den Kaffeeautomaten. »Machen Sie mir einen doppelten Espresso?«

»Gerne.«

Wemmer erhob sich wieder, holte aus einem Schrank zwei Espressotassen heraus und stellte sie unter den Automaten. Dann drückte er eine Taste, und das Mahlwerk begann mit seiner Arbeit. Pfeffer musterte den Mann, der mit dem Rücken zu ihm stand. Plötzlich zweifelte er an seinem Plan. Konnte dieser Mensch ihm wirklich helfen, den Verlust zu verarbeiten?

»So«, sagte Wemmer. Vorsichtig trug er die Tassen zum Tisch. »Zucker?«

»Nein. Danke.« Pfeffer nippte an dem Espresso. »Was wissen Sie über die Beziehung von Rico und Juliane? Oder über ihre Trennung?«

»Ihr Sohn und ich haben das letzte Mal vor zwei Wochen miteinander gesprochen. Er saß dort, wo Sie jetzt sitzen. Ihm ging's wegen der Trennung nicht wirklich gut. Er musste jemandem sein Herz ausschütten. Und da ich seine Freundin vom Sehen her kannte, wollte er wissen, was ich von ihr halte. Ob es sich lohnt, ihretwegen zu leiden.«

»Was haben Sie ihm gesagt?«

Wemmer zögerte. »Sie ist hübsch. Aber mir kam sie immer ... arrogant vor.«

»Ja!«, stieß Pfeffer aus. »Sie treffen den Nagel auf den Kopf.«

Wemmer lächelte. »Trotzdem wollte Rico sie zurückerobern und hat dafür einiges angestellt.«

»Ich versteh's nicht. War er ansatzweise erfolgreich?«

»Keine Ahnung. Ich bin ihr seit Wochen nicht begegnet. Von heute abgesehen.«

»Wann genau?«, fragte Pfeffer überrascht.

»Heute Morgen. Ich hab gedacht, Sie wüssten das.«

»Nein! Was hat sie hier gewollt?«

Wemmer erzählte vom unangekündigten Auftauchen der Polizistinnen, in deren Schlepptau Ricos Ex gewesen sei. »Ich gab ihnen den Schlüssel, und schon eine Viertelstunde später bekam ich ihn zurück.«

»Juliane war mit der Polizei in der Wohnung meines Sohnes. Versteh ich das richtig?«

Wemmer nickte. »Sie haben mir den Grund für ihr Auftauchen nicht verraten.«

»Dieses Biest. Das geht nicht mit rechten Dingen zu.«

»Was vermuten Sie?«

»Mein Sohn ist kein Dummkopf. Der wäre nicht einfach vor ein Auto gerannt. Sie hat ihn in eine Falle gelockt. Davon bin ich überzeugt.«

»Eine Falle?«

»Irgendwie ist es ihr gelungen, Rico vor den Wagen zu locken. Ich weiß nicht, wie sie es geschafft hat, aber das werde ich noch aus ihr herausbekommen.«

»Wow«, sagte Wemmer leise. »An so eine Möglichkeit hab ich gar nicht gedacht.«

»Woran dann?«

»Ich hätte vermutet, Sie zweifeln die Unfalltheorie an und gehen davon aus, dass Rico vor den Augen seiner Freundin Suizid begangen hat. Um sie zu bestrafen.«

Pfeffer sprang auf. »Mein Sohn? Niemals! Ich denke, Sie waren befreundet?«

»Entschuldigen Sie! Mein Irrtum.«

Pfeffer umklammerte die Rückenlehne des Küchenstuhls. »Nein. Sie hat ihn wie Loreley betört und in den Abgrund geschickt. Wahrscheinlich war sie in der Wohnung, um Beweise dafür zu vernichten. Aber nicht mit mir.«

»Das können Sie nicht nachweisen.«

»Es sei denn, sie gesteht.«

»Wenn Sie recht haben, wird sie einen Teufel tun, das zuzugeben.«

»Natürlich hab ich recht!«, brüllte Pfeffer. Er atmete

durch. »Entschuldigung! Meine Wut ... ist nicht gegen Sie gerichtet!«

»Ich verstehe das«, sagte Wemmer.

Pfeffer schaute auf seine Uhr. »Ich muss jetzt gehen. Meine Frau wartet schon lange genug im Auto.« Er griff in seine Jackentasche und zog das Portemonnaie heraus, das er aufklappte. »Darf ich Ihnen meine Visitenkarte geben? Würden Sie mich anrufen, wenn Sie Ricos Ex sehen? Oder Ihnen noch etwas einfällt?«

Wemmer stand auf. »Natürlich.« Er nahm die Karte entgegen.

»Eines garantiere ich Ihnen. Ich habe Mittel und Wege, die Wahrheit herauszufinden. Damit kommt sie nicht davon.« Er wandte sich ab und hastete aus der Wohnung.

11

Sie beschlossen, die fast vierzig Kilometer lange Strecke in Angriff zu nehmen, ohne den Künstler Theodor von Schwartz vorzuwarnen. Das hatte allerdings nichts mit den Ergebnissen ihrer Abfrage zu tun, denn er war noch nie polizeilich auffällig geworden. Dafür hatten ihre eigenen Internetrecherchen besorgniserregende Details ans Tageslicht befördert.

Während Kraft am Steuer saß, vertiefte sich Drosten auf der Rückbank in ein Interview, das von Schwartz vergangenen Sommer einem Kunstmagazin gegeben hatte. Darin war ihm entweder ein Fehler unterlaufen, oder er hatte bewusst provozieren wollen. Das Echo auf den Artikel war zumindest in der Kunstszene gewaltig gewesen und hatte eine Diskussion angestoßen, die er spielend vermeiden hätte können. Eine ausweichende oder inhaltlose Antwort auf die gestellte Frage hätte dafür genügt.

Halten Sie die Debatte über sexuelle Ausbeutung relevant für das Verhältnis zwischen Künstlern und ihren Modellen? Auch Sie arbeiten ja gern mit attraktiven Modellen zusammen, die während-

dessen stundenlang entblößt sind. Wie vermeiden Sie da prekäre Situationen?

Schwartz hätte eine freundliche Antwort geben können. Er hätte Respekt gegenüber den Frauen zeigen können. Stattdessen hatte er es bevorzugt, nebulös zu bleiben.

Was zwischen Künstler und Modell passiert, sollte nicht nach außen dringen, weil es die Kunst zerstört. Ich suche mir zumindest keine Feministinnen, die eine Anstandsdame mitbringen, die auf Einhaltung aller Regeln achtet.

Was heißt das genau?, hatte die Interviewpartnerin wissen wollen.

Falls ich den Eindruck gewinne, meine Kunst erreicht ein anderes Level, wenn ich selbst nackt bin, ziehe ich mich selbstverständlich aus. Und manchmal muss man als Künstler Druck ablassen, besonders dann, wenn eine Traumfrau unbekleidet als Muse zur Verfügung steht.

Ob von Schwartz mit diesen Aussagen vor allem provozieren wollte? Er hätte wissen müssen, wie verheerend das Echo darauf sein würde. Und tatsächlich hatte er wochenlang auf seiner Homepage und in den sozialen Medien Hassbotschaften empfangen. Er hatte den Sturm einfach ausgehalten, und irgendwann war Ruhe eingekehrt. Oder hatte die Verachtung, die ihm in der Öffentlichkeit entgegengeschlagen war, etwas in ihm ausgelöst?

Drosten verglich die Bilder auf der Homepage mit den Fotos der Gemälde, die der Täter Deville zugeschickt hatte. Ohne ein Kunstkenner zu sein, sah er kaum Ähnlichkeiten. Im Vergleich wirkten die Werke des Mörders nicht so professionell und vielschichtig. Von Schwartz beherrschte sein Handwerk. Steckte hinter den Unterschieden vielleicht ein absichtliches Versteckspiel? Oder führte die Spur ins Leere?

* * *

Er betrachtete seine neue Partnerin und lächelte. Die Zusammenarbeit könnte sehr fruchtbar werden. Sie war perfekt geeignet.

Er hatte sie im Stehen an ein Andreaskreuz gefesselt. Das ergab ein starkes Motiv. In Verbindung mit den verbundenen Augen, dem Knebel im Mund, dem String und dem zerschlissenen Unterhemd erfüllte sie unzählige, dunkle Fantasien.

»Du bist so schön«, sagte er.

Wegen des Knebels konnte sie weder antworten noch lächeln. Bestimmt gefiel ihr das Kompliment. Neben der Leinwand lag eine Kamera auf einem kleinen Tisch. Er würde sie fotografieren, bevor er den ersten Pinselstrich setzte. So konnte er später weiterarbeiten, wenn sie nicht mehr ans Kreuz gefesselt wäre. Er stellte sich in verschiedenen Winkeln vor sie und fotografierte jeweils einmal im Hoch- und Querformat. Nach dem zwölften Bild legte er die Kamera beiseite. Nun kam der schönste Teil eines jeden Kunstwerks. Wenn die Leinwand noch jungfräulich weiß war, machte ihm das Malen am meisten Spaß. Dann erschien alles möglich. Doch nach dem ersten Pinselstrich war die Richtung vorgegeben, obwohl ihn auch danach seine eigene Kreativität oft überraschte.

Er nahm die vorbereitete Holzpalette mit den Ölfarben zur Hand und tauchte die Pinselborsten in die rote Farbe ein. Nicht das Modell würde dieses Bild dominieren, sondern das Andreaskreuz. Also malte er zunächst die roten Enden des Verkehrsschildes.

* * *

Das Navigationssystem teilte ihnen mit, das Ziel erreicht zu haben.

»Wow! Noch größer als erwartet. Fast wie eine Ranch in Texas«, stellte Kraft fest.

Das Grundstück, vor dem sie angehalten hatten, war durch eine mannshohe Mauer von der Straße getrennt. Ein Zufahrtstor war in die Begrenzung eingelassen.

»Wirklich sehr abgelegen«, sagte Sommer. »Für einen Mörder ideales Terrain. Ich steig kurz aus. Mal gucken, wie wir auf uns aufmerksam machen.«

Sommer verließ das Auto und trat ans Tor, das nicht abgeschlossen war. Oberhalb seines Kopfes hing eine Glocke, mit der er sich als Besucher anmelden konnte. Sommer hielt die Glocke fest, damit sie keinen Ton erzeugte, und schob langsam das Tor so weit auf, dass ihr Wagen durchpassen würde. Dann kehrte er lächelnd zu seinen Partnern zurück.

»Wir haben zwei Möglichkeiten«, erklärte er. »Entweder läuten wir und warten, bis uns der Hausherr die Erlaubnis erteilt, das Grundstück zu betreten. Oder wir fahren einfach bis zur Haustür vor.«

»Hast du ein Auto oder einen Lieferwagen gesehen?«, fragte Drosten.

»Nein. Vor der Haustür steht nichts. Ich finde, das ist ein Grund mehr, den zweiten Weg einzuschlagen.«

»Als hättest du je etwas anderes vorgehabt«, erwiderte Drosten. »Fahr los, Verena. Schön langsam.«

Kraft rollte im Schritttempo aufs Gelände. Links von ihnen war ein großes Feld, auf dem von Schwartz vermutlich im Frühjahr Gemüse anbaute. Zwei kleine Scheunen deuteten auf Tierhaltung hin.

Sie erreichten das Hauptgebäude.

»Bleibt ihr noch kurz im Wagen sitzen«, schlug

Sommer vor. »Nicht, dass von Schwartz sich wirklich wie ein Texaner verhält und ein geladenes Gewehr anlegt.«

Erneut stieg er aus und schaute sich um. »Hallo?«, rief er. »Theodor von Schwartz? Hören Sie mich?«

Niemand antwortete. Sommer blickte zur Haustür, an der eine normale Klingel angebracht war. Er winkte seine Kollegen zu sich. Kraft schaltete den Motor aus, während Drosten bereits ausstieg.

»Ich klingele«, schlug Sommer vor. »Hoffentlich haben wir uns nicht umsonst auf den Weg gemacht.«

* * *

Ihre blonden Haare flossen übers Kreuz hinweg. Schwungvoll zeichnete er diese Komposition auf die Leinwand. Er spürte eine wachsende Erregung. Im nächsten Schritt würde er ihr das Unterhemd mit einer großen Schere zerschneiden, sodass es in Fetzen an ihrem Körper hing.

»Nicht erschrecken«, sagte er. »Ich komme jetzt mit der Schere in der Hand zu dir. Du solltest nicht zappeln, sonst verletze ich dich versehentlich.«

Das scharfe Werkzeug lag neben der Leinwand am Boden. Er bückte sich und hob es auf. In diesem Moment klingelte es an der Haustür.

»Was zur Hölle?«, fluchte er. Die Störung kam im denkbar ungünstigsten Augenblick. Er war in der Stimmung für ein wahres Meisterwerk. Doch dieses Hochgefühl verflog bereits.

Mit der Schere in der Hand verließ er den Raum, ohne die Tür hinter sich zu schließen. Vielleicht konnte er den unangekündigten Besucher rasch vertreiben. Eilig durchquerte er den Hausflur und riss die Tür auf.

»Was zum Teufel?«, rief er. »Wer sind Sie?«

* * *

Sommer sah sofort die große Schere in der Hand des Mannes. Instinktiv trat er einen Schritt zurück und stellte sich schützend vor seine Partner.

»Legen Sie die Schere zu Boden!«, befahl er scharf.

»Sie haben mir gar nichts zu sagen«, erwiderte von Schwartz. »Wer sind Sie? Was wollen Sie?«

»Polizei! Legen Sie die Schere weg!«

»Polizei?«, wiederholte der Künstler überrascht.

Aus einem hinteren Teil des Gebäudes drang ein Stöhnen.

»Was war das?«, fragte Drosten.

»Wovon sprechen Sie?«

Das Stöhnen wurde lauter. Es klang, als stamme es von einem geknebelten Menschen, der auf sich aufmerksam machen wollte. Sommer zögerte keine Sekunde. Er trat vor und schlug dem Mann auf die Hand, in der er die Schere hielt. Sie entglitt ihm und fiel zu Boden.

»Au!«, schrie von Schwartz. »Spinnen Sie?«

Sommer zog seine Pistole und zwängte sich an ihm vorbei. Erneut war das Stöhnen zu hören. Es drang aus einem halbdunklen, geöffneten Raum zu ihm.

»Das dürfen Sie nicht«, beschwerte sich von Schwartz. »Sie zerstören mein Werk.«

»Ruhig!«, sagte Drosten. »Mein Kollege vergewissert sich nur, ob hier alles in Ordnung ist.«

Sommer schaute kurz über die Schulter. Von hinten drohte keine Gefahr: Drosten hielt den Künstler am Arm fest.

»Ich bin gleich bei Ihnen«, rief Sommer ins Gebäude. »Sie sind in Sicherheit!«

Er betrat einen Raum und traute seinen Augen nicht. Eine Frau war mit Handschellen an ein Andreaskreuz gefesselt. In ihrem Mund steckte ein Knebel, die Augen waren mit einer Binde verdeckt.

»Ich bin bei Ihnen«, sagte Sommer. »Nicht erschrecken.« Vorsichtig schob er der Frau die Binde auf die Stirn und lächelte ihr beruhigend zu. »Und jetzt der Knebel. Halten Sie noch kurz aus.«

Er öffnete die Lasche und zog ihr den kleinen Ball aus dem Mund.

»Gott sei Dank«, sagte die Frau. »Ich muss so dringend pinkeln. Teddy!«, rief sie. »Wo ist der Schlüssel für die Handschellen? Ich muss pinkeln.«

»Stehen Sie freiwillig Modell?«, fragte Sommer.

»Was haben Sie denn geglaubt? Es ist echt dringend. Teddy!«

* * *

»Dieses Aas!«, ärgerte sich von Schwartz. »Deville hat Ihnen wirklich meinen Namen genannt? Was für eine Unverschämtheit.«

Sie saßen gemeinsam in einem modern eingerichteten Wohnzimmer, an dessen Wänden Gemälde des Künstlers hingen. Auch die im Raum verteilten Skulpturen stammten von ihm. Das hatte er den Polizisten stolz erklärt.

Auf Drostens Wunsch war das Modell, eine junge Frau namens Mikaela, ebenfalls bei dem Gespräch anwesend.

»Stimmt es gar nicht, dass Sie Gemälde mit Tierblut malen wollten?«, vergewisserte sich Kraft.

»Das war eine Idee, die mir eine Zeit lang durch den Kopf gegangen ist. Künstler müssen schockieren, um Aufmerksamkeit zu bekommen. Ich habe ein altersschwaches Huhn geschlachtet, um auszuprobieren, wie es funktioniert, aber das Ergebnis war enttäuschend.«

»Du hast was?«, fragte Mikaela angewidert. »Das ist ja pervers. Wie kannst du bloß einfach ein Huhn töten?«

»Es ist nachher in meiner Suppe gelandet und hat sehr lecker geschmeckt. Der Lauf der Natur.«

»Das Interview letzten Sommer diente vermutlich auch nur zur Provokation«, vermutete Drosten.

Von Schwartz grinste selbstgefällig. »Ein genialer Schachzug. Schon auf dem Höhepunkt des Shitstorms hatte ich meine Einnahmen im Vergleich zum Vorjahreszeitraum um dreißig Prozent gesteigert. In gewissen Kreisen gilt der schwarze Teddy jetzt als Lieblingsmaler alter, weißer Männer, die sich nach den miefigen Fünfzigern zurücksehnen.« Er lachte amüsiert. »In Wahrheit bin ich Feminist.«

Mikaela verdrehte die Augen. »Genau so kenne ich dich.«

Von Schwartz zwinkerte ihr zu. Dann wurde sein Gesichtsausdruck wieder ernst. »In welchem Zusammenhang hatten Sie überhaupt Kontakt zu Deville?«

»Wir würden Ihnen ein paar Informationen anvertrauen, wenn Sie beide uns Ihr Stillschweigen garantieren«, erklärte Drosten.

»Ich kann schweigen wie ein Grab«, sagte Mikaela sofort.

Von Schwartz nickte. »Ja, ja, wenn's sein muss.«

In groben Zügen erklärten Sommer, Drosten und

Kraft abwechselnd, was passiert war. Die wichtigsten Informationen hielten sie allerdings zurück.

»Der unbekannte Täter hat die Bilder ausgerechnet Deville zugeschickt. Hab ich das richtig verstanden?«, fragte der Künstler.

»Wieso wollen Sie das wissen?«, erkundigte sich Kraft.

»Deville steht kurz vor der Zahlungsunfähigkeit. Ich kenne zwei Künstler, die nach Ausstellungen ewig auf ihre Abrechnungen warten mussten. Soll nichts heißen, und im Gegensatz zu Valerian verdächtige ich niemanden. Aber haben Sie ihn gründlich überprüft?«

Drosten nickte lediglich.

Von Schwartz zuckte mit den Achseln. »Ich hab von keinem Künstler gehört, der mit Menschenblut experimentiert. Krasse Geschichte!«

»Wie hoch wäre der Wert solcher Gemälde?«, erkundigte sich Mikaela.

»Gigantisch«, behauptete von Schwartz. »Allerdings nur unterhalb der Ladentheke. Deswegen würde ich es Deville zutrauen. Wir haben uns vor einigen Jahren bei ein paar Gläsern Wein unterhalten. Als er ein bisschen zu viel intus hatte, sprach er von dem Druck, den die lange Geschichte seiner Vorfahren mit sich bringen würde. Und den immer schwieriger werdenden Bedingungen, unter denen man Kunst gewinnbringend auf dem Markt anbieten müsste. Seitdem ist es für ihn nicht einfacher geworden. Wenn er aber jetzt solche Bilder illegal zum Verkauf anbietet …« Von Schwartz ließ den Satz unvollendet und hob die Augenbrauen.

»Würden Sie uns Bescheid geben, falls Sie jemals davon Wind bekommen?«, bat Drosten.

»Selbstverständlich.«

»Aber bevor wir Sie zum Ehrenbürger ernennen, hätte ich eine Bitte an Sie«, mischte sich Sommer ein. »Dürfen wir uns in aller Ruhe umsehen, um jeden Verdacht gegen Sie auszuräumen?«

Von Schwartz lächelte. »Ich mag Ihre direkte Art, Herr Hauptkommissar. Und verzeihe Ihnen sogar Ihren schmerzhaften Schlag auf meine Hand. Die übrigens immer noch wehtut. Sehen Sie sich um. Ich habe nichts zu verbergen.«

12

Am nächsten Morgen erhielten Drosten und seine Kollegen vom BKA die Auswertung der verschiedenen Nutzernamen und E-Mail-Adressen der ermordeten Greta Bürger.

»Ziemlich interessanter Treffer«, stellte Sommer fest. Er fuhr mit dem Mauszeiger über eine Zeile in der Tabelle. Bürger hatte sich in einem Forum für Hobbymalerei angemeldet und war dort regelmäßig online gewesen. Sie hatte einige private Informationen preisgegeben. Unter anderem ihr richtiges Alter und ihren Wohnort. Allerdings hatte sie einen Namen genutzt, der keine Rückschlüsse auf ihren wahren Vornamen zuließ.

»Persönliche Nachrichten hat Bürger in dem Forum nicht geschickt oder empfangen«, stellte Kraft fest. »Zumindest haben die Kollegen keine in dem Account gefunden. Lediglich der Administrator hat sie vor Monaten begrüßt und ihr einen inspirierenden Austausch gewünscht. Sie hat freundlich darauf geantwortet, das war's.«

»Vielleicht sind andere Nachrichten gelöscht

worden«, spekulierte Drosten. »Wir müssen herausfinden, ob Lina Neese dort auch angemeldet war. Dann hätten wir eine Übereinstimmung. Ich rufe die Kollegen in Aschaffenburg an. Die haben von den Eltern den Laptop beschlagnahmt.«

»Die Klarnamen der anderen Nutzer des Forums würden uns weiterhelfen«, stellte Sommer fest. »Aber lasst mich raten ...«

Drosten lächelte. »Du weißt, wie die Antwort lautet. Kein Richter würde uns momentan die Genehmigung erteilen, die wir dem Administrator vorlegen müssten. Beim jetzigen Stand der Dinge aussichtslos.«

»Und wenn Neese dort ebenfalls aktiv war?«, fragte Kraft.

»Das würde unsere Aussichten minimal steigern«, sagte Drosten. »Optimistisch wäre ich trotzdem nicht.«

Er griff zu seinem Telefon und wählte die Nummer des zuständigen Hauptkommissars in Aschaffenburg. Nach einem kurzen Telefonat versprach der ihm, Neeses Computer erneut zu durchsuchen und konkret nach ihren Forumsmitgliedschaften zu suchen. Drosten bedankte sich und beendete das Gespräch. Er legte das Telefon beiseite.

»Legen wir ein Forumsprofil an, um zu sehen, wer darauf reagiert?«, fragte Kraft. »Vielleicht mit Anleihen an Greta Bürger. Aus einer Datenbank könnten wir das Bild einer blonden Frau erwerben. Dann behaupten wir, dass sie das Malen während eines stationären Aufenthalts in der Psychiatrie erlernt hätte.«

»Oder vielleicht während einer mehrwöchigen Reha, um die Parallelen nicht zu dick aufzutragen?«, schlug Sommer vor.

»Was für eine Krankheit könnten wir auskuriert haben?«, fragte Kraft.

»Eine Kollegin von Jennifer war sechs Wochen zur Reha, weil sie an mindestens zwanzig Tagen im Monat unter Migräne leidet.«

»Oh Gott!«, stöhnte Kraft. »Die Arme. Das muss die Hölle sein. Der Vorschlag gefällt mir. Sie hat während der Reha Malen gelernt und festgestellt, dass sie mit dieser Beschäftigung Migräneanfälle abmildern kann.«

»Ich will eure Begeisterung nicht schmälern, aber wir haben alle keine Ahnung von der Malerei. Würde das nicht auffallen?«, fragte Drosten »Kennen wir jemanden, der uns einen Crashkurs geben kann?«

Kraft lächelte. »Der schwarze Teddy. Ich glaube, er würde sich sehr gebauchpinselt fühlen, wenn wir ihn dafür einspannen.«

Die Idee gefiel Drosten. Aber konnten sie sich auf die Verschwiegenheit des Künstlers verlassen? »Okay«, sagte er. »Ich rufe bei von Schwartz an und frage, ob er uns unterstützen würde. Ihr könnt ja schon mal ein erstes Posting formulieren.«

Eine Stunde später hatten sie sich mit dem Profilbild einer blonden Frau in dem Hobbymalereiforum angemeldet. Auf dem Foto blickte die Frau aufs Meer, ihr Gesicht war nicht zu erkennen. Sie trug einen knapp geschnittenen Badeanzug und darüber eine Art Morgenmantel, der im Wind flatterte und den Blick auf die Badekleidung freigab. Das Foto wirkte durchaus sexy, jedoch nicht zu übertrieben.

Von Schwartz war sofort dazu bereit gewesen, seinen Beitrag zu leisten. Er schien sich bei Deville revanchieren zu wollen, da er ihn erneut erwähnte und als zwielichtigen Charakter bezeichnete. Kraft hatte ihm einen Entwurf des geplanten Postings geschickt und wartete auf seine Rückmeldung.

Es dauerte eine Viertelstunde, ehe sich der Künstler mit einer E-Mail zurückmeldete.

Mir gefällt Ihr erfundener Background. Das Profilbild ist verlockend. Sind Sie das, Frau Hauptkommissarin? Dann sollten Sie mir Modell stehen. Spaß beiseite. Ich habe ein paar Zeilen als Vorschlag eingefügt, mit denen Sie beweisen können, dass Sie sich schon mit der Malerei beschäftigt haben. Sie finden die Namen von Pinseln, außerdem die Ölfarbe, die Sie gekauft haben. Das sollte reichen.

Kraft fügte seine Vorschläge zu dem Beitragsentwurf hinzu. »Sollen wir's durchziehen?«, fragte sie.

Drosten und Sommer bejahten. Kaum hatte sie ihr erstes Posting veröffentlicht, klingelte Drostens Handy und übertrug eine ihm unbekannte Nummer.

»Hauptkommissar Drosten«, meldete er sich. »Mit wem spreche ich?«

»Guten Tag«, antwortete eine leise, weibliche Stimme. »Nora Minge hier. Wir haben uns gestern in der Galerie Deville gesehen. Ich bin Herrn Devilles Mitarbeiterin.«

»Frau Minge, was verschafft mir die Ehre?«

»Könnten wir uns heute nach meinem Feierabend sehen? Ich würde gern mit Ihnen über meinen Chef reden. Der darf das aber nicht mitbekommen. Deswegen dürfen wir uns auch nicht in der Nähe der Galerie treffen. Er war zwar heute den ganzen Tag nicht da, trotzdem wäre das besser. Zur Sicherheit.«

»Schlagen Sie Zeit und Ort vor.«

»Ich kann um achtzehn Uhr Schluss machen. Würde

Ihnen neunzehn Uhr passen? Falls es bei mir etwas später wird, würde ich Ihnen eine Nachricht schicken.«

»Klingt gut. Wo sollen wir hinkommen?«

Sie nannte den Namen einen Cafés. »Kennen Sie das? Da setzt Herr Deville nach seinem unangenehmen Erlebnis mit dem Servicepersonal keinen Fuß mehr rein. Da wären wir sicher.«

»Dann treffen wir uns dort um neunzehn Uhr.«

»Ich reserviere uns einen Tisch. Bis dahin!«

Drosten lächelte, als er das Handy auf den Tisch legte.

»Hab ich das richtig verstanden?«, fragte Sommer. »Devilles Praktikantin will uns sehen?«

»In einem Café, in dem wir nicht Gefahr laufen, ihrem Boss zu begegnen«, sagte Drosten. »Ich glaube, das wird sehr interessant.«

* * *

Innerhalb der ersten neunzig Minuten, nachdem sie das Profil hochgeladen hatte, empfing Verena Kraft zwei Nachrichten über das Forum. Die erste Mitteilung stammte vom Administrator, der sie herzlich begrüßte und ihr einen inspirierenden Austausch mit den anderen Mitgliedern wünschte. Er wies auf die geltenden Anstandsregeln hin und erwähnte, Beleidigungen nicht zu dulden. Dann kommentierte er die Auswahl ihrer Pinsel und Farben und bescheinigte ihr, eine gute Wahl getroffen zu haben. Kraft bedankte sich für seinen Willkommensgruß und versprach, sich jederzeit an die Forumsregeln zu halten. Außerdem lobte sie seine Einstellung, was Beleidigungen anbelangte.

Die zweite Nachricht besaß einen völlig anderen

Grundtenor. Sie stammte von einem User, der sich *Snoopinho* nannte und als Profilbild die Comicfigur Snoopy benutzte.

Liebe Kristina,

herzlich willkommen bei den begnadetsten Hobbymalern, die du im Internet finden wirst. Freut mich, dass du zu uns gefunden hast. Deine Geschichte, wie du zur Malerei gestoßen bist, hat mein Interesse geweckt. Meine Mutter war früher auch migränegeplagt. Du hast mein vollstes Mitleid. Ich weiß, wie schlimm die Krankheit sein kann. Umso mehr bewundere ich dich, weil du es während dieser Anfälle schaffst, zum Pinsel zu greifen. Das hätte meine Mutter nicht gekonnt. Respekt! Und dann habe ich gesehen, dass du in Frankfurt lebst. Wunderbar. Ich habe als Wohnort »in der Mitte von Europa« angegeben. Tatsächlich lebe ich seit vielen Jahren nur wenige Kilometer außerhalb der wundervollen Mainmetropole und bin regelmäßig in der Stadt unterwegs. Vor allem am Wochenende. Geboren bin ich allerdings in Frankreich. Zur Auswahl deiner Pinsel kann ich dich beglückwünschen. Für eine Anfängerin ist das ideal. Ich habe sie anfangs auch benutzt. Inzwischen experimentiere ich mit Pinseln, Farben und Leinwänden. Manchmal erzielt man mit ungewöhnlichen Mitteln die besten Ergebnisse.

Jetzt will ich dich nicht weiter belästigen. Ich wünsche dir einen angenehmen Austausch hier im Forum. Und vielleicht trifft man sich ja mal persönlich.

Bis bald!

Snoopinho

»Wow«, sagte Kraft. »Sofort in der ersten Nachricht ein Treffen in Aussicht zu stellen, nenne ich mutig. Wie sollen wir darauf reagieren?«

»Nicht zu schnell«, entschied Drosten rasch. Er blickte auf seine Uhr. »Wir lassen uns mit der Antwort mindestens eine Stunde Zeit.«

»Ich bin für ein offensives Vorgehen«, sagte Kraft. »Schreiben wir ihm, was für ein schöner Zufall es sei, so nah beieinander zu leben. Ich könnte ein bisschen ausholen, dass ich durch die häufigen Migräneanfälle viele Freunde verloren habe, weil ich leider immer wieder kurzfristig Verabredungen absagen müsste. Insofern käme mir eine neue Bekanntschaft sehr recht.«

Drosten nickte nachdenklich. »Klingt gut. Wir dürfen bloß nicht zu offensiv rangehen. Was meinst du, Lukas?«

Sommer rieb sich sein stoppeliges Kinn. »Ich freue mich drauf, Snoopinho kennenzulernen«, sagte er lächelnd. »Der wird sein blaues Wunder erleben.«

Drostens Telefon klingelte. »Das ist der Kollege aus Aschaffenburg.«

Er nahm das Gespräch entgegen. Der bayerische Hauptkommissar versetzte Drostens Stimmung einen Dämpfer, denn auf Neeses Computer hatte er keine Hinweise auf ein Hobbymalereiforum gefunden.

13

Juliane Schwalm saß auf ihrer Couch und kämpfte gegen einen neuerlichen Tränenausbruch an. Morgens hatte sie sich bei der Arbeit krankgemeldet und den ganzen Tag ihre Wohnung nicht verlassen. Außer einem Knäckebrot und einem bisschen Joghurt hatte sie nichts gegessen, weil sich ihr Magen wie zugeschnürt anfühlte.

Immer wieder liefen die schrecklichen Minuten vor ihrem inneren Auge ab. Wieso war Rico einfach auf die Straße gelaufen? Warum hatte der Fahrer nicht sein Tempo dem Wetter angepasst?

»Schluss damit!«, flüsterte sie. »Krieg es aus deinem verdammten Schädel.«

Entschlossen wischte sie sich übers Gesicht, stand auf und lief in die Küche. Aus dem Kühlschrank holte sie einen Smoothie, den sie aufschraubte und zur Hälfte leer trank. Der Geschmack der Maracuja-Mango-Mischung erfrischte ihre vom Schluchzen raue Kehle und dämpfte das leichte Hungergefühl. Mit dem Rest des Getränks kehrte sie ins Wohnzimmer zurück und stellte sich ans

Fenster. Seit dem Unfall hatte es keine einzige Flocke mehr geschneit. Hätte Rico sie nicht einen Tag später abpassen können? Dann würde er jetzt noch leben.

Sie fragte sich, ob sie zu hart zu ihm gewesen war. Hätte sie ihm eine Chance geben sollen, sich zu erklären? Entweder an einem neutralen Ort oder in einer ihrer Wohnungen? Aber bis zu dem schrecklichen Unfall hatte es für sie keinen Zweifel am Ende der Beziehung gegeben. Daran sollte sie sich immer erinnern. Außerdem hatte er sie mit seiner Lüge übel hintergangen. Sie trank einen weiteren Schluck und starrte aus dem Fenster. Ihr Blick fiel auf die Stelle, an der er gestorben war. Ihre Schultern bebten. Juliane schluchzte und hätte fast das Klingeln ihres Telefons überhört. Sie wandte sich vom Fenster ab und eilte zur Couch. Auf dem Display stand der Name ihrer besten Freundin.

»Hi, Emily«, begrüßte sie die Anruferin. Dabei versuchte sie, fröhlich zu klingen.

* * *

Er hockte im Auto und starrte zur ihrer Wohnung. Sie stand hinter dem Fenster und blickte nach draußen. Ob sie ein schlechtes Gewissen hatte, dass wegen ihr ein Mensch gestorben war? Juliane wandte sich ab und verschwand aus seinem Sichtfeld.

»Bald gehörst du mir.«

Er musste bloß eine Lösung finden, wie er sie in seine Gewalt brächte. Es würde nicht schwierig werden, ins Haus zu gelangen. Die wenigsten Menschen wurden misstrauisch, wenn man klingelte und behauptete, etwas in die Briefkästen stecken zu wollen. Er könnte an ihre Tür klopfen. Sie würde durch den Spion schauen, ihm neugierig öffnen, und anschließend könnte er sie im Bruchteil einer Sekunde überwältigen. Der Überraschungseffekt wäre auf seiner Seite, und bis zu diesem Punkt wäre sein Vorhaben ein Kinderspiel.

Aber was dann? Ihre Wohnung war nicht dazu geeignet, sie länger festzuhalten oder gar zu quälen. Ihre Schreie würden die Nachbarn alarmieren. Außerdem wusste er zu wenig über ihr Leben. Erwartete sie am Wochenende Besuch? Würde man sie am Montag bei der Arbeit vermissen? Das waren Unwägbarkeiten, die keine Rolle spielten, sobald er sie in sein Versteck gebracht hätte. Dort hätte er alle Zeit der Welt. Aber wie bekam er sie aus der Wohnung, ohne dass ihn Zeugen beobachteten? Selbst wenn er den perfekten Parkplatz vor der Haustür finden würde, könnte man ihn beobachten. Ein aufmerksamer Nachbar oder Passant könnte sich das Kennzeichen und den Fahrzeugtyp merken, danach wäre es nur eine Frage von Stunden, bis man ihn festnähme. Selbst wenn er bis zum Einbruch der Dunkelheit wartete, war das keine Erfolgsgarantie. Je später er mit ihr die Wohnung verließe, desto größer waren seine Chancen, unentdeckt zu bleiben. Trotzdem blieb ein zu hohes Restrisiko.

Er musste sich etwas einfallen lassen. Sie aus ihrer gewohnten Umgebung locken. Dann bestände allerdings das Risiko, dass die Bullen ihm dadurch auf die Schliche kämen.

»Ich will dich haben«, flüsterte er.

Der Wunsch, sich an ihr zu vergehen, war stärker als die Angst vor dem Wagnis ihrer Entführung.

Was war das ideale Vorgehen? Er würde weiter vor Ort bleiben. Wenn er zumindest den Platz vor der Haustür ergattern könnte, wäre das ein Fortschritt.

Nachts um zwei Uhr sollte es möglich sein, sie ohne lästige Zeugen aus dem Haus zu schaffen. Je kürzer der Weg zu seinem Wagen, desto besser.

Er schaute sich um. Wenn er sich auf eine mehrstündige Wartezeit einließe, bis er einen geeigneteren Parkplatz fände, müsste er Hunger und Durst stillen und zwischendurch eine Toilette aufsuchen. War hier in der Nähe ein Supermarkt oder ein Fast-Food-Restaurant?

* * *

»Emily, ich bekomme die Bilder nicht aus meinem Kopf«, sagte Juliane. »Schon tagsüber ist es der Horror. Urplötzlich überfällt mich die Erinnerung. Ich sehe ihn an seinem Auto stehen, und er gesteht mir die Wahrheit, was den Clip anbelangt.«

»Welchen Clip?«, fragte Emily.

Juliane schloss die Augen.

»Rico hatte mich überredet, uns beim Sex zu filmen«, gestand sie leise.

»Nein!« Emily klang eher amüsiert als angewidert. »Das erzählst du mir erst jetzt?«

Juliane lächelte. Es fühlte sich befreiend an, ihre Freundin einzuweihen. »Ich hab deswegen ziemlich schnell ein schlechtes Gewissen bekommen und ihn gebeten, den Clip zu löschen.«

»Hat er sich geweigert?«

»Schlimmer. Er hat mich angelogen und behauptet, ihn gelöscht zu haben. Dienstag hat er mir nach der Arbeit aufgelauert und wollte mit mir sprechen. Daran hatte ich kein Interesse. Also zog er seine letzte Trumpfkarte und warf mir an den Kopf, das Video noch zu besitzen.«

»Dieses Arschloch!« Emily stöhnte. »Tschuldigung. Über Tote soll man nicht schlecht reden.«

»Du hast ja recht!«

»Und jetzt? Was ist mit dem Video?«

»Ich habe einer sympathischen Polizistin das Problem anvertraut. Die ist mit mir und ihrer Partnerin zu Ricos Wohnung gefahren, und sie haben mir erlaubt, seinen Computer zu starten. Ich habe den Clip gefunden und gelöscht.«

»Gott sei Dank.«

»Aber ich frage mich, ob ich so sauer auf ihn war, dass ich ihn zu spät vor dem Auto gewarnt habe«, sagte sie leise.

»Quatsch!«

»Du warst nicht dabei.«

»Ich kenne dich. Du kannst keiner Fliege etwas zuleide tun.«

»Er hat die Straße betreten, und ich hab sofort gemerkt, dass er nicht auf den Lieferwagen achtet. In meiner Erinnerung vergehen dann Sekunden, bis ich ihn warne. Da war es schon zu spät!«

»Juli! Süße! Ein erwachsener Mann sollte von ganz allein auf den Verkehr achten. Und selbst wenn du die Gefahr rechtzeitig bemerkt hast, vergeht noch ein Moment, bis das Gehirn umschaltet und du ihn warnen kannst. Das ist total natürlich! Deine Erinnerung trügt. Dir wären keine Sekunden geblieben, wahrscheinlich nicht einmal Zehntel.«

»Ich weiß es nicht!« Juliane schluchzte.

»Juli! Alles ist gut. Du hast nichts verkehrt gemacht.«

»Wir haben uns mal geliebt.« Sie schluchzte lauter.

»Bereust du eure Trennung?«

Juliane dachte darüber nach und strich sich die

Tränen aus den Augen. »Hätten wir uns nicht getrennt, würde Rico noch leben.«

»Das beantwortet nicht meine Frage. Außerdem: Hätte er dir nicht nachgestellt, wäre er nicht überfahren worden.«

Die Kälte in Emilys Stimme half Juliane. »Du hast recht«, sagte sie leise. »Aber heute Nacht wird mir das nicht helfen.«

»Was meinst du damit?«

»Nachts ist es am schlimmsten. Ich kann kaum ein Auge zumachen. Und wenn ich endlich einschlafe, träume ich vom Unfall und wache schweißgebadet auf.«

»Scheiße!«, brummte Emily.

»Du sagst es.«

»Hast du es mit Alkohol probiert?«

»Drei Gläser Wein gestern Abend. Hat nichts gebracht. Außer, dass ich am Morgen einen Brummschädel hatte.«

»Würde dir ein Tapetenwechsel helfen?«

»Ich kann jetzt nicht in Urlaub fahren«, sagte Juliane. »Wir haben nächsten Mittwoch ein wichtiges Spiel. Und im Job geht es auch drunter und drüber. Du hättest meinen Chef hören sollen, als ich mich krankgemeldet habe. Der war nicht begeistert.«

»Idiot! Aber ich dachte gar nicht an Urlaub. Das ganze Wochenende liegt vor uns. Ich hab nichts vor.«

»Sorry, Emily, ich kann nicht ausgehen. Du hättest keinen Spaß mit mir. Trotzdem nett, dass du fragst.«

»Ich dachte eher an ein Wochenende bei mir. Seit Marco und ich uns getrennt haben, ist mir das Bett viel zu groß geworden. Wir könnten bis Sonntagabend oder Montagfrüh in Pyjamas rumlaufen, Frauenfilme gucken und ungesundes Zeug futtern. Mit dir an meiner Seite schlafe ich ziemlich gut.«

»Das klingt traumhaft.« Juliane erinnerte sich an die vielen Nächte und Wochenenden, die sie in den vergangenen Jahren gemeinsam verbracht hatten. Immer dann, wenn sie beide zeitgleich Single waren oder Liebeskummer hatten. »Ich vermiese dir mit meinem Geflenne die Laune«, befürchtete sie.

»Quatsch! Ich lenk dich ab. Versprochen. Und selbst wenn. Ich hab genug Taschentücher da. Überhaupt kein Problem.«

Juliane atmete tief durch. Die Vorstellung, das Wochenende nicht allein verbringen zu müssen, erleichterte sie.

»Gib dir einen Ruck!«, sagte Emily. »Du stehst jetzt auf, packst einen Weekender und bist in einer halben Stunde bei mir. Ich wühle mich durch Netflix und setze ein paar Filme auf meine Liste. Du darfst dann entscheiden, was wir davon gucken. Einverstanden?«

»Ich kann nicht in einer halben Stunde bei dir sein.«

»Wieso nicht?«

»Ich war noch nicht duschen und hab total verheulte Augen. Mich herzurichten, bis ich vor die Tür treten kann, dauert bestimmt ...« Sie zögerte. Sollte sie Emilys Angebot annehmen, oder wäre es besser, sich in den eigenen vier Wänden zu verkriechen? »Mindestens eine Stunde«, sagte sie.

»Perfekt! Dann renne ich schnell zum Supermarkt rüber und kaufe Chips.«

»Lust auf Pizza?«, fragte Juliane. »Ich hab heute noch nichts gegessen.«

»Sobald du kommst, bestellen wir was. Ich freu mich auf dich, Süße.«

»Ich mich auch. Wenn ich aufbreche, schick ich dir eine Nachricht.«

»Lass mich nicht zu lange warten. Bis gleich!« Mit einem Kuss verabschiedete sich Emily.

Juliane legte das Handy beiseite. Schon kamen ihr Zweifel. Doch nun stand sie bei ihrer Freundin im Wort, und die würde darauf beharren.

»Vielleicht tut's dir wirklich ganz gut.« Schwerfällig erhob sie sich, um zu duschen.

14

Sie trafen sich in der oberen Etage eines großen Cafés, das Nora Minge vorgeschlagen hatte. Die junge Frau saß bereits an einem Tisch und umklammerte mit beiden Händen eine Milchkaffeetasse. Sie lächelte scheu, als sich Drosten und seine Kollegen näherten. Die Polizisten nahmen an dem Vierertisch Platz und bedankten sich bei Minge dafür, dass sie zu dem Treffen bereit gewesen war.

»Ich habe schon einen Kaffee bestellt, weil ich nicht wusste, ob Sie es pünktlich schaffen«, erklärte Nora. »In Ihrem Beruf kann man das wahrscheinlich nie genau sagen, oder? Falls Sie Hunger haben, die Buttercremetorten sind alle zu empfehlen. Ich werde gleich ein Stück nehmen. Und mich morgen früh auf der Waage wieder ärgern.« Ihr schnelles Sprechtempo ließ auf gehörige Nervosität schließen.

»Kaffee und Kuchen ist das, was wir jetzt brauchen«, sagte Drosten.

Um der Praktikantin Zeit zu lassen, sich innerlich aufs anstehende Gespräch einzustellen, blätterte er langsam in der Speise- und Getränkekarte. Nach wenigen Minuten trat ein Kellner an ihren Tisch und nahm die Bestellung auf. Als der Mann wieder ging, stellte Nora die Tasse ab und wirkte etwas selbstbewusster.

»Bis gerade eben war ich mir unsicher, ob das hier richtig ist«, gestand sie. »Immerhin ist Herr Deville mein Chef, und ich finde Loyalität wichtig im Leben. Aber ja, es *ist* richtig.«

»Was haben Sie uns zu erzählen?«, fragte Drosten.

»Wo soll ich anfangen?« Sie lachte verlegen und pustete sich eine Haarsträhne aus der Stirn. Dann seufzte sie. »Ich sag das über meinen Boss nur ungern. Er ist ein unangenehmer Mensch. Wenn ich ihn charakterisieren müsste, würde ich ihn als narzisstisch beschreiben. Eine schreckliche Eigenschaft.«

Drosten nickte. Das deckte sich mit seinem bisherigen Eindruck.

»Er hat schon mehrfach versucht, mit mir zu flirten.« In ihrem Gesicht lag Abscheu. »Ich meine, nicht nur, dass er mein Chef ist. Uns trennen knapp fünfundzwanzig Jahre. Wirke ich, als würde ich unter einem Vaterkomplex leiden? Wohl kaum!«

»Meine Erfahrung lehrt, dass es in solchen Fällen hilfreich ist, klare Grenzen zu ziehen«, sagte Kraft. »Zum Beispiel, indem Sie ihn darauf hinweisen, wenn Sie eine Bemerkung oder selbst einen Blick unangemessen finden.«

Nora schüttelte entschieden den Kopf. »Dann reiche ich besser die Kündigung ein. Ich möchte gar nicht wissen, wie Herr Deville reagiert, sobald ich ihm das sage.«

»Für Ihre Selbstachtung könnte eine Kündigung der richtige Schritt sein«, sagte Kraft.

Der Kellner kehrte mit einem großen Tablett an ihren Tisch zurück. Darauf waren vier Stück Kuchen und drei Tassen mit verschiedenen Kaffeespezialitäten. Drosten ließ das bisherige Gespräch Revue passieren. Hatte sich die Praktikantin mit ihnen getroffen, weil sie sich Hilfe von ihnen versprach, die ihre Arbeitsbedingungen verbessern würden?

Nora starrte auf ihren Teller und steckte die Gabel in den Kuchen. »Aber sein Sexismus ist nicht der Grund, warum ich mit Ihnen sprechen wollte«, sagte sie leise. Sie aß einen Bissen Torte. Noch immer erwiderte sie nicht den Blick der Polizisten.

»Sondern?«, fragte Sommer.

»Boah, ich komme mir so schäbig vor«, erwiderte Nora. »Wenn er wüsste ... Oh Gott.« Erneut pustete sie sich Haare aus der Stirn.

»Er wird hiervon nie erfahren«, versicherte Drosten ihr.

Nora nickte. Endlich schaute sie ihm wieder in die Augen. »Gestern hat in der Galerie ein Termin stattgefunden, den ich ...« Sie zögerte und gab sich dann einen Ruck. »Das ging gar nicht!« Offenbar hatte sie soeben endgültig entschieden, die Polizisten einzuweihen.

»Erzählen Sie uns Einzelheiten!«, bat Drosten.

Nora aß ein weiteres Stück von der Torte und nippte an ihrem Kaffee. »Herr Deville hatte seinen Anwalt zu Besuch. Kay Gronau. Der Vorname wird mit Ypsilon geschrieben, falls Sie nach ihm suchen. Ebenfalls ein Mann, der einer jungen Frau gegenüber seine Manieren schnell vergisst. Na ja. Die beiden Herren haben sich darüber ausgetauscht, wie Herr Deville von der Polizei die Herausgabe der zugeschickten Gemälde verlangen könnte.«

Drosten entfuhr ein überraschtes Lachen. »Da kann sich Ihr Boss große Mühe geben, trotzdem wird er erfolglos bleiben.«

»Das hat ihm sein Anwalt auch erklärt, die Antwort hat Herrn Deville allerdings nicht geschmeckt.«

»Waren Sie die ganze Zeit bei dem Gespräch im selben Raum?«, vergewisserte sich Sommer.

»Ja«, antwortete Nora. »Zu meiner eigenen Überraschung. Weder Herr Deville noch Herr Gronau schienen sich dabei etwas zu denken.«

»Wie hat Ihr Chef auf die Ausführungen seines Anwalts reagiert?«, fragte Drosten.

»Er hat nachgefragt, ob sich die Lage ändern würde, falls der Künstler ihm das Recht einräumt, frei über die Gemälde zu verfügen.«

Drosten hob überrascht die Augenbrauen.

»Herr Gronau hat ihm erläutert, dass das nichts ändern würde, weil die Bilder im Rahmen einer offiziellen Ermittlung beschlagnahmt seien«, fuhr Nora fort.

»Dieser Gronau scheint seinen Job zu verstehen«, sagte Sommer. »Genau so sieht es aus. Selbst nach einer Verurteilung des Täters bekommt er die Gemälde nicht automatisch zurück.«

»Darum ging es bei dem Termin auch. Herr Deville hat darüber vorab recherchiert und im Internet gelesen, dass die Bilder nach dem Strafverfahren dem letzten Gewahrsinhaber herauszugeben sind.« Sie schaute unsicher in die Runde. »Heißt das so? Gewahrsinhaber?«

Drosten nickte. »Allerdings könnten wir als Polizeibehörde eine Vernichtung der Gemälde beantragen, wenn wir uns auf die Gefahrenabwehr berufen. Bilder, die mit dem Blut eines Mordopfers gemalt worden sind, erfüllen die Bedingungen dafür. Und nicht zuletzt könnten auch die Hinterbliebenen Ansprüche anmelden, die sie vor Gericht bestätigt bekommen würden. Herr Deville hat schlechte Karten. Er sollte sich diesen Gedanken lieber aus dem Kopf schlagen.«

»Das deckt sich mit der Erklärung von Rechtsanwalt Gronau. Zumindest sinngemäß. Als er das gehört hat, hat mein Boss wütend auf den Tisch geschlagen. Ich bin richtig zusammengezuckt, so plötzlich kam dieser Wutausbruch.«

»Und dann?«, fragte Kraft.

»Herr Deville hat erst ziemlich lange geschwiegen. Das war unangenehm, Herr Gronau und ich haben uns heimlich Blicke zugeworfen, weil wir nicht wussten, ob die Besprechung beendet war. Nee. War sie nicht. Denn nachdem er über die Lage nachgedacht hatte, kam er zum Schluss, beim nächsten Mal klüger handeln zu müssen.«

»War das der genaue Wortlaut?«, wollte Sommer wissen.

»›Beim nächsten Mal bin ich klüger‹. Das hat er gesagt.«

»Sicher?«, hakte Drosten nach. »Die Formulierung ist entscheidend.«

Nora nickte entschieden. »Herr Gronau hat ihn gefragt, wie er das genau meinen würde. Herr Deville erwiderte, der Künstler hätte in einem Schreiben, das die Polizei auch beschlagnahmt hätte, weitere Gemälde angekündigt. In seinen Augen spricht viel dafür, dass er die wieder zugeschickt bekommt. Und wenn die Bullen, äh, sorry, die Polizei davon nichts wüsste, könnte sie die Bilder nicht beschlagnahmen. Der Anwalt hat ihn eindringlich davor gewarnt, dass das eine strafbare Handlung sei.«

»Kluger Mann«, sagte Kraft. »Mit dem Unterschlagen von Beweisen würde sich Ihr Boss großen Ärger einbrocken.«

»Dass er das vorhatte, hat mich weniger schockiert als etwas anderes«, erwiderte Nora. »Ich glaube, Herrn Gronau ging es ähnlich.«

»Was hat Sie denn mehr schockiert?«, fragte Drosten.

»Sein Gesichtsausdruck. Er hat richtig ... fies gewirkt. Als würde er etwas Übles planen. Seien Sie bitte ehrlich zu mir. Ich verrate nichts. Ist er ein Verdächtiger? Wenn das so wäre, würde ich die Beine in die Hand nehmen. Nicht, dass er sich an mir vergreift. Das Todesopfer sah mir ähnlich, oder? Was ich übrigens auch seltsam fand: Er war heute nur kurz in der Galerie. Wir hatten zwei Kaufinteressenten vor Ort. Einmal habe ich ihn deswegen sogar angerufen, aber nicht erreicht. Das ist ungewöhnlich für ihn. Und seit seinen Kommentaren gestern geht mir so viel durch den Kopf. Er hat mir angekündigt, dass ich morgen höchstens spontan mit ihm rechnen soll. Das finde ich blöd, weil samstags die meisten Interessenten kommen. Bei den Verkaufsgesprächen fühle ich mich immer unsicher.« Unzufrieden verzog sie den Mund.

»Herr Deville ist nicht unser Hauptverdächtiger«, sagte Drosten. »Aber das, was Sie uns gerade berichtet haben, lässt ihn in einem schlechten Licht dastehen. Sie könnten uns helfen, ihn als Verdächtigen endgültig auszuschließen.«

»Wie?«, fragte Nora.

»Haben Sie Zugriff auf seinen Kalender? Sodass Sie uns informieren könnten, welche Einträge Sie bei ihm zu bestimmten Daten finden?«

»Kein Problem. Ich habe vollen Einblick. Seine Terminkoordination gehört zu meinen Aufgaben.«

»Perfekt.« Drosten zog einen Notizkalender aus seinem Jackett. Er schlug eine leere Seite auf und trennte sie an der Perforationslinie ab. Dann blättere er zurück. »Ich schreibe zwei recht weit gefasste Zeiträume auf. Wenn Sie uns all seine Termine in dieser Zeit mitteilen könnten, wäre das hilfreich.«

»Was sind das für Zeiträume?«, wollte Nora wissen.

»Zwei Frauen sind verschwunden. Die Leiche von einer davon wurde gefunden, die andere suchen wir noch. Leider kennen wir den Zeitpunkt ihrer Entführung nicht genau, daher müssen wir das eingrenzen.« Er notierte die Daten und schob sie über den Tisch.

Nora faltete den Zettel und steckte ihn in die Hosentasche. »Soll ich dafür noch heute zurück in die Galerie? Ich habe nach Rücksprache mit Herrn Deville um siebzehn Uhr dreißig Feierabend gemacht. Da habe ich ihn telefonisch endlich erreicht. Nach mehreren Versuchen.«

»Sie haben vermutlich nur von Ihrem Arbeitsplatz Zugriff auf seinen Kalender?«, fragte Drosten.

»Ja«, sagte sie.

»Und man könnte nachvollziehen, wenn Sie sich heute noch einmal einloggen?«, fuhr Drosten fort.

Nora nickte. »Außerdem könnte es sein, dass er vor Ort ist. Keine Ahnung. Er hat mir dazu am Telefon nichts gesagt, mir nur den Auftrag gegeben, die Galerie abzuschließen.«

»Aber Sie haben morgen Dienst?«

»Ja.«

»Es reicht, wenn Sie das morgen für uns erledigen.« Drosten lächelte ihr beruhigend zu.

Der Praktikantin fiel ein Stein vom Herzen. Sie

atmete durch. »Das klingt gut. Dann mache ich das direkt zu Dienstbeginn. Ich bin spätestens um neun in der Galerie. Um zehn Uhr öffnen wir fürs Publikum.«

»Und Ihr Boss hat Ihnen keinen Grund für seine Abwesenheit genannt?«, fragte Sommer.

»Hielt er nicht für nötig. Obwohl er weiß, wie ungern ich Verkaufsgespräche führe. Manche Kunden wollen den Preis verhandeln. Es gibt Künstler, die nennen uns Preisspannen, in denen wir uns bei Verhandlungen bewegen dürfen. Andere hingegen bestehen auf die Summe, die neben den Gemälden klebt. Herr Deville hat alle Infos im Kopf. Ich muss das immer erst raussuchen, wodurch ich inkompetent wirke. Ich hasse das.«

»Ist er öfter abwesend, ohne Ihnen einen Grund zu nennen?«, wollte Kraft wissen.

»Samstags kommt das fast nie vor. Von Tagen mit Vernissagen abgesehen, ist das der wichtigste Tag in der Woche.«

»Sie könnten uns noch einen Gefallen tun«, sagte Drosten. »Falls der Unbekannte Ihnen weitere Bilder zuschickt, müssen wir darüber Bescheid wissen.«

Nora nickte. »Verlassen Sie sich auf mich.«

15

Emily schloss die Wohnungstür. Sie hatte im Supermarkt zufällig ihren ehemaligen Arbeitskollegen Gregor getroffen und lange mit ihm gequatscht. Weil sie sich beide über das unerwartete Wiedersehen gefreut hatten, war die Zeit wie im Fluge vergangen. Normalerweise müsste Juli nun schon auf dem Weg zu ihr sein, aber bislang hatte sie ihr keine Nachricht geschickt.

Emily trug die Einkaufstasche in die Küche und packte die Leckereien aus. Sie würde sie gleich dekorativ in Schalen füllen, zunächst jedoch musste sie dringend zur Toilette. Während sie auf dem Klo saß, dachte sie an Gregor. Der hatte inzwischen einen interessanten Lebenslauf vorzuweisen und war anscheinend beruflich ziemlich erfolgreich. Ihr war die teure Uhr an seinem Handgelenk und der lässige Markenschal aufgefallen, den er getragen hatte. Wenn er solche Sachen für den Freitagabendeinkauf trug, schien es ihm finanziell gut zu gehen. Ob Gregor der Typ Mann war, für den sich Juli begeistern könnte? Optisch würde er ihr garantiert gefallen. Früher hatte er allerdings Charaktereigenschaften aufgewiesen, die Juli nicht zusagen würden. Gregor hatte sich bei der Arbeit oft extrem launisch gegeben. Vielleicht hatte sich das im Laufe der Jahre verbessert. Sie würde das Treffen bei passender Gelegenheit erwähnen und Juli Gregors Instagram-Profil zeigen. Je nachdem, wie sie reagierte, wäre es eventuell angesagt, Amor zu spielen.

Als sie die Spülung drückte, hörte sie ihr Handy klingeln. Schnell sprang sie auf und lief in die Diele, wo das Telefon auf einem Schrank lag. Das Display übertrug Julis Namen.

»Hey, Süße. Fährst du jetzt los?«

»Noch nicht ganz. Sorry.«

Emily bemerkte eine Veränderung in ihrer Stimmlage – sie klang besser als bei ihrem ersten Telefonat.

»Ich rufe an, um dir zu sagen, dass ich viel zu lange heiß geduscht habe«, fuhr Juli fort. »Hat richtig gutgetan. Ich brauche noch fünfzehn oder zwanzig Minuten. Muss den Weekender packen. Dann bin ich abfahrbereit. Okay für dich? Sonst beeil ich mich und schaff's schneller.«

»Das passt perfekt. Ich war nämlich viel zu lange im Supermarkt. Hab einen alten Kollegen getroffen und beim Quatschen die Zeit vergessen. Hetz dich also nicht.«

»Bahnt sich da etwa ein Liebesabenteuer an? Kenne ich den Mann? Wie alt, wie groß, wie attraktiv?«

Emily lachte. Jetzt klang ihre Freundin fast wie immer. »Nicht für mich, Süße. Gregor und ich passen überhaupt nicht zusammen. Das haben wir geklärt. Aber ich könnte mir vorstellen ...«

»Emily!«, unterbrach Juli sie lachend. »Red nicht weiter, sonst werd ich noch sauer.«

Emily fiel in ihr Lachen ein. »Ich zeig dir am Sonntag sein Instagram-Profil. Guck ihn dir nur an.«

»Du bist unmöglich.«

»Das war kein ›Nein‹.«

»Und definitiv kein ›Ja‹. Freu mich auf dich.«

»Ich mich auch.« Emily schob das Handy in ihre Hosentasche. Falls sie sich nicht irrte, war Juli nicht abgeneigt, sich Gregor einmal näher anzusehen. Ein gutes Zeichen.

Sie ging in die Küche und holte vier Schalen aus einem Hängeschrank heraus. Nacheinander riss sie die Tüten mit den Knabbereien auf und füllte die Schüsseln. Ob Gregor an Juli interessiert wäre? Sie musste unbedingt herausfinden, wie es um sein Liebesleben bestellt war. Zumindest hatte sie keine Ringe an seinen Fingern gesehen.

* * *

Sollte er sich von seinem Beobachtungsposten zurückziehen? Je länger er darüber nachdachte, desto unwahrscheinlicher erschien es ihm, sie aus der Wohnung entführen zu können. Dabei könnte so viel schiefgehen. Er durfte nicht alles riskieren, was er aufgebaut hatte. In der letzten Stunde war zu allem Überfluss kein besserer Parkplatz frei geworden. Vermutlich müsste er sie unter einem Vorwand herauslocken und dann eiskalt zuschlagen.

Ich denke, du bist inzwischen so erfolgreich?, erklang die gehässige Stimme seiner Mutter in seinem Kopf. Sie lachte ihn aus, wie sie es früher so oft getan hatte.

»Sei still!«, zischte er wütend. »Ich hab mir Greta und Lina geschnappt. Als Nächstes ist Juli an der Reihe.«

Das wird sich zeigen. Sieht nicht gut aus für dich.

Wann würde er ihre Stimme endlich aus dem Kopf bekommen?

Um sich abzulenken, schaute er zu Julianes Fenster hoch. Sie war schon länger nicht mehr dahinter aufgetaucht. Vielleicht vertrieb sie sich die Zeit vor dem Fernseher, während er im Auto ausharrte und Gefahr lief, dass ihn jemand beobachtete. Hier an Ort und Stelle zu bleiben, war ein unkalkulierbares Risiko.

Irgendjemand wird dich bemerken und sich an dich erinnern.

Leider hatte seine Mutter mit ihrer Warnung recht. Vielleicht wäre es besser, die Sache abzubrechen und sich auf den Heimweg ...

Das Licht in Julis Wohnung erlosch. Er schaute auf seine Uhr. So früh würde sie nicht zu Bett gehen. Im Hausflur gingen die Deckenlampen an. Sollte das Schicksal es gut mit ihm meinen?

Die Haustür öffnete sich, und Juliane trat heraus.

»Siehst du? Es war richtig, auf sie zu warten.«

Seine Mutter erwiderte nichts. Er konzentrierte sich auf seine Zielperson. In einer Hand trug Juliane eine Reisetasche. Er lächelte. Seine Geduld wurde belohnt. Arglos schlenderte sie zu ihrem Auto und entriegelte es. Die Tasche warf sie in den Kofferraum. Er wartete, bis sie einstieg, bevor er den Motor startete. Juliane setzte den Blinker und fuhr aus der Lücke. Er folgte mit fünf Sekunden Abstand. Was steckte in der Reisetasche? Plante sie eine längere Abwesenheit? Würde sie sich mit jemandem treffen? Die Gedanken überschlugen sich in seinem Kopf. Wahrscheinlich würde sie die Nacht woanders verbringen. Vielleicht sogar das ganze Wochenende. Zu wem wollte sie? Zu ihrem neuen Freund? Bei dieser Vorstellung kochte sein Blut. Sie sollte ihm gehören, niemandem sonst. Er hatte Anspruch auf sie.

Wenn es ihm gelänge, sie abzufangen, bevor sie ihr Ziel erreichte, könnte er ihr Handy an sich nehmen und eine falsche Nachricht an denjenigen schicken, zu dem sie unterwegs war. Dadurch würde er Zeit gewinnen, um sie in sein Versteck zu schaffen.

Er behielt einige Wagenlängen Abstand zu ihrem Auto, achtete jedoch darauf, dass sich kein anderes Fahrzeug dazwischen drängelte. Nach mehreren hundert Metern näherten sie sich einer grünen Ampel, und er verkürzte die Distanz. Als der Wagen vor ihm noch zwanzig Meter von der Haltelinie entfernt war, sprang die Ampel um.

Juliane beschleunigte.

»Fuck!« Was sollte er jetzt tun?

Sie überfuhr die Haltelinie bei Gelb. Nur einen Sekundenbruchteil später zeigte die Ampel Rot.

Du bist und bleibst ein Versager!

»Scheiße!«, fluchte er. »Ich kann nichts dafür.«

Er trat das Gaspedal durch. Eine solche Gelegenheit würde sich vielleicht nicht so schnell wieder ergeben. Hoffentlich achtete Juliane nicht auf den Verkehr hinter sich. Zumindest vorläufig.

* * *

Emily schaute zum wiederholten Mal auf ihre Uhr. Seit dem Telefonat mit Juli war fast eine Stunde vergangen. Ihre Anfahrtszeit betrug je nach Verkehrslage fünfundzwanzig bis dreißig Minuten, so langsam sollte sie endlich auftauchen. Oder war ihr schon wieder etwas dazwischengekommen? Sie hatte beim zweiten Gespräch gelöster geklungen. War das bloß Schauspielerei gewesen?

Emily beugte sich vor und griff zu den Linsenchips. Sie knabberte an einer besonders großen Scheibe und genoss den Geschmack. Die Minuten verstrichen, ohne dass Juli an der Wohnungstür klingelte oder anrief.

Eineinviertel Stunden nach dem zweiten Telefonat wählte sie die Handynummer ihrer Freundin. Das Freizeichen erklang. Nach wenigen Sekunden sprang die Mailbox an. Emily drückte das Gespräch weg. Sie wollte nicht wie eine überbesorgte Mutter klingen. Irgendwann würde sich Juli schon melden.

Emily loggte sich am Fernseher in ihr Netflix-Konto ein. Sie hatte insgesamt vier schnulzige Frauenfilme auf die Liste gesetzt, die sie mit ihrer Freundin schauen könnte. Vorausgesetzt, Juliane hätte keine eigenen Ideen. Emily freute sich auf ein langes Wochenende. Es wäre schön, wenn der Abend endlich starten könnte.

Als weitere zehn Minuten vergangen waren, wählte sie erneut Julis Nummer. Diesmal landete sie sofort auf der Mailbox.

»Hey, Süße.« Sie lachte unsicher. »Ich klinge gleich wie meine Mutter, aber irgendwie mache ich mir Sorgen. Kannst du dich bitte melden und mir Bescheid geben, wann du hier bist? Danke!« Sie trennte die Verbindung.

Wieder griff sie zu den Chips. Emily versuchte, ihre Nervosität zu verdrängen. Mit Juli war alles in Ordnung. Sie brauchte im Verkehr einfach ein bisschen länger – was freitagabends jederzeit möglich war.

Das Handy signalisierte mit einem Klopfton den Eingang einer Nachricht. Juli hatte ihr eine Whatsapp geschickt.

Sei nicht sauer auf mich. Ich hab auf halbem Weg zu dir einen

Heulkrampf bekommen und bin wieder umgedreht. Ich bin noch nicht bereit für einen Frauenabend. Nicht nach allem, was passiert ist. Sorry, weil ich mich so kurzfristig umentscheide. Das tut mir wahnsinnig leid. Ich wollte dir nicht den Freitagabend versauen. Vielleicht kannst du ja ausgehen und Spaß haben. Ich melde mich morgen, okay? Danke für dein Verständnis.

»Oh nein«, stöhnte Emily.

Sie antwortete nur mit einem roten Herz-Emoji. Die Nachricht klang so, als würde Juli in Ruhe gelassen werden wollen. Wie konnte das sein? Hatte sie sich bei ihrem zweiten Telefonat so gut verstellt?

Was sollte sie jetzt tun? Julis Wunsch respektieren oder ihre Nummer wählen, um sie zu trösten? Nach wenigen Sekunden beschloss sie, zumindest einen Anrufversuch zu wagen. Sie wählte Julis Nummer, landete jedoch direkt auf der Mailbox.

»Hey, Süße. Mach dir keine Sorgen wegen mir. *Du* tust mir leid. Falls du möchtest, dass ich zu dir komme, könnte ich sofort aufbrechen. Was hältst du davon? Ruf mich an. Alleinsein ist doof, wenn man traurig ist. Das wissen wir beide. Hab dich lieb.«

Emily beendete das Telefonat und blieb eine Weile auf der Couch sitzen. Sie konnte sich kaum ausmalen, was Juli gerade durchlitt. Mitzuerleben, wie der Ex von einem Transporter erfasst wurde und starb, war verständlicherweise zu viel für sie. Aber war es dann wirklich eine gute Idee, sich in der Wohnung einzuigeln?

Emily brachte die Schüsseln in die Küche und füllte sie in Tupperschalen um. Ihre Überlegungen kreisten um eine einzige Frage: Sollte sie sich auf den Weg zu Juli machen und bei ihr klingeln, oder wäre es besser, erst morgen den Kontakt zu suchen?

Zurück im Wohnzimmer las sie sich noch einmal die

Nachricht durch. Julis Formulierung war eindeutig. Sie wünschte sich Ruhe.

»Aber nur bis morgen«, flüsterte Emily. »Freundinnen sind füreinander da.«

Seufzend legte sie sich auf die Couch und griff zur Fernbedienung. Die Lust auf einen kitschigen Frauenfilm war ihr vergangen. Vielleicht fände sie einen Film, der besser zu ihrer Stimmung passte.

16

Schon um halb fünf morgens wachte Nora aus einem unruhigen Schlaf auf und dachte an ihr Versprechen. Die Polizisten zählten heute auf sie. Immer wieder hatten sie deswegen beängstigende Träume heimgesucht. Blinzelnd blickte sie zum Radiowecker und stöhnte. Nora zog sich die Decke bis zur Nasenspitze. Wenn sie nachher nicht wie ein Zombie wirken wollte, müsste sie noch zwei Stunden schlafen.

Drosten und seine Partner schienen Herrn Deville nicht zu verdächtigen, trotzdem sollte sie ihnen helfen. Wie passte das zusammen? Ergab es überhaupt Sinn, ihren Boss zu hintergehen? Wozu, wenn er nichts mit den schrecklichen Morden zu tun hatte?

Sein Blick während des Gesprächs mit dem Anwalt hatte ihr einen Schauer über den Rücken gejagt.

Beim nächsten Mal bin ich klüger.

Meinte er damit wirklich nur, dass er die Polizei nicht informieren wollte? Oder steckte etwas anderes hinter der Ankündigung?

Sie seufzte und zog sich die Decke über den Kopf.

»Schlaf, Nora!« Doch daran war nicht mehr zu denken. Sie war hellwach. Außerdem bekam sie unter der kuscheligen Bettdecke Platzangst. Nora strampelte sich frei und drehte sich auf den Rücken. Ein rascher Blick in Devilles Kalender. Was sollte da großartig schiefgehen?

Nach weiteren fünf Minuten gab sie auf. Wenn sie schon so früh wach wurde, konnte sie sich wenigstens ein gemütliches Frühstück gönnen. In ihrem Tiefkühlfach lagen Aufbackbrötchen, für deren Zubereitung sie sich normalerweise nicht die Zeit nahm. So hatte die unruhige Nacht zumindest etwas Gutes.

* * *

Um zehn vor neun betrat Nora die Galerie und verschloss die Tür von innen wieder. Sie wollte den unangenehmen Teil direkt hinter sich bringen und danach den ganzen Tag darauf warten, ob sich die Polizisten oder Deville bei ihr meldeten. Außerdem hoffte sie, nicht zu viele Kaufinteressenten durch die Ausstellung führen zu müssen. Bei ihrem angespannten Nervenkostüm hatte sie für Nachfragen keine Kapazitäten.

Sie setzte sich an ihren Schreibtisch und stellte die Handtasche neben den Schreibtischständer. Dann startete sie den Rechner und gab ihr Passwort ein. Aus der Tasche zog sie den zusammengefalteten Zettel, auf dem Drosten die relevanten Daten notiert hatte. Nora öffnete ihren E-Mail-Account und bereitete eine Mail an den Hauptkommissar vor.

Sehr geehrter Herr Drosten,

wie gestern besprochen kommen hier die gewünschten Informationen.

Mit freundlichen Grüßen

Nora Minge.

Sie wechselte zum Kalender ihres Chefs, kopierte die Daten heraus und fügte sie in die Mail ein. Dann verschickte sie die Nachricht. Als das System ihr den erfolgreichen Versand akustisch bestätigte, rief sie ihren Postausgangsordner auf und löschte die Mail wieder. Erleichtert atmete sie durch. Der Vorgang, der ihr den erholsamen Schlaf geraubt hatte, war erledigt. Der Rest des Tages konnte nur noch besser werden.

* * *

Valerian Deville saß an seinem Frühstückstisch. Links von ihm stand eine halb volle Kaffeetasse, rechts sein Laptop. Er würde frühestens am Mittag in die Galerie aufbrechen – wenn überhaupt. Momentan hatte er zu viel zu tun. Außerdem bezahlte er Nora genau für solche Gelegenheiten. Um die paar Passanten, die sich jeden Samstag in die Galerie verirrten, könnte sie sich problemlos kümmern. Er würde die gewonnenen Stunden sinnvoller nutzen. Erfreulicher.

Das System informierte ihn über eine verschickte Mail. Hätte er nicht in dieser Sekunde auf den Bildschirm geschaut, wäre sie ihm entgangen. Der Adressat war dieser Hauptkommissar Drosten.

Was hatte das zu bedeuten?

Er hatte die Postfächer so konfiguriert, dass er automatisch Kopien aller Nachrichten erhielt, die Nora empfing oder verschickte. Zwar vertraute er grundsätzlich seinen Praktikanten, trotzdem hielt er ein gewisses Maß an Kontrolle für unersetzlich. Nora wusste wie ihre Vorgängerinnen nichts von dieser Sicherheitsmaßnahme, die Deville mit einem IT-Experten ausgeklügelt hatte.

Er schaute sich ihren Postausgangsserver an. Das System informierte ihn über die Löschung der soeben versandten Mail und fragte, ob er die Kopie ebenfalls endgültig löschen wolle. Er klickte auf den Nein-Button.

»Miststück«, zischte er, als er sah, was sie verschickt hatte. »Wie kannst du es wagen?«

Sein Blick verharrte auf den Worten ›wie gestern besprochen‹. Wann hatte sie die Zeit gehabt, sich mit den Bullen zu treffen und hinter seinem Rücken etwas auszuhecken? Hatte er ihr deswegen großzügigerweise erlaubt, die Galerie schon um halb sechs zu verlassen? War das der Dank?

Je länger er darüber nachdachte, desto wütender wurde er. Diesen Vertrauensbruch konnte er nicht dulden. Nora würde die Konsequenzen schmerzhaft zu spüren bekommen.

* * *

Fast zeitgleich trafen zwei Nachrichten ein. Drosten erhielt die Mail von Nora Minge, kurz darauf bekam Verena Kraft über das Hobbymalerforum eine persönliche Mitteilung des Users Snoopinho.

Drosten verglich die Kalendereinträge mit den Daten der verschwundenen Frauen. Da sie den exakten Zeitpunkt der Entführungen nicht kannten, wäre Deville nur aus dem Schneider, wenn er längere Abwesenheiten vorweisen könnte. Dem war zwar nicht so, allerdings hatte er zu der Zeit einige Termine wahrgenommen. War er so kaltblütig, dass er Frauen entführte, sie irgendwo gefangen hielt und gleichzeitig nicht nur seinem Beruf nachging, sondern auch Ausstellungen besuchte? Drostens Bauchgefühl verneinte diese Frage.

Ratsuchend schaute er in die Gesichter seiner Partner, die ähnlich unschlüssig wirkten.

»Ich bin fast bereit, ihn von der Liste der Verdächtigen zu streichen«, sagte Sommer. »Auch wenn ich ihn als sehr unangenehm empfinde. Aber das ist ja kein Verbrechen. Seien wir ehrlich, ohne die Aussage von Frau Minge würden wir uns nicht weiter mit ihm beschäftigen.«

Drosten nickte leicht widerstrebend. »Zumindest rückt er für mich auch nach hinten.« Er wandte sich Verena zu. »Was hat dir Snoopinho geschrieben?«

»›Liebe Kristina‹«, las Kraft vor. »›Bist du flexibel? Zwinkersmiley. Komische Frage, nicht wahr? Ich möchte dir den Sinn dahinter erklären. Ich bin ein Mann, der nichts gern auf die lange Bank schiebt. Das, was du in deinem Vorstellungsposting geschrieben hast, finde ich wahnsinnig sympathisch. Außerdem leben wir beide in Frankfurt, und es ist Wochenende. Wenn man dem Wetterbericht trauen darf, wird es sogar ein ausgesprochen schönes. Die Wärme tut nach dem Schnee und der Kälte richtig gut, oder? Mir geht das zumindest so. Oder bist du eher ein Winterfan? Na ja, ich schweife ab. Und da ich nichts auf die lange Bank schieben will, frage ich dich jetzt einfach. Hast du Lust, mich im echten Leben kennenzulernen? Ich bin übrigens ziemlich spontan. An mir wird es garantiert nicht scheitern. Ich freue mich auf deine Antwort und sende künstlerische Grüße. Snoopinho.‹«

»Der trägt dick auf«, sagte Sommer. »Gefällt mir gar nicht.«

Drosten nickte. »Er nutzt die Gelegenheit, ein neues Forumsmitglied zu umgarnen, eiskalt aus. Wie reagieren wir?«

»Unverbindlich?«, schlug Kraft vor. »Ich könnte mich geschmeichelt zeigen und bekennen, mir für dieses Wochenende nichts vorgenommen zu haben. Außerdem behaupte ich, mich ebenfalls über den rapiden Wetterumschwung zu freuen. Mal gucken, was er dann antwortet. Falls er ein Treffen an einem abgelegenen Ort oder zu sehr später Uhrzeit vorschlägt, klingeln die Alarmglocken. Aber vielleicht ist er auch einfach nur verzweifelt.«

»Einverstanden«, sagte Drosten. »Kümmert ihr beide euch darum? Ich rufe Nora Minge an und teile ihr unsere Einschätzung mit.«

* * *

Nora Minge zuckte zusammen, als ihr Handy unerwartet klingelte. Sie schaute aufs Display: Hauptkommissar Drosten rief an.

»Guten Morgen«, begrüßte sie ihn. »Ist meine Mail angekommen?«

»Ist sie. Vielen Dank für Ihren Einsatz. Wir haben uns die Daten angesehen. Zwar können wir Herrn Deville nicht hundertprozentig als Verdächtigen ausschließen, sind uns aber sicher, dass Sie sich in seiner Nähe keine Sorgen machen müssen.«

»Oh.« Eigentlich hätte sie erleichtert sein müssen, stattdessen empfand sie Enttäuschung. »Wirklich? Wieso streichen Sie ihn dann nicht von ...«

»Seien Sie unbesorgt«, unterbrach Drosten sie. »Wir behalten ihn im Auge und prüfen noch ein paar Hintergründe. Trotzdem ist es aufgrund seiner Termine schwer vorstellbar, dass er der Täter ist.«

»Okay. Danke fürs Bescheid geben.«

»Falls in der Galerie weitere Lieferungen eintreffen,

möchten wir zeitnah davon erfahren. Denken Sie bitte daran?«

»Versprochen. Schönes Wochenende.« Sie trennte die Verbindung und legte das Telefon beiseite.

Wie konnte das sein? Hatte sie sich so sehr getäuscht? Oder begingen die Polizisten eine schwere Fehleinschätzung, weil sie Devilles Gesichtsausdruck nicht mitbekommen hatten? Vorläufig blieb ihr nichts anderes übrig, als ihrem Urteil zu vertrauen.

Nora beschäftigte sich mit Büroarbeit, ehe sie um fünf Minuten vor zehn zur Tür ging, das Schloss entriegelte und das Schild auf ›Geöffnet‹ drehte. Dann setzte sie sich an ihren Schreibtisch, von dem sie den Eingangsbereich im Blick hatte. Mit einer Schere schnitt sie frisch von der Druckerei gekommene Bögen zurecht, die sie für die nächste Vernissage benötigte, aber noch falten musste. Das Klingeln der Eingangsglocke riss sie aus dieser Tätigkeit. Sie schaute hoch und erschrak. Deville eilte wutentbrannt auf sie zu. Nora legte die Schere beiseite.

»Guten Morgen!«, begrüßte sie ihn.

»Pack deine Sachen zusammen! Ich beende unsere Zusammenarbeit, du undankbares Miststück!«, schrie er.

Wie hatte er so schnell davon erfahren? Hatten die Polizisten ihn kontaktiert? Das konnte nicht sein. Um nicht zu ihm aufsehen zu müssen, stand sie auf.

»Ich verstehe nicht«, behauptete sie. »Was heißt das? Schließen Sie die Galerie? Sind wir pleite?«

»Stell dich nicht dumm!«, brüllte er mit gerötetem Gesicht.

»Wovon reden Sie, verdammt noch mal?« Auch sie erhob leicht die Stimme, um ihrer gespielten Überraschung Glaubwürdigkeit zu verleihen.

»Fräulein ...«

»Nennen Sie mich nicht so!«

»Der E-Mail-Server ist so konfiguriert, dass ich von jeder empfangenen oder verschickten Mail eine Kopie erhalte. Ganz egal, ob du sie löschst oder nicht.«

»Das hätten Sie mir sagen müssen. Schon mal was von Datenschutz gehört?«

»Pack deine Sachen! Du bist entlassen!«

»Gott sei Dank«, erwiderte sie giftig. »Ich hätte es auch keinen Tag mehr in Ihrer Nähe ausgehalten. Sie widern mich an! Wie viele Jahre bin ich jünger? Trotzdem starren Sie mich an, als könnte es für mich nichts Schöneres geben, mich mit Ihnen einzulassen.«

»Untersteh dich!«

»Sie sind ekelhaft! Und ich bin überzeugt, Sie haben etwas mit den Morden zu tun. Das werde ich beweisen!«

Blitzschnell umrundete er den Schreibtisch und versuchte, sie zu packen. Sie wich vor ihm zurück. Gleichzeitig griff sie nach der Schere. Sie bekam eines der Scherenaugen zu fassen und streckte ihm die scharfe Spitze entgegen. Deville umklammerte grob ihren linken Oberarm.

»Lassen Sie mich sofort los, oder ich steche zu!«

»Bist du wahnsinnig?«

»Loslassen!«, kreischte sie. Ihr wurde schwarz vor Augen. Wenn sie jetzt ohnmächtig würde, könnte er mit ihr alles anstellen, was er sich in seiner kranken Fantasie vorstellte. Es gab nur einen Weg, ihn davon abzuhalten. Sie blinzelte heftig und verlagerte ihr Gewicht. Er hatte es nicht anders verdient.

In diesem Moment ließ er sie los, trat zwei Schritte zurück und hob die Hände.

»Mach, dass du wegkommst«, sagte er. »Du bist ja irre! Völlig durchgedreht!«

»Und das werfen ausgerechnet *Sie* mir vor?« Ohne den Blick von ihm zu nehmen oder die Schere loszulassen, bückte sie sich und zog ihre Handtasche zu sich.

»Raus hier! Sonst rufe ich die Polizei!«, warnte er sie.

»Als ob!«

»Ich kenne den Dekan deiner Uni. Dem werde ich alles berichten. Deine Karriere ist vorbei, bevor sie begonnen hat.«

»Und ich kenne genügend Journalisten, die über alte, weiße Männer wie Sie gerne schreiben. Also wagen Sie es nicht, mir Steine in den Weg zu legen.«

Die beiden starrten sich sekundenlang an. Dann ging Nora aus dem Büro. Widersprüchliche Gefühle rangen in ihr miteinander. Die Auseinandersetzung hatte ihren Puls hochgejagt, gleichzeitig war sie erschrocken darüber, dass sie aus Notwehr fast zugestochen hätte. Letzten Endes jedoch war sie erleichtert, nichts mehr mit Deville zu tun zu haben.

Sie verließ die Galerie. Da die Schere zur Büroausrüstung gehörte und er sie nicht wegen Diebstahls behelligen sollte, warf Nora sie vor die Eingangstür. Zügig entfernte sie sich vom Laden. Als sie ausreichend Abstand zwischen sich und Deville gebracht hatte, blieb sie stehen. Mit einem Blick zum Eingang griff sie zu ihrem Telefon und wählte Drostens Nummer. Deville beobachtete sie durch ein Schaufenster.

»Mach dir ruhig in die Hose«, flüsterte sie.

Vielleicht wäre es eine gute Idee, seinen Angriff gegen sie ein wenig zu dramatisieren. Drosten und seine Kollegen konnten ihm viel Ärger bereiten.

»Hallo, Frau Minge«, begrüßte der Hauptkommissar sie.

»Herr Drosten, ich muss Ihnen berichten, was gerade

passiert ist. Das war schrecklich!« Unversehens brach sie in Tränen aus.

»Was ist los?«, fragte Drosten besorgt.

»Herr Deville! Er hat mich ... mich ... er hat ... mich angegriffen«, stammelte sie.

17

Mit jeder verstrichenen Minute verschlechterte sich Emilys Bauchgefühl. Sie hatte gegen ihre Gewohnheit nachts das Handy angelassen, um bloß keinen Anruf von Juli zu verpassen.

Nun war es bereits Viertel nach zehn. Juli hatte weder angerufen noch eine Nachricht geschickt. Emily hatte mittlerweile lange genug gewartet. Sie fragte sich nur, ob sie anrufen oder sich erst einmal mit einer Textnachricht begnügen sollte.

Nachdenklich knabberte sie an dem Schokocroissant, das sie sich eine Stunde zuvor beim Bäcker geholt hatte. Was wäre ihr selbst in einer vergleichbaren Situation lieber? Die Antwort auf eine Nachricht war leichter zu formulieren, bei einem Anruf müsste Juli direkt alle Karten auf den Tisch legen.

Emily griff zum Handy. Sie wollte Julis Stimme hören. Vielleicht wäre eine Sprachnachricht die richtige Entscheidung? Sie trank einen Schluck Orangensaft und öffnete das Chatprogramm.

»Hi, Süße«, begann sie die Sprachaufzeichnung. »Ich

hoffe, dir geht's etwas besser als gestern. Meldest du dich bitte bei mir? Ich würde wahnsinnig gern mit dir reden. Und am liebsten würde ich dich natürlich sehen. Aber das darfst du entscheiden. Ich hab den ganzen Tag keine Pläne. Also. Lass bitte von dir hören. Ich will wissen, wie's dir geht. Bis später.« Sie fügte einen Kuss hinzu und verschickte die Nachricht.

* * *

Ihr Handy brummte. Das Display zeigte eine eingetroffene Sprachnachricht an. Er wechselte zum Chatprogramm und hörte sich Emilys Aufnahme an, mit der sie Kontakt zu ihrer Freundin suchte.

»Ach Emily«, sagte er. »Deine Freundin kann gerade leider nichts aufzeichnen. Der Knebel in ihrem Mund macht das etwas schwierig.« Er lachte gehässig.

Eigentlich hatte er schon früher mit einer solchen Kontaktaufnahme gerechnet. Juli hatte ihm unter Zwang verraten, wohin sie unterwegs gewesen war. Der Verlauf der Nachrichten und das Anrufprotokoll der letzten Tage untermauerten ihre Behauptungen. Erstaunlich, wozu ein Löffel gut war, wenn man ihn mit dem Feuerzeug erhitzte und auf nackte Haut drückte. Nun musste er reagieren. Am liebsten würde er Juli ebenfalls eine Nachricht aufsprechen lassen. Doch das war zu gefährlich. Sie könnte Codewörter einbauen, die sie vielleicht irgendwann vereinbart hatten. Oder Emily könnte an der Stimme ihrer Freundin erkennen, dass etwas nicht in Ordnung war. Frauen hatten eine feine Antenne für solche Abweichungen von der Normalität. Mutter hatte ihm auch immer alles angemerkt. Das Risiko war einfach zu hoch. Je später Juli offiziell als vermisst galt, desto besser.

Also antwortete er mit einem Text. Um den richtigen Ton zu finden, überflog er die Nachrichten, die sie in den vergangenen Wochen ausgetauscht hatten.

Hey Süße. Entschuldige, dass du dir meinetwegen Sorgen machst. Mir geht's mies, aber etwas besser als gestern. Trotzdem brauche ich Ruhe. Ich will nichts anderes machen, als an Rico zu denken, mir die Decke über den Kopf ziehen und heulen, bis keine Tränen mehr übrig sind. Montag haben sich die Regenwolken bestimmt verzogen. Ich melde mich bei dir. Versprochen.

Er fügte ein Kuss-Emoji und ein Herzchen hinzu. Nachdem er die Nachricht zweimal geprüft hatte, schickte er sie ab. Rasch zeigte ihm das Programm an, dass Emily die Mitteilung gelesen hatte. Kurz darauf empfing Julis Handy eine weitere Nachricht ihrer Freundin. Er öffnete sie und lächelte zufrieden. Emily hatte lediglich ein rotes Herz geschickt.

»Gut gemacht«, lobte er sich selbst. »Vor der hast du jetzt Ruhe.«

Bist du dir sicher?

Genervt schloss er die Augen. Warum hörte er ihre nörgelnde Stimme sogar dann, wenn er sich wie ein Gewinner fühlte?

»Was willst du damit andeuten?«

Frauen antworten nicht nur mit einem Herzchen. Vielleicht will sie dich bloß in Sicherheit wiegen.

»Schwachsinn!«

Seine Mutter antwortete nicht mehr.

»Du erträgst nicht, was mir alles gelingt. Sieh endlich ein, dass du dich geirrt hast. Ich bin kein Versager. Ich wollte sie haben, und jetzt hab ich sie. Du hast nie gesehen, was in mir steckt. Deswegen warst du immer so gemein zu mir.«

Er hatte seine Mutter zum Schweigen gebracht. Ein ungewohnter Triumph, der sein Hochgefühl steigerte. Er schaute auf seine Uhr. Es war noch früh am Vormittag. Sollte er das Gefühl auskosten und jetzt erst mal seinen normalen Tätigkeiten nachgehen? Die Vorfreude steigern, indem er sich ein paar Stunden zurückhielt?

Er spürte, dass das unmöglich war. Er konnte nicht an seinem Schreibtisch sitzen, wenn er wusste, wer in seinem Versteck ausharren musste.

* * *

Er lauschte, bevor er den Unterschlupf betrat. Weder im Hausflur noch aus der Wohnung vernahm er Geräusche.

Mit einem Tablett in der Hand ging er in die Diele. Selbstzufrieden dachte er daran, wie er sie gestern Abend mit einem Trick überwältigt und in seinen Kofferraum gesperrt hatte. Jedes Risiko, das er eingegangen war, hatte sich am Ende gelohnt. Niemand hatte sie beobachtet, kein Zeuge war ihm begegnet. So, als hätte das Schicksal beschlossen, ihn in seinem Treiben zu unterstützen. Er hatte sogar ihren Wagen irgendwo in einer ruhigen Seitenstraße abstellen können, wo er vermutlich wochenlang nicht auffallen würde.

Er öffnete die Tür zu ihrem Zimmer. Durch die nur halb heruntergezogene Jalousie fiel genügend Licht in den Raum.

»Hallo, Prinzessin«, begrüßte er sie. »Ausgeschlafen?«

Wütend starrte sie ihn an. Dass Juli Kampfgeist besaß, hatte sie gestern bewiesen. Er hatte ihr fünfmal den erhitzten Löffel auf die empfindliche Innenseite des

Oberschenkels gedrückt, ehe sie seine Fragen beantwortet hatte. Die meisten würden so viel Schmerz nicht ertragen. Deswegen rechnete er auch heute Morgen nicht mit ihrer vollen Kooperation. Im Laufe der nächsten Tage und Wochen würde sie jedoch einsehen, dass es für sie einfacher war, seine Regeln zu befolgen. Denn letztlich bekäme er ohnehin, was er wollte.

Er stellte das Tablett auf den Boden und betrachtete sie. Ihre Hände und Füße waren fixiert, außer einer Erwachsenenwindel trug sie nichts am Leib. Um ihr nicht zu viel Komfort zu bieten, hatte er ihr gestern Abend keine Decke übergelegt. Durch die Heizungsluft roch es leicht staubig im Raum. Er bewunderte ihren Körper. Man sah ihr das regelmäßige Training an. Ihre Brüste hatten die perfekte Größe.

»Oh, wir werden viel Spaß miteinander haben. Aber erst mal sorge ich für bessere Luft.«

Er trat ans Fenster und riss es weit auf. Verkehrslärm drang zu ihm hoch. Sie hörte das vermutlich auch. Von seiner Position beobachtete er sie, ohne eine Reaktion auf die Geräuschkulisse zu erkennen. Seine Erregung wuchs. Es war so schwer, sich die eine Sache zu verwehren, wenn man ein so williges Opfer besaß. Aber vorläufig würde er sich zurückhalten.

Er schloss das Fenster wieder.

»Ich muss dir jetzt ein paar Grundregeln erklären. Wenn ich dir den Knebel abnehme, wirst du das Bedürfnis haben, um Hilfe zu schreien. Du wirst glauben, dein Leben hängt davon ab. Aber du kannst dir die Kraft sparen. Schau dich um. Ich habe den Raum in mühevoller Kleinarbeit schallisoliert. Der Schaumstoff schluckt jedes Geräusch, und die Fenster sind so isoliert, dass kein

Lärm von draußen eindringt oder umgekehrt. Hör genau hin!«

Er öffnete das Fenster wieder, wartete ein paar Sekunden und schloss es. Auf den Verkehrslärm folgte Stille.

»Kapierst du? Jeder Schrei wäre unnötig. Ich würde dich bestrafen, und du hättest nichts davon. Also benimm dich. Es ist zu deinem Besten.«

Er ging zu ihrem Bett. In ihrem Mund steckte ein Ballknebel, den er schon bei Greta und Lina benutzt hatte. Seine Gäste mussten den Knebel nur anfangs oder zur Bestrafung tragen. Je schneller sie sich an ihre neuen Lebensumstände gewöhnten, desto besser für sie.

»Der Knebel in deinem Mund war eine reine Erziehungsmaßnahme. Wenn du brav bist, musst du ihn nicht oft ertragen. Ich nehme ihn dir jetzt ab. Wehr dich nicht.«

Er drehte leicht ihren Kopf, löste die Lederschnalle und zog ihr den Knebel aus dem Mund. Kaum hatte er sie davon befreit, sog sie gierig Luft ein.

»Das tut gut, oder?«, fragte er. »Ob du den Ball in den nächsten Tagen rund um die Uhr trägst oder nicht, liegt ganz bei dir.«

»Warum tu…«

Ohne Vorwarnung gab er ihr eine feste Ohrfeige. Ihr Kopf zuckte zur Seite, und sie wimmerte vor Schmerz.

»Regel Nummer eins. Du schreist nicht, weil du sonst zur Strafe den Knebel trägst. Regel Nummer zwei. Du redest nur, wenn ich dich dazu auffordere. Verstehst du das?«

Wütend schaute sie ihm in die Augen. Er lächelte.

»Du lernst schnell. Das ist gut, denn letztlich bestimmst du, wie angenehm dein Aufenthalt hier wird.«

»Ich trage eine Windel«, entfuhr es ihr.

Wieder schlug er zu, diesmal noch ein wenig fester. Erneut wimmerte sie.

»Ich habe Essen und Trinken dabei. Ich könnte mich um dein Wohlbefinden kümmern. Ob ich das mache, liegt an dir. Die Windel gehört dazu. Ich kann nicht die ganze Zeit auf dich aufpassen. Aber ich will dich nicht demütigen. Du sollst nicht in einem eingenässten Bett liegen müssen. Oder Ekligeres. Deswegen die Windel. Ich bin es gewohnt, Frauen zu pflegen. Das siehst du schon an dem Essen, das ich dir mitgebracht habe.«

Er ging zu dem Tablett und hob den Deckel hoch. Darauf lagen eine Halbliterflasche Wasser, Mangomus und ein paar Cashewkerne.

»Das hier wird dir guttun«, versprach er. »Mangomus ist sehr verträglich für den Magen. Cashewkerne sind unglaublich gesund, und den halben Liter Wasser kriegen wir schon in dich hinein. Ich verstelle jetzt dein Kopfteil, dann gebe ich dir zu trinken, bevor ich dich füttere. Es gibt keinen Grund, dabei zu sprechen. Vielleicht erkläre ich dir währenddessen ein paar Dinge, die für deinen Aufenthalt wichtig sind, vielleicht bleibe ich stumm.«

Er zog einen Stuhl heran und setzte sich ans Bett. An einem ans Pflegebett angeschlossenen Kabel baumelte das Bedienelement, über das er Kopf-, Mittel-, und Fußteil ansteuerte. Zunächst öffnete er die Flasche und führte sie vorsichtig an ihre Lippen. Dabei summte er leise.

»Mama hat es gemocht, wenn ich für sie gesungen habe. Aber manchmal hat sie mich wegen ein paar schiefer Töne ausgelacht. Deswegen summe ich lieber. Ich hoffe, das ist okay.« Er nahm ihr die Flasche vom Mund und lächelte zufrieden. »Du warst ganz schön durstig. Vielleicht lag das noch an der Betäubung. Jetzt gibt's das Mus. Versuchen wir, nicht zu kleckern. Danach kannst du an den Nüssen lutschen.« Er grinste. »Ich meinte nicht meine Nüsse, keine Sorge. Benutzen wir lieber den Begriff ›Kerne‹, damit ich dich nicht versehentlich erschrecke.«

Löffel für Löffel führte er ihr an den Mund. Sie hielt sich an die Regel, nicht zu sprechen. Offensichtlich war ihr Hunger so groß, dass sie seinen Zorn nicht heraufbeschwören wollte.

»Das hast du toll gemacht«, sagte er schließlich. »Willst du noch die Cashewkerne? Nicken oder Kopfschütteln reicht als Antwort.«

Sie nickte.

»Wunderbar. Wenn du sie lutschst, hast du mehr davon.«

Nacheinander steckte er ihr die insgesamt acht Kerne in den Mund. Als sie den letzten geschluckt hatte, gab er ihr zu trinken, bis die Flasche leer war.

»Das war nicht schlecht für den Anfang. Jetzt will ich dir erklären, wie der Rest des Tages abläuft. Ich muss ein paar Dinge erledigen, bevor ich Zeit für dich habe. Schäm dich nicht dafür, wenn du in die Windel pinkelst oder kackst. Das ist ein natürlicher Vorgang. Sobald wir uns wiedersehen, wechsle ich die Windel und mache dich sauber. Außerdem erhältst du dann deine Belohnung. Ich verspreche dir, du kommst auf deine Kosten. Wir beide.« Er lächelte. »Du wirst schon sehen. Ach ja, noch eine Sache. Nachher darfst du mir etwas schenken, was in deinem Körper im Überfluss vorhanden ist. Es wird dir nicht schaden. Jetzt muss ich leider gehen. Ich lasse den Knebel aus deinem Mund. Wenn du dich vernünftig benimmst, bekommst du nach unserem nächsten Wiedersehen sogar eine Decke. Aber die musst du dir verdienen. Bis später, Prinzessin.«

Er lächelte ihr noch einmal zu, dann nahm er das Tablett und verließ den Raum. Sie gab nicht einen Ton von sich. Ein gutes Zeichen. Hatte er ihren Kampfgeist überschätzt?

18

Robert Drosten rüttelte an der Tür der Galerie, an der von innen das »Geschlossen«-Schild hing. Er schaute durch die Glasscheibe, ob er in den Innenräumen Bewegungen wahrnahm. Dann klopfte er dreimal an die Tür. Es rührte sich nichts. »Wo ist Deville?«, fragte er frustriert. »Er hat seine Praktikantin rausgeschmissen. Irgendwer müsste den Laden betreuen. Immerhin ist Samstag. Wieso hat er nicht geöffnet?«

»Vielleicht, weil er heute nicht mit Kunden rechnet«, sagte Kraft.

»Oder er hat Besseres ... Schlimmeres zu tun«, brummte Drosten.

»Sollen wir versuchen, ihn telefonisch zu erreichen? Auf dem Schild da steht eine Mobilfunknummer.«

Zur Antwort zog Drosten sein Handy aus der Hosentasche und gab die Nummer ein. Das Freizeichen erklang, und nach wenigen Sekunden meldete sich der Galerist.

»Valerian Deville. Schönen guten Tag. Wie kann ich Ihnen helfen?«

»Robert Drosten hier.«

»Oh nein! Warum stören Sie mich?«

»Wir müssen dringend miteinander reden. Wo sind Sie derzeit?«

Deville seufzte genervt und fuhr mit gesenkter Stimme fort: »Das geht Sie gar nichts an.«

Drosten nahm im Hintergrund undeutliche Stimmen wahr. »Wir können Ihr Telefon orten lassen.«

»Klingt sehr nach einer willkürlichen Maßnahme. Wo sind Sie?«

»Wir stehen an Ihrer Galerie. Uns ist kein Weg zu weit.«

»Ich bin in zwanzig Minuten bei Ihnen.« Deville beendete abrupt das Telefonat.

»Hallo?«, rief Drosten. Was erlaubte sich dieser Galerist? »Das kannst du vergessen«, brummte er. Erneut wählte er die Nummer, landete jedoch direkt auf der Mailbox. Ohne eine Nachricht zu hinterlassen, trennte er die Verbindung. »Deville will in zwanzig Minuten hier sein«, informierte er Verena und Lukas. »Versucht er, Zeit zu schinden?«

An seiner Uhr startete Sommer einen Countdown. »Schreiben wir ihn in einundzwanzig Minuten zur Fahndung aus.«

Kurz vor Ablauf der gesetzten Frist parkte Deville in der zur Galerie gehörigen Parkbucht. Er legte einen Ausweis hinter die Windschutzscheibe und stieg aus.

»Sogar die gesamte Belegschaft. Welch Ehre an einem Samstagmittag. Haben Sie nichts anderes zu tun?

Warten zu Hause nicht Ihre Familien?« Ohne eine Antwort abzuwarten, schloss er die Galerietür auf und trat ein. »Gehen wir in mein Büro. Soll mich Ihr Auftauchen eigentlich überraschen?« Er lachte spöttisch, umkurvte seinen Schreibtisch und setzte sich. Demonstrativ gelassen lehnte er sich im Stuhl zurück und verschränkte die Arme hinter dem Kopf. »Ich höre.«

»Sie haben Frau Minge bedroht«, warf Drosten ihm vor. »Was haben Sie sich dabei gedacht?«

Deville senkte die Arme und sprang erbost auf. »Das war eher umgekehrt. Sie hat mich mit einer Schere bedroht. Wäre ich nicht zurückgewichen, hätte sie zugestochen. Das habe ich ihr angesehen. Dann wäre ich jetzt tot oder schwer verletzt.«

»Sie haben Frau Minge gepackt«, sagte Drosten. »Streiten Sie das ab?«

»Nur, weil sie nicht auf meine Aufforderung reagiert hat, ihre Sachen zu packen. In meiner Galerie geschieht viel auf Vertrauensbasis. Dieses Vertrauen hat Nora verspielt. Als sie nicht freiwillig gehen wollte ...« Er stoppte und räusperte sich. »Eigentlich müsste ich sie wegen versuchter Körperverletzung anzeigen. Allerdings kann ich mir das auch sparen, da *Sie* das Mädchen angestachelt haben.«

»Wir haben Frau Minge nicht angestachelt«, widersprach Kraft. »Sie hat sich gestern bei uns gemeldet, um mit uns über Ihr Verhalten zu sprechen. Der Kontakt ging zu einhundert Prozent von Ihrer Praktikantin aus.«

»Meiner *ehemaligen* Praktikantin.«

»Die von Ihnen sexuell belästigt wurde«, sagte Sommer. »Mit eindeutigen Sprüchen und Blicken. Schämen Sie sich dafür nicht? Sie könnten Ihr Vater sein.«

Deville setzte zu einer Erwiderung an, schloss den Mund jedoch wieder und nahm Platz. »Meine Güte! Ja. Manchmal gebe ich zweideutige Sätze von mir. So bin ich halt. Aber ich zwinge keine attraktiven, jungen Frauen, sich bei mir zu bewerben. Das machen die ganz allein. Und ich versichere Ihnen, ihre Reize setzen sie beim Vorstellungsgespräch gerne ein. Ist das meine Schuld?«

»Frau Minge hat mit uns nicht nur über die sexuellen Belästigungen gesprochen«, sagte Drosten. »Sondern uns auch über Ihren Termin mit Rechtsanwalt Gronau informiert.«

»Und da wundern Sie sich, warum ich Nora fristlos entlassen habe? Sie hat mein Vertrauen schamlos ausgenutzt und gegen ihre Verschwiegenheitserklärung verstoßen, die sie am Anfang des Praktikums unterschrieben hat. Das geht gar nicht.«

»Was nicht geht, ist Ihr Plan, sich mit den Bildern eines Mörders einen finanziellen Vorteil zu verschaffen«, erwiderte Drosten.

Zum ersten Mal wicht Deville seinem Blick aus und sah zu Boden. Drosten und seine Kollegen ließen ihm die Zeit, sich zu sammeln.

»Gronau hat es mir erfolgreich ausgeredet«, sagte Deville leise. »Ich will mich nicht strafbar machen.« Er schaute auf. »Eigentlich ist es unfair. Warum darf ich die Bilder nicht verkaufen, sobald Sie den Mörder geschnappt haben? Finanziell steht mir das Wasser bis zum Hals. Das wäre meine Chance gewesen. Jetzt bleibt mir nur noch die Hoffnung auf eine positive Entwicklung, nachdem Frau Hallers Artikel veröffentlicht ist. Ein ziemlich dünner Strohhalm.«

»Ihre Aussagen beim Meeting lassen Sie verdächtig

erscheinen«, erklärte Drosten. »›Beim nächsten Mal bin ich klüger‹«, zitierte er ihn. »Können Sie sich nicht vorstellen, wie das auf Außenstehende wirkt?«

Deville runzelte die Stirn. »Es ging darum, ob ich die Polizei über eine weitere Bilderlieferung informiere. Was glauben Sie denn?«

»Wir haben Frau Minge um Ihre Kalendereinträge gebeten, um zu sehen, ob Sie ein Alibi haben, während die Frauen verschwunden sind«, fuhr Drosten fort.

»Habe ich Glück?«, erkundigte sich Deville.

Die Frage klang naiv und ehrlich zugleich. Konnte er sich so gut verstellen, oder war das ein deutliches Zeichen für seine Unschuld?

»Lässt sich nicht genau bestimmen«, antwortete Drosten. »Wir kennen nicht den exakten Zeitpunkt, an dem die beiden Opfer verschwunden sind.«

»Pech für mich. Dann bleibt wohl nur mein Wort. Ja, ich bin verzweifelt. Ich gehe als der Deville meiner Familie ein, der die Galerie ruiniert hat. Aber ich bin nicht verrückt. Deswegen begehe ich keine Morde.«

Drosten glaubte ihm. »Sie sollten sich bei Frau Minge entschuldigen.«

»Niemals!«, entgegnete Deville. »Auch wenn eine gute Absicht dahintersteckte, hätte sie sich an ihre Verschwiegenheitspflicht halten müssen.«

»Wieso haben Sie uns vorhin nicht gesagt, wo Sie waren?«, fragte Kraft. »Wir hätten zu Ihnen kommen können.«

Ein verschmitztes Lächeln trat auf Devilles Lippen. »Ich habe vor ein paar Wochen eine Buchhändlerin kennengelernt. Als Sie mich anriefen, war ich in ihrem Laden. Noch sind Monika und ich in der Balzphase. Da wäre es schlecht, wenn drei Polizisten ins Geschäft stürmen, die mir neben sexueller Belästigung einen Doppelmord unterstellen.«

»Hat diese Monika einen Nachnamen?«, wollte Sommer wissen.

»Den werden Sie von mir nicht erfahren.«

Drosten verstand Devilles Zurückhaltung. Die Hintergrundgeräusche, die er bei dem Telefonat gehört hatte, würden zu einer Buchhandlung passen. Er nickte seinen Kollegen zu. »Dann wollen wir Sie nicht weiter stören.«

»Sagen Sie Nora, ich schicke ihr ein wohlwollendes Zeugnis zu. Ich habe ja ihre Adresse.«

»Danke. Die Info leiten wir gerne weiter. Das wird Frau Minge freuen. Und wir können uns hoffentlich auf Sie verlassen, was neue Bilderlieferungen anbelangt?«, vergewisserte sich Drosten.

»Ja. Die Warnung meines Anwalts war eindringlich genug. Auch wenn ich geschäftlich fast nichts mehr zu verlieren habe, will ich nicht in den Knast.«

Im Auto unterhielten sie sich über Devilles Aussagen.

»Glauben wir ihm?«, fragte Sommer.

»Für mich klingt das alles glaubhaft«, erwiderte Kraft. »Er hat seine finanziellen Probleme zugegeben, und sein Versprechen, ein gutes Zeugnis auszustellen, ist seine Art der Entschuldigung.«

»Sehe ich auch so«, sagte Drosten. »Außerdem passen die Hintergrundgeräusche, die ich beim Telefonat vernommen habe, zu einer Buchhandlung. Und dass er vor einer neuen Flamme nicht Besuch von drei Polizisten bekommen will, ist verständlich. Hätte er sich das so schnell aus den Fingern saugen können?«

»Also stehen wir fast wieder am Anfang der Ermittlungen«, stellte Sommer fest. »Außer der Spur ins Forum haben wir nichts.« Er schaute zu Kraft. »Gibt es da Neuigkeiten?«

Kraft wählte sich über ihr Smartphone in ihren Account ein. »Oh tatsächlich«, sagte sie. »Snoopinho hat vor fünf Minuten geantwortet.«

»Lies vor«, bat Drosten sie.

»Hallo, Kristina. Ich hab dich ja gewarnt. Spontan sein kann ich. Was hältst du vom Mainkai-Café um fünfzehn Uhr? Ich finde, da sitzt man ganz gut, und wenn wir anschließend noch Lust haben, können wir eine kleine Runde am Main drehen. Sag mir bis vierzehn Uhr Bescheid. Falls du lieber woanders hinwillst, wäre das auch kein Problem. Ich freue mich auf unser Kennenlernen. Bis später. Snoopinho.«

»Der legt ein flottes Tempo vor und ist sich seiner Sache ziemlich sicher«, sagte Drosten. »Lukas, was denkst du?«

»Der Treffpunkt ist harmlos. Direkt am Main gelegen. Den schlägt er nicht vor, um dich in einen Hinterhof zu schleppen.«

»Und die Uhrzeit ist auch nicht verdächtig«, fügte Kraft hinzu. »Selbst wenn wir anderthalb Stunden zusammensitzen, wäre es noch hell genug für einen Spaziergang. Soll ich zusagen?«

»Lassen wir ihn ein bisschen zappeln. Es reicht, wenn du ihm gegen zwölf antwortest«, schlug Drosten vor. Er wandte sich an Sommer. »Schaffen wir es, Verenas Sicherheit zu gewährleisten, während sie sich mit ihm trifft?«

»Ich kann auch ziemlich gut auf mich allein aufpassen.«

»Aber sechs Augen sehen mehr kleine Warnhinweise als zwei«, gab Drosten zu bedenken.

Sommer fuhr sich übers Gesicht. »Zwei Männer, die zum Café starren und ein Blind Date beobachten, fallen nur auf. Heute ist zwar Samstag, und es sind bestimmt viele Spaziergänger unterwegs, trotzdem sollten wir Vorsichtsmaßnahmen treffen. Soweit ich weiß, haben Jennifer und Jeremias nichts vor. Vielleicht könnten wir sie einspannen. Ein Familienspaziergang mit Teenager wirkt weniger auffällig.« Sommer schaute auf seine Uhr. »Kommt, ich zeig euch den Ort. Falls du ihn akzeptabel findest, fahren wir zu mir nach Hause und holen Jen und Jeremias ins Boot.«

»Klingt nach einem guten Plan.«

19

Emily starrte in den Badezimmerspiegel. Wenn sie sich noch weiter den Kopf zermarterte, käme sie nie zur Ruhe. Entweder müsste sie die Gedanken an Juli verdrängen oder endlich ihrem Bauchgefühl folgen. Sie und Juli kannten sich seit über fünfzehn Jahren und hatten sich vom ersten Moment an zueinander hingezogen gefühlt. So viele Krisen hatten sie gemeinsam gemeistert. Es passte einfach nicht zu Juli, dass sie nicht wenigstens telefonieren wollte oder eine kurze Sprachnachricht schickte.

Aber Emily hatte auch noch nie einen Menschen sterben sehen. War das so traumatisch, dass Juli von ihrem normalen Verhalten abwich?

»Ich werde wahnsinnig!«, brummte sie ihrem Spiegelbild zu. Was würde sie sich umgekehrt von Juli erhoffen? Würde sie Ruhe und Verständnis einfordern? Oder sich über die Sorge ihrer Freundin freuen?

Emily traf eine Entscheidung. Sie wählte Julis Telefonnummer. Statt des Freizeichens erklang jedoch sofort die Ansage der Mailbox. Sie trennte die Verbindung, ohne eine Nachricht zu hinterlassen. Was hatte das zu bedeuten? Hatte sich Juli ins Bett gelegt, um Schlaf nachzuholen, und deshalb das Handy ausgeschaltet?

Ihr Verhalten gefiel Emily immer weniger. Sie erinnerte sich an eine Zeit, in der es ihr ähnlich ergangen war. Mit zweiundzwanzig hatte sie sich fest in den Kopf gesetzt, ein Baby zu bekommen. Ohne ihren damaligen Freund zu informieren, hatte sie einfach die Pille abgesetzt und war nach wenigen Wochen schwanger geworden. Als sie den Erzeuger damit konfrontiert hatte, war der wider Erwarten ausgerastet und hatte sich von ihr getrennt. Er war mit der Drohung aus der Wohnung gestürmt, keinen Cent Unterhalt zu zahlen und nie wieder ein Wort mit ihr zu reden. In der folgenden Nacht hatten Blutungen eingesetzt, und sie hatte ihr Kind verloren. Juli war damals in Australien gewesen. Vier Wochen Rucksacktourismus. Sie hatte ihre Freundin nicht erreichen können. Emily hatte für wenige Stunden ernsthaft an Suizid gedacht. Sie war sogar in die Badewanne gestiegen und hatte ein Messer auf den Wannenrand gelegt. Zum Glück hatte sie diesen riesigen Fehler nicht begangen.

Was, wenn Juli gerade ähnliche Gedanken durch den Kopf geisterten und sie vielleicht den kleinen Schritt ins Unglück weiterging?

Sie wird mir meine Aufdringlichkeit schon verzeihen. Wir sind Freundinnen!

Emily würde so lange an Julis Wohnungstür klingeln, bis ihre Freundin öffnete. Und dann auch gerne die nächsten Tage bei ihr verbringen und sich um alles kümmern. Rasch packte sie eine kleine Tasche mit dem Nötigsten, was sie für eine Übernachtung brauchte. Dann schlüpfte sie in Schuhe und Jacke.

* * *

Gegen Mittag saßen insgesamt sechs Personen am Wohnzimmertisch von Familie Sommer: neben den Polizisten noch Jennifer, ihr Sohn Jeremias und dessen Freundin Annika.

Abwechselnd erzählten Drosten, Kraft und Sommer von ihrem Vorhaben.

»Ich hatte die Idee, dass es unauffälliger aussehen würde, wenn nicht nur Robert und ich das Café beobachten, sondern wir als Familie unterwegs wären«, erklärte Sommer.

»Cool«, sagte Annika. »Voll spannend. Darf ich mit? Bitte!«

Sommer warf seiner Frau einen Blick zu, weil die letzte Entscheidung bei Jennifer liegen würde.

»Besteht auch nur die kleinste Gefahr?«, fragte sie.

»Nicht, wenn ihr euch vernünftig verhaltet«, antwortete Sommer. »Falls ich den Eindruck habe, es läuft aus dem Ruder, müsst ihr euch zurückziehen. Und zwar unverzüglich und ohne Widerworte.« Er schaute die beiden Teenager streng an.

»Überhaupt kein Problem«, sagte Annika sofort.

»Na toll, wenn's spannend wird, sind wir also draußen«, brummte Jeremias.

Annika knuffte ihm in die Rippen. »Spinner! Das ist auch so spannend genug.«

»Was meinst du, Jen? Trauen wir das unseren Teenies zu?« Sommer tippte auf seine Uhr. »Wir müssen allmählich auf den Vorschlag antworten.«

Jennifer zögerte nur kurz. »Wir sind dabei.« Sie lächelte.

Annika entfuhr ein Jubelschrei.

Kraft rief das Forum auf. Während sie eine Nachricht an Snoopinho formulierte, wies sie die Männer auf ein wichtiges Detail hin: »Wir müssen noch eine blonde Perücke für mich auftreiben.«

* * *

Nicht weit vom Hauseingang entfernt fand Emily einen Parkplatz. Sie stieg aus und schaute zu der Wohnung in der zweiten Etage, in der kein Licht brannte. Falls Juli wirklich schlief, wäre das eine Erklärung.

Zögerlich trat sie unters Vordach und überwand sich, die Klingel mit dem Namen Schwalm zu drücken. Keine Reaktion. Weder ertönte der Türöffner, noch erkundigte sich Juli, wer sie in ihrer Trauerbewältigung belästigte. Nach einer angemessenen Wartezeit betätigte sie die Klingel erneut – diesmal ein paar Sekunden länger.

»Komm schon!«, flüsterte sie. »Wach auf! Mach auf!«

Als hätte jemand ihren Wunsch erhört, öffnete sich die Haustür.

»Oh, hallo«, sagte eine Frau und lächelte. »Wollen Sie ins Haus?«

»Ich möchte zu Juliane Schwalm. Wir sind verabredet, aber sie öffnet nicht. Haben Sie Juliane heute schon gesehen?«

Die Frau runzelte die Stirn. »Gesehen nicht, und auch nicht gehört in den letzten Stunden. Oder?« Sie ging kurz in sich. »Nein! Schläft sie vielleicht? Ich wohne genau unter ihr. Wenn sie wach wäre, hätte ich sie gehört. Die Wohnungen sind schrecklich schlecht isoliert. Vor allem hört man immer das Rauschen der Wasserleitungen. Da war in den letzten Stunden aus der Etage über mir Stille.«

»Ich klopfe mal oben bei ihr an.«

»Grüßen Sie Juliane von mir.« Die Frau lächelte und wandte sich ab.

Mit noch schlechterem Gefühl als zuvor ging Emily in die zweite Etage. Sie klingelte mehrmals und klopfte. Hinter der verschlossenen Wohnungstür war kein Laut zu hören.

Ratlos setzte sie sich auf die oberste Stufe und dachte nach. Was würde die Polizei denken, wenn sie Alarm schlug? Würde man sie für hysterisch erklären? Unsicher googelte sie die Adresse der nächsten Polizeistation. Es wäre besser, dort persönlich vorbeizufahren, dann würden die diensthabenden Beamten sehen, dass sie keine Verrückte war.

Emily erhob sich. Sie schaute zur Tür und nickte entschlossen. Plötzlich überkam sie das Gefühl enormer Dringlichkeit.

* * *

Der uniformierte Polizist am Empfang der Station hörte sich genau an, was sie zu sagen hatte. Das Wichtigste war jedoch, dass er ihr nicht das Gefühl gab, zu übertreiben. Er nickte oder brummte an den richtigen Stellen zustimmend.

»Es ist gut, dass Sie zu uns gekommen sind«, lobte er sie schließlich. »Das klingt alles ungewöhnlich. Nennen Sie mir bitte noch einmal den genauen Namen und die Adresse Ihrer Freundin.«

Emily gab ihm die Informationen. Er tippte alles in den Computer und kniff ein wenig die Augenbrauen zusammen.

»Wir hatten in den vergangenen Tagen zweimal Kontakt zu Frau Schwalm.«

Emily nickte. »Einmal als Zeugin des Autounfalls, nehme ich an.«

»Genau. Einen Tag später hat sie sich hier bei der Wache gemeldet und um Hilfe gebeten.«

»Ich kann mir vorstellen, worum es ging«, murmelte Emily. Sie dachte an den Videoclip, wollte es dem Beamten gegenüber jedoch nicht aussprechen.

Der drückte einige Tasten und lächelte. »Wir haben Glück. Frau Schwalm hatte Kontakt zu den Kommissarinnen Barsch und Kerk. Beide haben heute Dienst. Warten Sie bitte kurz. Ich informiere die beiden.«

»Danke.« Emily war erleichtert. Dass die Polizistinnen an diesem Samstag nicht frei hatten, war ein toller Zufall. Bestimmt würden sie Emilys Sorgen noch besser verstehen.

Fünf Minuten später saß Emily der Polizistin Barsch in einem kleinen Raum gegenüber und erklärte ihr erneut, weswegen sie gekommen war.

»Das klingt alles wirklich nicht so toll«, bestätigte sie. »Können Sie noch einmal versuchen, Frau Schwalm zu erreichen?«

Emily rief das Anrufprotokoll auf und wählte die Nummer. Sie schaltete den Lautsprecher ein. Sofort landete sie auf der Mailbox.

»Soll ich eine Nachricht hinterlassen?«, flüsterte sie.

Die Polizistin schüttelte den Kopf, woraufhin Emily die Verbindung trennte.

»Wir sollten vor Ort nach dem Rechten schauen.

Kennen Sie jemanden, der einen Ersatzschlüssel zur Wohnung von Frau Schwalm haben könnte?«

»Leider nicht.«

»Warten Sie kurz. Ich kläre das mit meinem Vorgesetzten.«

Barsch verließ den Raum. Emily nutzte die Gelegenheit, um Juli eine Nachricht zu schreiben.

Juli, sei nicht sauer, aber ich mache mir große Sorgen um dich. Deswegen bin ich gerade zur Polizei gefahren. Wäre besser, wenn du dich meldest. Sonst brechen wir deine Tür auf.

Sie schickte die Nachricht ab, die jedoch nicht an Julis Handy zugestellt wurde.

Kurz darauf kam Barsch zurück. »Mein Chef hat die Erlaubnis erteilt, einen Schlüsseldienst zu beauftragen. Außerdem kümmert er sich um die Ortung des Handys – was allerdings ein bisschen dauern wird. Wir fahren in der Zwischenzeit gemeinsam zur Wohnung von Frau Schwalm. Kommen Sie!«

* * *

»Warten Sie hier«, bat Barsch den Mitarbeiter des Schlüsseldienstes. »Sie müssen uns gleich ein neues Schloss einbauen.«

»Tut mir leid, dass ich es aufbrechen musste«, erwiderte der Mann. »Anders habe ich es nicht aufbekommen. Ich hole aus dem Auto ein passendes Ersatzschloss.«

Barsch wandte sich an die besorgte Freundin. »Bleiben Sie bitte auch im Hausflur? Ich verschaffe mir einen Überblick.«

Die junge Frau nickte. Ihr Gesicht war leichenblass. Offensichtlich erwartete sie schlimme Nachrichten.

Barsch betrat die Wohnung. »Frau Schwalm?«, rief sie. »Hier ist Polizeikommissarin Barsch. Wir waren gemeinsam bei Herrn Pfeffer. Hören Sie mich?«

Sie wartete kurz in der Diele, doch es kam keine Antwort. Die Stille in der Wohnung rief in ihr eine dunkle Vorahnung hervor. Alle Türen zu den Zimmern standen offen. Barsch verschaffte sich einen Überblick und atmete schließlich erleichtert durch. Sie kehrte in den Hausflur zurück.

»Kommen Sie«, sagte sie zu der jungen Frau. »Ich kann mir nicht vorstellen, dass Frau Schwalm die Nacht hier verbracht hat.«

Gemeinsam gingen sie die einzelnen Räume ab.

»Das Bett sieht nicht so aus, als hätte jemand darin geschlafen«, stellte die Polizistin fest.

»Und ich sehe ihre Lieblingsjacke nicht«, fügte Emily hinzu. »Die hat sie den ganzen Winter getragen. Hängt normalerweise in der Diele am Haken.«

Barsch nickte. »Ich kann mich an die Jacke erinnern. Ein schönes Stück.«

»Was machen wir jetzt? Juli ist verschwunden. Oh Gott!«

»Fahren wir zurück ins Präsidium. Vielleicht hat die Handyortung etwas ergeben.«

* * *

Emily wartete im selben Zimmer der Polizeistation wie zuvor. Es schien eine Ewigkeit zu dauern, bis Barsch zu ihr zurückkehrte.

»Die Ortung hat ein Ergebnis gebracht. Das Telefon von Frau Schwalm war zuletzt im Marriott-Hotel eingebucht.«

»Was?«, fragte Emily überrascht. Hatte sie sich verhört?

»Ich schließe aus Ihrer Reaktion, dass Frau Schwalm Ihres Wissens nach dort nicht übernachtet.«

»Nein. Das ergibt gar keinen Sinn. Sie hat mir geschrieben, sie würde zurück nach Hause fahren. Aber ganz offensichtlich hat Juli nicht in ihrem Bett geschlafen, und ihre Lieblingsjacke ist verschwunden. Auch ihren Wagen hab ich nicht gesehen. Das stinkt zum Himmel.«

»Es sei denn, sie wäre ins Hotel gefahren«, gab die Polizistin zu bedenken.

»So tickt Juli nicht. Sie macht nie Urlaub in Hotels. Schon gar nicht in so einem großen Kasten. Sie bevorzugt Ferienapartments oder kleine Boutique-Hotels. Nicht das Marriott.«

»Okay. Können Sie mir ein möglichst aktuelles Foto Ihrer Freundin an mein Handy weiterleiten? Ich sehe mich mit meiner Kollegin vor Ort um.«

»Kein Problem.« Emily durchsuchte ihre Bildergalerie. »Das hier ist gut. Da trägt sie die Jacke. Wollen Sie das haben?« Sie hielt der Polizistin das Smartphone entgegen.

Die nickte sofort. »Ja. Das sieht ihr ähnlich. Wie ich sie in Erinnerung habe. Ich sag Ihnen meine Nummer.«

20

Um vom Café zum Mainufer zu gelangen, musste man nur eine Straße überqueren. Sommer und Drosten hatten Jennifer, Jeremias und Annika genaue Anweisungen gegeben, wie sie sich verhalten sollten. Bei den vorfrühlingshaften Temperaturen war das Ufer voller Menschen, die es nach dem kalten Winter ins Freie trieb. Das erleichterte Sommer und Drosten den Job.

»Ich finde sehr spannend, was mir Jeremias manchmal von Ihrer Arbeit erzählt«, sagte Annika.

Sommer lächelte. »Es gibt aber auch viele langweilige Momente. Wenn wir Pech haben, starren wir gleich stundenlang zum Café rüber und beobachten einen harmlosen Mann, der sich in Verenas Profil verliebt hat.« Er zuckte die Achseln.

»Eure Kollegin sah mit der blonden Perücke ziemlich heiß aus«, sagte Jennifer Sommer. »Das längere, hellblonde Haar steht ihr.«

»Find ich auch«, gab Drosten zu. »Schon erstaunlich,

wie sehr eine ungewohnte Frisur und Haarfarbe einen Menschen verändern.«

Sommer schaute auf seine Uhr. Sie hatten vereinbart, dass Kraft ein paar Minuten zu spät zur Verabredung kommen und sich damit entschuldigen würde, keinen Parkplatz gefunden zu haben. Nun war es bereits drei Uhr. Nicht mehr lange und sie würde das Café betreten. Der heikle Teil der Unternehmung begann. Denn egal, was er Annika gerade gesagt hatte, er war angespannt. Die Konversation des Users und das schnelle Drängen auf ein persönliches Treffen erschienen ihm suspekt.

Drosten und Sommer stellten sich so hin, dass sie freie Sicht zum Café hatten.

»Da kommt Verena«, sagte Drosten. »Sie ist noch zwanzig Meter vom Eingang entfernt.«

Sommer nickte. Wegen der angenehmen Temperaturen hatte das Café auch im Freien Tische aufgebaut, doch wahrscheinlich wartete Krafts Verabredung drinnen. Die Tische draußen waren alle mit Paaren besetzt.

»Hoffen wir das Beste«, murmelte Sommer.

»Verena wird das schon rocken.«

* * *

Kraft betrat das Café und schaute sich um. Alle Tische waren belegt. An einem Platz saß eine einzelne Frau, an einem anderen ein Mann. Der musterte sie und lächelte. Er erhob sich.

»Kristina? Ich bin hier.«

Der Mann war hochgewachsen und dunkelhaarig. Eine Brille mit schwarzem Gestell verlieh ihm einen intellektuellen Anstrich.

Attraktiver Kerl, dachte Kraft. Ihr Misstrauen war

geweckt. Er hatte es garantiert nicht nötig, in einem Forum auf Blind-Date-Jagd zu gehen. Sie trat an seinen Tisch und lächelte scheu.

»Du bist Kristina?«, vergewisserte er sich.

»Ja. Ich weiß noch gar nicht, wie du heißt. Snoopinho ist ja kaum dein richtiger Name.«

»Ich bin Sven.« Er reichte ihr die Hand, dann entschied er sich anders. »Ach, komm her.« Er trat um den Tisch herum und umarmte sie.

Kraft nahm ein angenehm dezentes, erdig riechendes Parfum wahr.

»Setz dich«, bat er. »Schön, dass du so spontan bist. Und ich muss sagen … Wow!« Er lächelte breit.

Sven – falls das sein richtiger Name war – strahlte unerschütterliches Selbstbewusstsein aus. Kraft hatte sofort den Verdacht, einem Betrüger gegenüberzusitzen. Was war sein Plan? Kam er als Täter für die Doppelmorde infrage, oder heckte er eine andere Straftat aus?

»Das kann ich nur zurückgeben.« Sie lächelte. »Eine wirklich angenehme Überraschung. Eigentlich verabrede ich mich nie zu einem Blind Date, weil ich mit Enttäuschungen rechnen würde. Du hingegen. Hui.«

Er zwinkerte ihr zu. »Ich habe einige Blind Dates hinter mir und muss sagen, so positiv überrascht worden bin ich noch nie.«

Eine Kellnerin trat an den Tisch und reichte ihnen die Speisekarte.

»Wollt ihr schon etwas trinken?«, fragte sie.

»Ich würde ein Bitter Lemon nehmen«, sagte Kraft.

»Was hältst du von einem Wein? Ist gesünder als eine Limonade.«

Kraft presste die Lippen zusammen und schüttelte den Kopf. »Vielleicht später.«

»Die Ansage gefällt mir. Dann für mich eine Cola.«

»Kommt sofort«, sagte die Kellnerin und entfernte sich.

Kraft schaute sich interessiert um. »Hier war ich noch nie. Sieht nett aus. Aber so nah am Main hätte ich es eher für eine Touristenabzocke gehalten.«

»Nein«, widersprach Sven. »Das Essen ist gut, und die Getränkepreise sind moderat. Außerdem finde ich es angenehm, dass man den Verdauungsspaziergang direkt am Main machen kann. Darf ich dir etwas von der Karte empfehlen?«

Sie nickte übertrieben und lächelte dankbar. »Das wäre super.« Ihr Instinkt riet ihr, ihn anzuhimmeln und sich naiv und unsicher zu geben. »Wenn ich eine Speisekarte nicht kenne, hab ich schnell Angst, mich fürs falsche Essen zu entscheiden.«

»Dafür bin ich da. Die Angst nehm ich dir gerne.«

Eine Stunde später bezahlte Sven die Rechnung. Kraft angelte ihr Portemonnaie aus der Jackentasche. »Teilen wir?«, fragte sie.

»Ich lad dich ein. Meine Geschäfte laufen gerade sehr gut.«

»Oh. Wow. Das ist ...«, stammelte sie. Das naive, begeisterte Mädchen zu spielen, fiel ihr mit jeder Minute schwerer.

»Nimm's einfach an.« Er zwinkerte ihr zu. »Verpflichtet dich zu nichts außer einer Wiederholung. Denn mir hat's wahnsinnig gut gefallen.«

»Mir auch«, erwiderte sie. »Danke schön. Und einer Wiederholung steht nichts im Weg.« Sie schob das Portemonnaie zurück in die Jackentasche. Unter der Perücke juckte ihre Kopfhaut. Es fiel ihr unsagbar schwer, dem Juckreiz nicht nachzugeben.

»Musst du schnell nach Hause?«, fragte Sven.

»Auf mich wartet niemand. Hab niemandem von unserer Verabredung erzählt.«

Seine Augen glitzerten verheißungsvoll.

»Drehen wir eine kleine Runde am Main entlang? Muss nicht weit sein. Zwei oder drei Kilometer. Wir können unterwegs überlegen, wann wir diesen schönen Nachmittag wiederholen. Ich hätte übrigens nichts gegen eine Abendverabredung beim nächsten Mal einzuwenden.«

»Schöne Idee.«

Sie verließen das Café. Als sie nach draußen trat, sah sie sofort ihre Kollegen, die zusammen mit der familiären Verstärkung den Eingang im Auge behielten.

»Sollen wir hier die Straße überqueren?«, fragte Kraft.

»Und dann nach links«, schlug er vor und deutete in die entsprechende Richtung.

Für ihre Kollegen wäre es kein Problem, aus der Geste die richtigen Schlüsse zu ziehen. Tatsächlich setzten sich Sommer und seine Begleiter langsam in Bewegung.

Es dauerte nicht lange, bis Kraft und ihre Verabredung die Truppe überholten. Auf gleicher Höhe stöhnte sie.

»Mist«, sagte sie. »Hab nicht die richtigen Schuhe für einen Spaziergang an. Sorry. Lange kann ich nicht neben dir laufen, ohne zu jammern. Tut mir leid.«

»Überhaupt kein Problem. Schaffst du es bis zu der Brücke da hinten? Da kann man neben den Schienen entlanggehen und dann auf der anderen Seite zurückkehren. Von allen Brücken finde ich die am schönsten.« Er blieb stehen und zeigte ihr den Weg, der ihm vorschwebte.

Unterdessen wurden sie von Sommer und Drosten überholt. Die beiden Männer waren scheinbar in eine Diskussion über Fußball vertieft. Kraft lächelte innerlich, denn sie wusste, wie wenig Ahnung Robert von der Materie hatte. Auch Jeremias mischte mit und outete sich als großer Fan der Frankfurter Eintracht.

»Okay. Das schaffe ich«, behauptete Kraft.

Vor ihr schaute Drosten auf seine Armbanduhr.

»Leute«, sagte er vernehmlich. »Es war toll, euch mal wieder getroffen zu haben. Aber jetzt muss ich mich beeilen.«

Er blieb stehen und umarmte Sommer. Die Männer klopften sich voller Inbrunst auf die Rücken.

Kraft und ihr Begleiter überholten sie erneut.

»Kannst du dich noch an dein allererstes Motiv erinnern, das du gemalt hast?«, fragte Kraft zur Ablenkung.

Sie hatten in dem Café fast gar nicht über die Malerei gesprochen – ein weiterer Punkt, der ihr Misstrauen anfachte.

»Hm? Oh ja. Klar. Aber du darfst mich nicht auslachen. Ich fand's ziemlich klischeehaft.«

»Was war's?«

»Eine Sonnenblume in einer roten Vase.« Sven lachte.

In diesem Moment hetzte Drosten an ihnen vorbei. Er erweckte den Eindruck, es eilig zu haben.

»Klingt nach einem schwierigen Motiv. Meine Versuche, Blumen zu zeichnen, misslingen fast immer.«

»Misslungen ist meins auch«, behauptete Sven. »Du

hast mich nicht nach dem ersten *gelungenen* Motiv gefragt.«

»Punkt für dich. Was war das?«

Sven kratzte sich am Kopf. Er schien nachzudenken. »Ich kann mich nicht mehr richtig erinnern. Peinlich, oder? Ich glaube, das war ein menschenleerer Strand. Hab ich im Urlaub in Griechenland skizziert und später ausgearbeitet.«

Kraft beschloss, das Thema zu wechseln. »Ich freu mich schon auf den Sommer. Hast du Urlaubspläne?«

»Nein. Und du?«

»Portugal«, behauptete sie. »Ich liebe Lissabon.«

»Oh ja. Faszinierende Stadt.«

Sie war versucht, ihm Details über Lissabon zu entlocken, doch bezweifelte, dass er viel darüber wusste. Ihn bloßzustellen, würde nur ihre Rolle gefährden. Ohnehin wirkte er mit jedem Meter, den sie sich der Brücke näherten, abgelenkter. Kraft hielt das Gespräch in Gang, wechselte jedoch zu unverfänglichen Themen.

Schließlich betraten sie die erste Stufe der Treppe, die nach oben führte. Auf der Brücke angekommen, gingen sie den Fußweg an den Schienen entlang. Ohne dass eine Bahn an ihnen vorbeifuhr, erreichten sie die gegenüberliegende Seite.

»Lass uns ein bisschen der Straße folgen«, schlug er vor.

»Nicht am Ufer?«, fragte sie überrascht.

»Mich haben gerade die Passanten etwas genervt. Ständig stehen sie einem im Weg rum und nehmen keine Rücksicht.«

Meinte er damit die Gruppe um Sommer? War ihre verdeckte Aktion aufgeflogen?

»Ist das schlimm für dich?«, fuhr er fort.

»Überhaupt nicht.«

Für einen kurzen Moment setzte er ein siegessicheres Grinsen auf. Kraft war vorgewarnt. Irgendetwas würde gleich passieren.

Während er die letzten Minuten eher schweigsam gewesen war, redete er jetzt wie ein Wasserfall. Lenkte er sie ab, damit sie nicht auf die Umgebung achtete?

* * *

»Warum gehen die nicht am Ufer entlang?«, fragte Sommer.

»Keine Ahnung«, erwiderte Jennifer. »An der Straße ist es wegen des Verkehrs nicht schön. Ergibt keinen Sinn!«

»Ihr bleibt jetzt zurück. Hier passiert gleich was.«

»Okay, viel Erfolg.«

Sommer beschleunigte seinen Schritt. Er hatte zuletzt rund dreißig Meter Abstand gehalten, nun aber verkürzte er ihn um die Hälfte. Sein Augenmerk fiel auf einen weißen Lieferwagen, der dicht am Bürgersteig entlangfuhr.

»Scheiße!«, fluchte er leise.

Der Lieferwagen stoppte dicht bei Kraft und dem Mann. Die Tür des Wagens ging auf. Sommer sprintete los.

* * *

Ein weißer Lieferwagen hielt direkt neben ihnen. Die Schiebetür ging auf. Zwei maskierte Männer saßen im Fahrzeug, ein weiterer hinterm Steuer. Kraft spürte Svens

Hand auf ihrer Schulter. Sie packte seinen Arm und entwand sich seinem Griff.

»Au!«, schrie er. Er verkrallte sich in ihren Haaren, und Kraft wich einen Schritt zurück, wodurch er ihr die Perücke vom Kopf riss.

»Was soll die Scheiße?«, tönte es aus dem Fahrzeug.

»Da kommt einer angerannt!«, schrie eine zweite Stimme. »Das ist eine Falle!«

Sommer erreichte sie. Gleichzeitig bemerkte Kraft, dass Drosten vom Ufer zu ihnen gerannt kam.

»Kümmer du dich um ihn!«, rief Sommer und hechtete aufs Fahrzeug zu.

Der Lieferwagen beschleunigte mit offener Seitentür. Sven versuchte, näher an den Straßenrand zu kommen, um noch auf die Ladefläche zu springen. Dass Sommer zwischen ihm und der Freiheit war, ignorierte er in seiner Verzweiflung.

»Du bleibst hier!«, zischte Kraft. Erneut packte sie Svens Arm und brachte ihn mit einem Ruck aus dem Gleichgewicht. Er stolperte und stürzte zu Boden.

Der Lieferwagen raste davon.

»Fuck!«, rief Sommer.

»Hast du dir das Kennzeichen gemerkt?«, fragte Drosten.

»Ja! Ruf die Kollegen an, und gib mir dein Telefon.«

Sekunden später hielt Sommer Drostens Handy am Ohr. Er teilte Hauptkommissar Möker mit, den sie vorab über ihre Aktion informiert hatten, wohin der Wagen derzeit unterwegs war.

»Los, Sven. Oder wie auch immer du heißt. Hoch mit dir!«, sagte Kraft unterdessen zu dem am Boden liegenden dunkelhaarigen Mann.

Der starrte sie hasserfüllt an. »Wer bist du?«

»Nicht das leichte Opfer, das du dir gewünscht hast.«

»Wovon sprichst du? Keine Ahnung, was hier läuft«, behauptete er.

Drosten zeigte ihm seinen Dienstausweis. »Sie sind vorläufig festgenommen wegen des Verdachts auf Freiheitsberaubung.«

Sommer gab Drosten das Handy wieder. »Die Streifenwagen in der Nähe haben die Verfolgung aufgenommen. Dauert wohl nicht lange, bis wir die ganze Bande in Gewahrsam haben.« Sommer packte den Mann unter der Achsel und wuchtete ihn hoch. »Das ist deine Chance«, sagte er zu ihm. »Deine Verhandlungsposition wird nie wieder so gut sein wie jetzt. Verrate uns euren ganzen Plan und wo wir deine Kollegen finden, dann ist das strafmildernd. Beeil dich! Wir kriegen sie ohnehin. Dein Zeitfenster schließt sich schon.«

»Fick dich!« Der Mann spuckte Sommer vor die Füße. »Ich hab nichts getan.«

»Dir fehlt die Intelligenz, deine Situation richtig einzuschätzen. Pech für dich.«

Aus seiner Lederjacke zog er Handschellen und schloss sie hinter dem Rücken des Verdächtigen um dessen Handgelenke. Um den Festgenommenen zu provozieren, beglückwünschte er schließlich Kraft und Drosten zu der gelungenen Aktion.

»Die haben nichts mitbekommen«, sagte Sommer. Er lachte. »Was für Anfänger.«

21

Der Fahrer des Lieferwagens bog hektisch nach links ab, um von der Hauptstraße zu verschwinden. Falls die Bullen eine Fahndung nach ihnen starteten, würden sie sich wohl erst auf die größeren Straßen konzentrieren.

»Scheiße!«, brüllte er nach hinten zu seinen Komplizen. »Was war das?«

»Das waren Bullen!«, ertönte die erschreckende Antwort.

»Sicher?«, fragte der Fahrer.

»Nikolas ist auf eine Bullenfotze reingefallen. Die hatte 'ne Perücke. Das hätte er merken müssen. Wie dumm kann man sein? Wieso sieht er nicht, dass ihr Haare unecht sind? Da hätten Alarmglocken anspringen müssen.«

Der Fahrer bog erneut ab. »Und jetzt?«

»Wird Niko uns verpfeifen?«, fragte Jason. Er zog sich die Maske vom Gesicht und schleuderte sie frustriert weg.

»Keine Ahnung«, antwortete Connor, der sich ebenfalls der Maske entledigte.

»Wenn Niko uns verrät, wandern wir jahrelang in den Bau«, sagte Jason.

»Leute!«, rief der Fahrer. »Macht euch keinen Kopf! Ich kenne Niko am längsten. Der kann schweigen wie ein Grab. Die dürfen uns nicht erwischen. Wir entfernen uns jetzt noch ein paar Kilometer vom Tatort und zerstreuen uns dann in alle Winde.«

»Was ist mit dem Lieferwagen? Kriegen sie uns nicht darüber?«, wollte Connor wissen.

Der Fahrer schüttelte den Kopf. »Du solltest besser zuhören. Wir haben die Autos immer mit falschen Papieren angemietet. Da passiert nichts.«

»Die Bullen haben meine Fingerabdrücke. Ich hab hier alles angefasst. Fackeln wir den Wagen ab!«, schlug Jason vor.

»Damit halte ich mich nicht auf«, antwortete der Fahrer. »Wie willst du das machen? Wir haben keine Molotows dabei. Wischt mit den Masken alles ab, was ihr berührt habt.« Er war erleichtert, dass er noch nicht aktenkundig war. Wenn es ihm gelänge, unterzutauchen, könnte er glimpflich davonkommen. Sogar dann, falls die anderen erwischt würden.

Im Rückspiegel sah er, wie Jason und Connor hektisch mit den Wollmasken über die Flächen des Lieferwagens wischten.

»Macht das ordentlich!«, rief er. »Ist in eurem Interesse.«

Er kontrollierte den linken Außenspiegel. Von den Bullen war noch nichts zu sehen.

* * *

Polizeioberkommissarin Krempicki gehörte zu den Beamten, die von der Zentrale auf die Suche nach einem weißen Lieferwagen geschickt worden war.

»Sollen wir die Seitenstraßen abfahren?«, fragte sie ihren Partner Lenz.

Der nickte. »Hab nichts dagegen.«

An der nächsten Ampel ordnete sie sich in die Abbiegespur ein. Genau wie die anderen verständigten Streifenwagen hatte Krempicki das Blaulicht nicht angeschaltet und wartete daher an der Haltelinie, bis die Ampel auf Grün umsprang. »Ich will die Kerle eigenhändig festnehmen.«

Lenz grinste.

»Was?«, fragte sie genervt.

»Du willst immer der Star des Tages sein.«

»Nur so kommt man voran. Wirst du noch früh genug lernen.« Endlich konnten sie weiterfahren, und Krempicki bog ab. »In den Seitenstraßen schaust du nach rechts und ich nach links.«

»Zu Befehl!«

Sie verdrehte die Augen. Manchmal nervte ihr junger Partner.

* * *

»Wir haben alles abgewischt«, meldete Connor.

»Seid ihr sicher?«, fragte der Fahrer. »Das kam mir jetzt ziemlich schnell vor.«

»Wir sind ja auch zu zweit.«

»Okay. Euer Bier. Ich würde es gründlicher machen. Wäre ärgerlich, wenn uns die Flucht gelingt, und die Bullen trotzdem bald vor eurer Tür stehen.«

»Er hat recht«, sagte Jason. »Machen wir's noch mal.«

Connor stöhnte genervt.

Sollten die Bullen Connor fangen, würde er innerhalb von wenigen Stunden seine Komplizen verraten. Davon war der Fahrer überzeugt. An einer Kreuzung schaute er nach links. In der Parallelstraße bemerkte er einen langsamen Streifenwagen.

»Kacke!«, fluchte er.

»Was ist?«, wollte Connor wissen.

»Bullen.«

»Hinter uns?«

»Nein«, sagte der Fahrer. »Parallel zu uns. Hoffentlich haben sie uns nicht bemerkt.«

Langsam rollte er über die Kreuzung und hielt vor einer Garageneinfahrt an.

»Spinnst du?«, rief Connor. »Wieso hältst du an?«

»Ruhe! Ich muss mich konzentrieren!«, zischte der Fahrer.

* * *

»Da war ein weißer Lieferwagen«, sagte Lenz. »Parallelstraße rechts. Mehr habe ich nicht erkannt.«

»Okay«, erwiderte Krempicki. »Den schauen wir uns mal an.«

Sie fuhr dreihundert Meter geradeaus bis zur nächsten Kreuzung und bog dann rechts ab.

»Kein Lieferwagen zu sehen«, stellte Lenz fest.

Krempicki rollte langsam vorwärts. An der nächsten Haltelinie stoppte sie.

»Da ist er«, sagte Lenz. »Der Fahrer verhält sich

merkwürdig. Ich kann das Kennzeichen nicht entziffern. Hab keinen freien Blick.«

Krempicki bog wieder nach rechts ab. Plötzlich fuhr der weiße Transporter rückwärts.

»Das ist er!«, schrie sie. »Sag der Zentrale Bescheid.«

Lenz griff zum Funkgerät und gab ihren Standort durch. Der Transporter hatte die Kreuzung erreicht und wendete. Krempicki schaltete Blaulicht und Sirene an.

Dicht hintereinander jagten sie mit über achtzig Stundenkilometern die Straßen entlang. Nach wenigen hundert Metern schrie Lenz auf.

»Der bremst! Stopp!«

Tatsächlich hatte der Transporter abrupt angehalten. Über Funk erfuhren sie den Grund dafür: Ein weiterer Streifenwagen in ihrer Nähe hatte sich quer auf die Straße gestellt und dem Fahrzeug den Fluchtweg abgeschnitten.

Lenz löste den Sicherheitsgurt, sprang aus dem Wagen und zog die Waffe. Krempicki folgte ihm. Die Seitentür des Transporters ging auf. Zwei Männer stürzten heraus. Sie schauten sich kurz um und suchten hektisch nach einer Fluchtmöglichkeit.

»Stehen bleiben!«, schrie Lenz.

Die beiden Männer ließen ihre Köpfe hängen und hoben die Hände.

* * *

Die vier Festgenommenen saßen in unterschiedlichen Räumen des Frankfurter Präsidiums. Sie hatten keine Ausweise dabei und schwiegen eisern. Nicht einmal nach einem Anwalt hatten sie verlangt.

Sommer ging nacheinander die Räume ab. Beim

Betreten der Vernehmungszimmer achtete er genau auf die Reaktion der Festgenommenen, ehe er sich wieder abwandte und sie allein zurückließ.

Schließlich besprach er sich mit seinen Partnern Möker und Prabel. »Ich möchte den Mann in Raum zwei in die Zange nehmen. Allein.«

Möker blickte zu Drosten und zupfte sich dabei am Ohrläppchen. Drosten gab nickend sein Einverständnis.

»Danke«, sagte Sommer. »Muss ich etwas bei der technischen Ausstattung des Raums beachten?«

»Die Videokameras sind angeschaltet und nehmen schon auf«, informierte Prabel ihn.

»Dauert nicht lange, bis ich ihn geknackt habe. Seine Körpersprache ist eindeutig.«

»Viel Erfolg!«, sagte Drosten.

Sommer wandte sich ab und ging in den zweiten Vernehmungsraum. »Hallo. Schön, Sie kennenzulernen.«

Der Mann musterte ihn stumm. Sommer nahm ihm gegenüber Platz und legte seine Hände wie zum Gebet gefaltet auf den Tisch.

»Die Kamera über der Tür zeichnet das Gespräch auf. Verraten Sie mir Ihren Namen?«

Der Mann schwieg. Sommer lächelte.

»Das ist Energieverschwendung. In ein paar Minuten kennen wir Ihre Identität, denn ich bin mir sicher, Ihre Fingerabdrücke sind schon bei uns im System hinterlegt. Kommen Sie mir ein bisschen entgegen. Je mehr Sie kooperieren, desto besser wird es vor Gericht für Sie laufen.«

Der Mann schwieg weiterhin und wich Sommers Blick aus.

Der seufzte. »Ich versteh's nicht. Wir haben Sie zusammen mit Ihren Komplizen festgenommen. Nur einer von Ihnen hat die Chance auf eine geringere Strafe, wenn er mit uns kooperiert. Wäre es nicht klug, derjenige zu sein? Oder wollen Sie sich für Ihre Komplizen opfern? Das ist zwar ehrenhaft, aber ziemlich dumm.«

Im Gesicht des Mannes arbeitete es. Er kaute nervös auf seiner Unterlippe.

»Connor Roth.«

»Hallo, Connor. Das ist ein guter Anfang. Ich bin Lukas. Duzen wir uns? Ist das okay?« Er kannte Männer wie Connor aus seiner Undercoverzeit. Mitläufer, mit denen man besser klarkam, wenn man vorgab, sich mit ihnen zu verbrüdern.

Der Mann nickte kaum merklich.

»Deine Kollegen und du haben versucht, meine Partnerin in den Lieferwagen zu zerren. Du warst nicht der Mann am Steuer, richtig?«

»Ja«, sagte Connor leise.

»Was hattet ihr vor?«

»Nichts. Das ist ein Missverständnis.«

»Herrje. Ein Missverständnis. Wie ärgerlich! Dann bin ich bei dir wohl nicht richtig.« Sommer stand auf und wandte sich ab.

»Wohin gehst du?«, fragte Connor.

»Zu deinem Komplizen im Raum rechts von uns. Ich glaube, der ist klüger und möchte weniger lange ins Gefängnis.«

»Ich will die Zusage schriftlich.«

Sommer drehte sich um. »Das dürfen wir gar nicht. Über die Strafen entscheidet allein das Gericht. Aber ich versichere dir, Richter machen einen Unterschied in ihrer Beurteilung eines Angeklagten, wenn sie erfahren, dass er ohne Zwang kooperiert hat.«

»Setz dich wieder«, bat Connor. »Ich rede.«

Sommer nahm Platz. »Und ich höre zu. Was hattet ihr vor? Das wievielte Opfer wäre meine Kollegin Kristina gewesen?« Er nannte ihm absichtlich einen falschen Namen.

»Das vierte«, antwortete Connor.

Sommer ließ sich nichts anmerken. Die Zahl entsprach nicht der Anzahl der Morde, erhärtete jedoch einen Verdacht, der in ihm wuchs, je länger er dem Mann gegenübersaß. Eine Viererbande passte nicht zu ihren bisherigen Erkenntnissen. Das waren zu viele Beteiligte. Es sei denn, die Männer wären dafür zuständig, dem Maler die Frauen zu beschaffen.

»Findet ihr die Opfer immer in Internetforen?«, schoss Sommer ins Blaue.

Connor nickte.

»Im selben Forum? Für Hobbymaler?«

»Nein. Da waren wir jetzt zum zweiten Mal unterwegs.«

»Was hättet ihr mit Kristina gemacht?«

»Jeder von uns hätte sie bekommen«, sagte Connor leise.

»Eine Gruppenvergewaltigung?«, vergewisserte sich Sommer.

Der Mann nickte.

»Und danach?«

Connor zögerte und schaute Sommer flehentlich in die Augen. »Hilft mir das wirklich vor Gericht?«

»Das liegt am Richter. Er kriegt hiervon den Mitschnitt zu sehen. Ich kann dir nichts versprechen.«

»Scheiße!« Der Verhaftete biss sich erneut auf die Lippe. »Wir filmen die Vergewaltigungen«, bekannte er. »Das ist unser Druckmittel. Wir tragen dabei Masken.

Wenn wir mit ihnen fertig sind, warnen wir sie. Sollten sie Anzeige erstatten, laden wir das Material ins Internet hoch.«

»Und dann?«

»Was meinst du? Keine der Bitches hat uns angezeigt. Das wüssten wir.«

»Was macht ihr mit den Frauen?«

»Ach so. Wir setzen sie irgendwo ab, wo sie ein paar Kilometer laufen müssen, ehe sie auf jemanden stoßen. Das soll ihnen helfen, einen klaren Kopf zu bekommen.« Er lachte gehässig.

Sommer ließ sich seinen Abscheu gegenüber Connor nicht anmerken. In ihm arbeitete es. Entsprach diese Aussage der Wahrheit? Dann hätten sie den Mörder noch immer nicht gefunden. Und schlimmer noch: Auch ihre letzte Spur hätte sich zerschlagen.

22

Die Polizistinnen Barsch und Kerk saßen im Büro des Hotelmanagers Müller, der ihretwegen an seinem freien Tag ins Hotel gekommen war.

Er redete am Telefon mit einer Frau, so viel konnte Barsch heraushören. An manchen Stellen nickte der Manager, ansonsten jedoch glich sein bärtiges Gesicht einer starren, undeutbaren Maske.

»Okay«, sagte Müller schließlich. »Und alle infrage kommenden Zimmer sind gereinigt? Wir haben keinen Raum übersehen, weil dort das *Nicht-stören*-Schild an der Tür hing?« Kurz darauf nickte er ein weiteres Mal. »Ich danke Ihnen. Das war gutes Teamwork.« Müller beendete das Telefonat. Er suchte Barschs Blick. »Tut mir leid«, sagte er. »Frau Schwalm ist nicht bei uns zu Gast. Unser Rezeptionsteam hat ja schon ausgesagt, dass sich niemand an die Frau erinnern kann. Natürlich kann sich da mal ein Kollege irren, auch wenn man an der Rezeption lernt, sich Gesichter zu merken. Sie haben es ja vielleicht mitbekommen. Inzwischen sind alle Zimmer gereinigt. Zum Glück gibt es keinen Suizid in unserem Hotel. Das belastet die Mitarbeiter immer sehr.«

»Das sind erst mal gute Nachrichten«, stimmte Kerk zu.

»Finden wir auch«, sagte Müller.

»Ändert nichts an der Tatsache, dass das Handy zwar ausgeschaltet ist, wir aber dank der Geräteseriennummer ermitteln konnten, dass es hier sein muss«, fügte Barsch hinzu. »Ich wähle die Nummer noch einmal an. Vielleicht ist das Telefon wieder eingeschaltet.«

Sekunden später landete sie auf Schwalms Mailbox. Barsch presste die Lippen zusammen. Sie wandte sich Kerk zu. »Sollen wir eine Neuortung beantragen, um sicherzugehen?«

»Keine schlechte Idee«, sagte ihre Kollegin. »Kümmerst du dich darum?«

Barsch stand auf und verließ kurz den Raum. Vor der Tür wählte sie die Nummer ihres Vorgesetzten Nettler, landete jedoch nur beim diensthabenden Beamten in der Zentrale. Der informierte sie, dass ihr Boss telefonierte, und legte sie in die Warteschlange. Barsch nutzte die Zeit, um nachzudenken. Sie aktivierte den Lautsprecher und musterte Schwalms Fotografie. Die Theorie, die ihr vor ein paar Stunden gekommen war, wurde immer plausibler.

»Barsch, sind Sie das?«, meldete sich Nettler und riss sie aus ihren Überlegungen.

Zwanzig Minuten später lag das Ergebnis vor. Das Telefon war noch immer im Hotel.

»Wie kann das sein, wenn die Besitzerin nicht hier ist?«, fragte Müller.

»Können wir einmal durch Ihre Restaurants gehen, ob das Handy vielleicht irgendwo verloren gegangen ist?«

Müller dachte darüber nach. »Unsere Sportsbar ist gerade gut besucht. Die Bundesligaübertragung ...« Er schaute auf seine Uhr. »Okay. Die Nachmittagsspiele sind vorbei. Das Topspiel am Abend hat noch nicht begonnen. Hoffentlich finden unsere Gäste Ihre Durchsuchung spannend und kommen sich nicht belästigt vor. Sonst hagelt es ruckzuck schlechte Bewertungen. Gehen wir!«

Schnellen Schrittes lief er voran. Er führte sie in die zur Hälfte gefüllte Sportsbar, wo das Auftauchen zwei uniformierter Beamtinnen sofort Aufmerksamkeit erregte. Müller ging zum Barkeeper und flüsterte ihm ins Ohr. Der schaltete daraufhin das bisher eher dämmrige Licht etwas heller. Kurz darauf waren die verschiedenen Fernseher stumm geschaltet – was zu protestierendem Gemurmel einiger Gäste führte.

»Entschuldigen Sie die Störung. Ich bitte um Ihre Aufmerksamkeit«, erklärte Müller laut. Seine Stimme wirkte so autoritär, dass sich die meisten Anwesenden zu ihm umdrehten. »Können Sie bitte einmal alle unter Ihren Sitzen oder in den Ritzen schauen, ob Sie dort ein Smartphone finden? Das wäre sehr hilfreich.«

»Falls ja, bitte nicht anfassen, sondern einfach nur Bescheid geben«, fügte Barsch hinzu.

»Ist hier eine Bombe versteckt?«, fragte ein Schlaumeier vergnügt.

»Nein! Und darüber macht man keine Witze!«, rügte Müller ihn. »Zu Panik besteht kein Anlass.«

Barsch bewunderte den Manager, der über eine natürliche Autorität verfügte. Hätte er anders reagiert, hätte die Stimmung in der Bar schnell kippen können.

»Ich glaube, hier liegt ein Gerät«, rief eine Frau, die auf einer Bank saß.

Barsch und Kerk gingen zu ihr.

»Gucken Sie! Da ganz am Rand!« Die Frau deutete auf die Stelle.

Barsch bückte sich und leuchtete mit ihrer Taschenlampe unter die Bank. »Sie haben recht! Lassen Sie mich kurz ran?«

Die Frau trat zur Seite, während Barsch Handschuhe anzog und einen Spurensicherungsbeutel öffnete. Sie steckte das ausgeschaltete Handy hinein.

Da sich sonst niemand mehr meldete, bedankte sich Müller für die Kooperation seiner Gäste und verließ die Bar mit den Polizistinnen.

»Also war Frau Schwalm hier und hat das Telefon verloren«, vermutete er.

»Wir müssen prüfen, ob es wirklich das gesuchte Handy ist«, sagte Barsch. »Ich vermute es stark, aber sicher sein können wir erst, wenn wir die Geräteseriennummer verglichen haben. Falls sie identisch ist, zweifle ich allerdings an Ihrer Theorie.«

»Wieso?«, fragte Müller.

»Das Telefon lag ganz am hinteren Rand. Da rutscht es nicht hin, wenn es aus einer Tasche fällt. Für mich machte es den Anschein, als hätte es jemand absichtlich dort platziert.«

* * *

Drosten schaute auf seine Armbanduhr. Es war schon fast zwanzig Uhr und das Ende des langen Tages nicht abzusehen.

Die Frankfurter Kollegen hatten im Computer zwei

Strafanzeigen gefunden, die in den letzten Monaten von betroffenen Frauen erstattet worden waren. Die erste stammte aus dem Juli des vergangenen Jahres, die zweite aus dem Oktober. In beiden Fällen waren die Frauen in Lieferfahrzeugen entführt und von vier Männern vergewaltigt worden. Nikolas Rühe – so hieß der Mann, der sich mit Kraft getroffen hatte – war aufgrund seines guten Aussehens der Lockvogel gewesen. Roths Geständnis zufolge hatten die Vergewaltiger gedroht, die Videos online zu stellen, wenn die Opfer zur Polizei gehen würden. Zumindest zwei der Geschädigten hatten sich trotz der Drohung nicht davon abhalten lassen. Die Viererbande war aus dem Verkehr gezogen und würde die nächsten Jahre im Gefängnis verbringen. Morgen würden die beiden Frauen ins Präsidium kommen und Rühe identifizieren. Zusammen mit den Einzelheiten des Geständnisses war der Fall wasserdicht.

Nur bei ihren eigenen Ermittlungen stand die KEG wieder an der Startlinie. Weder hatte die Suche nach der Leiche zum Erfolg geführt, noch gab es konkrete Verdächtige.

Drosten unterdrückte ein Gähnen. Er blätterte durch die Akten. Wenn es sein müsste, würde er auch bis Mitternacht hier sitzen und nach der Nadel im Heuhaufen suchen. Seinen Kollegen erging es ähnlich. Irgendwo musste ein Hinweis versteckt sein, den sie bislang übersehen hatten.

Es klopfte an der Tür des großen Besprechungsraums. Hauptkommissar Möker rief: »Herein!« Sogleich öffnete sich die Tür. Zwei uniformierte Polizisten standen davor. Ein grau melierter Mann und eine mindestens dreißig Jahre jüngere Kollegin.

»Entschuldigen Sie die Störung«, sagte der Mann.

»Polizeihauptkommissar Nettler.« Er nannte seine Dienststelle und stellte danach seine Kollegin vor. »Sie sind die Soko, die im Fall des Blutgemäldes ermittelt, ist das richtig?«

Drosten, der am nächsten zur Tür saß, erhob sich und reichte den beiden Uniformierten die Hand. »Kommen Sie rein! Wie können wir Ihnen helfen?«

»PK Barsch ermittelt in einer mysteriösen Sache, bei der seit gestern jede Spur zu einer jungen Frau fehlt.«

»Seit gestern?«, wiederholte Drosten. Eine böse Vorahnung erwachte in ihm.

Die Polizeikommissarin nickte. »Die Frau hat große Ähnlichkeit mit der Toten. Ich habe die Berichte noch einmal aufmerksam studiert.«

»Ist das ein offiziell gemeldeter Vermisstenfall?«, fragte Kraft. »Wir wissen darüber nämlich noch nichts.«

»Ist es nicht«, sagte Nettler. »PK Barsch und ich glauben aber, dass die Sache mit Ihrem Fall zusammenhängen könnte. Möglicherweise irren wir uns aber auch.«

»Darf ich Ihnen ein Foto der Vermissten zeigen?«, bat Barsch.

»Gerne«, antwortete Drosten.

Sie zog ein Handy aus der Uniformhose, entsperrte es und zeigte kurz darauf den Anwesenden das Bild. Die äußere Ähnlichkeit zu den beiden bisherigen Toten war nicht zu übersehen.

»Ich teile Ihre Bedenken«, sagte er. »Setzen Sie sich, und berichten Sie uns, was Sie bisher herausgefunden oder veranlasst haben.«

Sie nahmen Platz. Nettler überließ seiner jüngeren Kollegin das Sprechen. Die berichtete alles, was in den vergangenen Tagen vorgefallen war. Bis zu dem Fund des Telefons in der Bar eines großen Frankfurter Hotels.

Auch ihre Vermutung, dass es jemand absichtlich dorthin gelegt hatte, teilte sie offen.

»Wir haben die Gerätenummer identifiziert. Es ist das Telefon von Frau Schwalm«, bestätigte Nettler. »Leider ist es mit einer PIN geschützt, und samstagabends ist es unmöglich, einen Techniker aufzutreiben, der es uns entsperrt. Zumindest in unserem Revier.«

»Ich weiß nicht, ob wir schneller sein könnten?« Drosten schaute zu Hauptkommissar Möker, der jedoch nur die Achseln zuckte.

»Ich kann's probieren.« Möker griff zu seinem Telefon.

»Sie haben jeweils den aktuellen Standort des Handys orten lassen«, vergewisserte sich Drosten. »Mehr nicht?«

»Ja«, bestätigte Nettler.

»Also liegt uns kein Bewegungsprofil der letzten vierundzwanzig Stunden vor.« Drosten berührte mit dem Zeigefinger seine Nasenspitze.

»Nein«, sagte Nettler. »So etwas könnte ich nur weiterleiten, und die Ergebnisse würde ich frühestens ...«

»Ich könnte mir vorstellen, das BKA bekommt das schneller hin«, unterbrach Drosten ihn. »Geben Sie mir bitte Telefon- und Geräteseriennummer.«

23

Er tunkte den Pinsel in Julis Blut, das er in einem zylinderförmigen Behälter aufbewahrte. Noch war die Leinwand jungfräulich – ganz im Gegensatz zu seiner Gefangenen.

Er lächelte bei dieser Vorstellung. Es hatte Spaß gemacht, sie zu belohnen. Wie bei seinen bisherigen Besucherinnen hatte er das Fußteil gesenkt und nackt am Bettende gesessen. Während er mit seiner Zunge ihren Unterleib erforschte, hatte er sich gleichzeitig selbst befriedigt. Die Bullen würden niemals seine DNA sichern können. Dafür war er viel zu klug. Er wusste, wie man sich zurückhielt, und trotzdem großen Spaß mit den Frauen haben konnte. Speichel ließ sich leicht wegwischen, bei Sperma hingegen sah die Sache anders aus.

Jetzt sollte er sich auf das erste der vier geplanten Gemälde konzentrieren, die den Juli-Zyklus bilden würden. Hoffentlich schaffte er es, ihr oft genug Blut abzunehmen, um die großformatigen Bilder, die ihm vorschwebten, zu vollenden. Er hatte drei Versuche benötigt, um die Vene zu treffen. Juli war keine gute Spenderin.

Alles sinnlos!, erklang die Stimme seiner Mutter.

»Was ist sinnlos?«, fragte er gelassen. Sie würde ihm nicht die Laune verderben.

Es gibt niemanden, den deine Kunst interessiert.

»Ganz im Gegenteil, Mutter. Du wirst schon sehen.«

Lächerlich!

»Die wahren Kenner werden sich in Zukunft darum reißen. Irgendwann wird die Öffentlichkeit erfahren, wie meine Kunstwerke entstehen. Die Lawine danach wird unaufhaltsam sein. Je mehr ich in der Zwischenzeit produziere, desto besser.«

Du wirst vorher im Knast verrotten.

»So wie du unter der Erde?«

Sie schwieg. Offensichtlich hatte er sie an einem wunden Punkt erwischt.

Er führte einen diagonalen Strich von links unten nach rechts oben aus. Julis Blut teilte die Leinwand in zwei Hälften. Er trat einige Schritte zurück und lächelte zufrieden. Den oberen Teil der Leinwand würde er später in Schwarz ...

Sein Telefon klingelte. Überrascht legte er den Pinsel beiseite und ging zu dem Tisch, auf dem das Handy lag. Im Display stand eine Nummer, der er keinen Namen zugeordnet hatte. Trotzdem kam sie ihm vage bekannt vor. Nach zwanzig Sekunden brach der Klingelton ab, und die Mailbox nahm das Gespräch entgegen. Würde der Anrufer ihm eine Nachricht hinterlassen? Ungeduldig wartete er. Es geschah nichts.

»Warum heute?«, fragte er genervt. »Ich will in Ruhe arbeiten.«

Seine positive Stimmung schlug um. Er hatte sich so

erhaben gefühlt und sogar seine Mutter mit einer fiesen Bemerkung zum Schweigen gebracht. Wieso zerstörte der Anrufer das? Wütend trat er zurück an die Leinwand und nahm den Pinsel in die Hand. Er musste sich ablenken. Doch die Lust, an dem Bild weiterzuarbeiten, war verflogen.

»Verdammt noch mal! Das darf einfach nicht wahr sein!«

Erneut setzte das Klingeln ein. Am liebsten hätte er gegen die Leinwand geboxt. Stattdessen warf er den Pinsel in den Raum und stampfte zum Tisch. Dieselbe Nummer. Diesmal nahm er das Gespräch an.

»Wer ist da?«

»Schön, Sie zu erreichen. Ich habe mich sehr über Ihre neuerliche Kontaktaufnahme gefreut. Ist nicht selbstverständlich, dass Sie mir eine zweite Chance geben – so wie wir beim ersten Mal auseinandergegangen sind.«

»Wer ist da?«, wiederholte er. Obwohl er genau wusste, mit wem er sprach.

»Ich würde mich gern mit Ihnen darüber unterhalten, wie wir Ihre Gemälde am besten vermarkten können«, fuhr der Anrufer fort.

»Wovon sprechen Sie? Ich lege jetzt auf.«

Der Mann erwiderte nichts. Der Blutmaler brachte es nicht übers Herz, die Verbindung zu trennen. Dieser Schritt war wichtig. Er musste nur sicherstellen, keinem perfiden Trick auf den Leim zu gehen.

Die Sekunden verstrichen in Stille.

»Sie haben nicht aufgelegt, ich habe nicht aufgelegt«, sagte der Anrufer schließlich. »Mir genügt das, um unser gegenseitiges Interesse zu bekunden.«

»Keine Ahnung, wovon Sie reden.«

»Ich habe lange darüber nachgedacht, wer der

Absender des Pakets ist. *Nicht spektakulär genug* ist nämlich meine Standardabsage. Das war nicht sehr aufschlussreich. Andererseits war es trotzdem hilfreich. So konnte ich mich den Bullen gegenüber unwissend stellen und erwähnen, auf diese Weise ständig Interessenten abzuwimmeln. Liegt ja in unser beider Interesse, dass die Bullen nicht zu tief gebohrt haben.«

»Aha«, brummte der Blutmaler.

»Ihr Geheimnis ist bei mir gut aufgehoben. Das verspreche ich Ihnen. Was ich den Bullen nämlich nicht gezeigt habe, ist mein Notizbuch.«

Der Blutmaler verstand nicht, was der Anrufer ihm damit sagen wollte. »Welches Notizbuch?«

»In dem ich alle Informationen notiere, die ich über abgelehnte Künstler sammle. Darüber weiß außer mir kein Mensch Bescheid. In unserem Fall war das ein aufschlussreiches Telefonat. Richtig?«

Er erinnerte sich an das Gespräch vom letzten Sommer. Der Galerist hatte sich ein paar Minuten Zeit für ihn genommen und ihm anschließend angeboten, er würde sich Fotos einiger Werke ansehen, die er ihm per E-Mail schicken könne. Keine halbe Stunde nach dem Versenden der Nachricht war die Absage schon eingetrudelt. Die Gemälde seien nicht spektakulär genug. Aber das war noch der harmlose Teil der Begründung. Hätte Deville es dabei belassen, hätten sie nie wieder voneinander gehört.

»Sie haben mich nach meiner Absage erbost angerufen und mich gefragt, was ich mir herausnehme, Ihr Werk so zu beleidigen. Ich kann mich gut an unsere Auseinandersetzung erinnern. Wissen Sie noch, was Sie mir angekündigt haben, bevor Sie einfach auflegten?«

»Sie werden es mir bestimmt mitteilen.«

»Muss ich Ihnen wirklich auf die Sprünge helfen? Meinetwegen. Sie sagten, wenn ich das nächste Mal etwas von Ihnen zu sehen bekomme, bleibt mir die Luft weg.« Deville lachte kurz. »Ich hielt das für die bedeutungslose Ankündigung eines wenig talentierten Künstlers. Aber Sie haben mich eines Besseren belehrt. Dafür entschuldige ich mich ausdrücklich bei Ihnen. Es tut mir leid, Ihren Ehrgeiz nicht erkannt zu haben. Dieser Charakterzug ist so viel wichtiger als Talent.«

Er freute sich über den Tonfall des Galeristen, auch wenn der ihm nach wie vor das nötige Talent absprach. Oder hatte er das falsch verstanden?

»Was wollen Sie?«, fragte der Blutmaler.

»Den Rahmen unserer Zusammenarbeit abstecken.«

»Das heißt?«

»Da beginne ich am besten mit einem Geständnis. Ich werde meine Galerie bald schließen und Insolvenz anmelden müssen.«

»Oh.«

»Das ist besser für uns beide. Ihre Werke könnten wir niemals öffentlich ausstellen. Die Bullen würden sie sofort beschlagnahmen. Es funktioniert nur auf eine inoffizielle Weise. Unter der Hand. Dafür bin ich der Richtige. Meine Kontakte sind Gold wert.«

»Ist das so? Warum gehen Sie dann in die Insolvenz? Das passt nicht zusammen. Vielleicht habe ich mich an den Falschen gewandt.«

»Garantiert nicht. Und Sie sollten jetzt keinen Fehler machen. Sie wissen viel über mich, aber auch ich weiß viel über Sie.«

»Drohen Sie mir?«

»Ganz im Gegenteil. Wir sollten uns nicht gegenseitig bedrohen. Hören Sie mir einfach zu. Okay?«

»Was haben Sie mir zu sagen?«

»Über meine Kontakte kann ich Ihnen hohe Beträge für Ihre Werke versprechen. Bar, unter der Hand. Sie müssen keinen Cent Steuer dafür bezahlen. Über die genaue Aufteilung der Gewinne unterhalten wir uns in Ruhe. Wie klingt das für Sie?«

»Das passt nicht so ganz zu Ihrer bevorstehenden Insolvenz«, sagte der Blutmaler.

»Herrje!«, erwiderte der Galerist. »Seien Sie nicht so kurzsichtig. Hier geht es um kein offizielles Geschäft, also gelten völlig andere Regeln. Ich versichere Ihnen, das lohnt sich für uns beide. Was halten Sie von einem Treffen?«

»Wann?«

»Ich bin ein Mann schneller Entschlüsse. Heute Abend? Neunzehn Uhr zum Dinner? Wir begegnen uns in der Öffentlichkeit. Damit wir sicher sein können, dass keine Bullen in der Nähe lauern.« Der Galerist nannte den Namen eines exklusiven Restaurants.

»Klingt kostspielig für jemanden, der in die Insolvenz geht.«

»Ich lade Sie sogar ein. Die Rechnung bezahle ich über meine Geschäftskreditkarte. Mir egal, was mit diesen Schulden passiert. Neunzehn Uhr. Seien Sie pünktlich, wenn Sie Ihre Kunst vergolden wollen.«

Das Telefonat brach ab. Nachdenklich legte der Blutmaler das Handy beiseite. Der Galerist hatte nicht einmal abgewartet, ob er zusagen würde. War er sich seiner Sache so sicher? Oder kooperierte er mit den Bullen?

Ans Malen war für ihn jetzt nicht mehr zu denken. Ihm fehlte die Konzentration. Bot Deville ihm die Chance, auf die er seit so vielen Jahren wartete, oder lockte er ihn in eine Falle?

Eins stand fest, Deville wusste über die Zweitwohnung Bescheid. Sie hatten darüber während des Kennenlerntelefonats gesprochen. Der Blutmaler hatte damit die Ernsthaftigkeit seiner Ambitionen unterstreichen wollen. Eine ganze Wohnung als Atelier. Und mittlerweile nicht nur das.

War die Verabredung zum Dinner ein Trick, um ihn aus der Sicherheit seines Unterschlupfs zu locken?

Nachdenklich knetete er seine Lippen. Er würde Vorsichtsmaßnahmen ergreifen müssen. Schon Stunden vor dem geplanten Treffen.

24

Mit dem entsprechenden Druck aufs Mobilfunkunternehmen hatte sie verhältnismäßig früh ein Ergebnis erhalten. Sonntagnachmittag lag das Bewegungsprofil von Juliane Schwalms Handy vor. Verena Kraft studierte die Adressen der Mobilfunkmasten, in denen das Handy seit vergangenem Freitag jeweils eingebucht gewesen war. Die meisten Stunden hatte es sich in einer Funkzelle befunden, die mehrere Straßenzüge abdeckte. Danach war das Telefon ausgeschaltet worden, wodurch das Bewegungsprofil keine Aussagekraft mehr hatte. Handyortungen funktionierten selbst bei ausgeschaltetem Mobiltelefon, vorausgesetzt, es wurde mit Strom versorgt. Ein Bewegungsprofil hingegen ließ sich nur im eingeschalteten Zustand ermitteln.

Gemeinsam mit ihren Partnern und den Frankfurter Kollegen besprachen sie die Ergebnisse. Ein Tageslichtprojektor warf eine vom Mobilfunkbetreiber online zur Verfügung gestellte Karte an die Wand. Sie zeigte an, welche Straßen jeweils von den aktiven Funkmasten versorgt wurden. Besonders interessierten sie sich für das Wohnviertel rings um die letzte registrierte Funkstation.

»Bislang ist keine dieser Straßen in unseren Ermittlungen relevant gewesen«, stellte Kraft fest. »Oder übersehe ich da etwas?«

»Nein«, bestätigte Möker.

Kraft schüttelte unzufrieden den Kopf. Wieso waren alle Spuren am Ende Fehlschläge? Sie dachte an Polizeikommissarin Barsch, die gestern selbstbewusst mit ihrem Vorgesetzten zu ihnen gekommen war. Die Frau hatte sie ein bisschen an sich selbst erinnert, als sie noch als Polizeioberkommissarin im Streifendienst gewesen war.

»Hat jemand die Nummer von PK Barsch?«, fragte Kraft. »Vielleicht kann sie mit einer der Straßen was anfangen.«

»Sollten wir nicht lieber die Dienstreihenfolge einhalten und Nettler informieren?«, schlug Möker vor.

»Der hält anschließend nur Rücksprache mit Barsch. Da bevorzuge ich den direkten Weg«, sagte Kraft.

»Ich besorge Ihnen die Nummer«, versprach Möker.

Zehn Minuten später erreichte Kraft die Polizeikommissarin und erklärte ihr Anliegen. Dann begann sie, die einzelnen Straßennamen vorzulesen. Erst beim vierten Straßennamen geriet Barsch ins Grübeln.

»Fährstraße? Hm ... Da klingelt's.«

»Inwiefern?«, hakte Kraft nach.

»Der Ex-Partner von Frau Schwalm wohnte in der Fährstraße. Hausnummer 73. Sie erinnern sich an den tragischen Todesfall, den ich erwähnt habe?«

»Klar«, antwortete Kraft.

»Ich war mit Frau Schwalm einen Tag nach dem

Unfall in der Wohnung des Toten. Es gab da einen privaten Sexclip, von dem Frau Schwalm befürchtete, er könnte in die falschen Hände fallen. Sie hat ihn auf dem Laptop gefunden und gelöscht.«

»Könnte Sie noch mal dorthin gefahren sein und übernachtet haben?«, fragte Kraft. »Um den Verlust zu verarbeiten?«

»Nicht ausgeschlossen. Der Vermieter wohnt ebenfalls in dem Haus. Er hat einen Schlüssel zur Wohnung. Vielleicht hat er sie reingelassen.«

»Wie heißt der Mann?«

»Oliver Wemmer«, sagte sie wie aus der Pistole geschossen.

»Danke für Ihre Hilfe.«

»Geben Sie mir Bescheid, wenn Sie etwas erfahren? Ich fand Frau Schwalm supersympathisch und mache mir Sorgen um sie.«

»Versprochen.« Kraft beendete das Gespräch. Irgendetwas löste die *Fährstraße* bei ihr aus. Doch sie kam einfach nicht darauf, was genau.

* * *

Um nicht mit zu vielen Personen vor Ort aufzutauchen, fuhren bloß Kraft, Möker und Drosten zu der Adresse. Auf einem der beiden Klingelschilder fürs Erdgeschoss stand noch der Name des Toten.

»Klingeln wir pro forma bei Pfeffer?«, schlug Möker vor.

»Spricht nichts dagegen«, meinte Drosten.

Möker drückte den Knopf. Nach wenigen Sekunden erklang zu ihrer großen Überraschung der Türöffner.

»Unerwartet!« Möker drückte die Haustür mit der Schulter auf.

In einer geöffneten Wohnungstür stand ein ungefähr fünfzigjähriger Mann, der sie ebenfalls verwundert musterte.

»Kommen Sie wegen der Kleinanzeige?«, fragte er.

Möker zeigte seinen Dienstausweis. »Welche Anzeige? Wer sind Sie?«

»Johann Pfeffer.«

»Der Vater von Rico Pfeffer«, folgerte Kraft.

Der Mann nickte. »Ich löse den Hausstand auf. Ein Interessent wollte sich heute einige Möbel ansehen.«

»Können wir kurz reinkommen?«, bat Möker.

»Worum geht's?«

»Um eine Vermisste. Genauer gesagt, Juliane Schwalm«, antwortete Kraft.

»Was hat die Hexe getan?«, erkundigte sich Pfeffer.

Überrascht zog Kraft die Augenbrauen hoch. »Von ihr fehlt jede Spur. Dürfen wir reinkommen?«

Ein kurzes Lächeln huschte über Pfeffers Gesicht, das Kraft noch mehr verwunderte. Ohne die Antwort ihres Gegenübers abzuwarten, zwängte sie sich an ihm vorbei. Er schien nichts dagegen zu haben, denn er trat einen Schritt zur Seite und machte auch Möker und Drosten Platz.

Kraft inspizierte die Räume, ohne auf Schwalm zu stoßen.

»Sie haben gerade den Eindruck gemacht, als ob Sie die Neuigkeit erfreuen würde«, sagte sie zu Pfeffer.

»Ich heuchle kein Mitleid«, erwiderte der. »Sie hat meinen Sohn auf dem Gewissen. Irgendwie hat sie es geschafft, ihn auf die Straße zu locken.«

»Setzen wir uns«, schlug Kraft vor. »Mich würde Ihre Sicht der Dinge interessieren.«

Pfeffer zuckte mit den Achseln. »Wenn's sein muss.«

Kurz und knapp erzählte er den Polizisten, wie es aus seiner Sicht vermutlich zu dem Unfall gekommen war.

»Dafür gibt's im Polizeibericht keinen Anhaltspunkt«, entgegnete Möker.

»Mir egal. Rico wäre nicht so dumm gewesen, einfach auf die Straße zu laufen. Er war an dem Tag nicht betrunken.«

»Waren Sie Freitag oder Samstag auch schon hier in der Wohnung?«, fragte Drosten.

»Nein. Meine Frau und ich haben die letzten achtundvierzig Stunden die Beerdigung vorbereitet. Da kam mir der Anruf wegen der Kleinanzeige ganz recht. Endlich konnte ich mal wieder aus dem Haus raus.«

»Würde Ihre Ehefrau bestätigen, dass Sie Freitagabend gemeinsam mit ihr verbracht haben?«

Pfeffer runzelte die Stirn. »Selbstverständlich.« Er griff zu seinem Telefon und wählte eine Nummer. »Hallo, Schatz. Ich bin noch bei Rico in der Wohnung. Hier sind Polizisten aufgetaucht. Schwalm ist spurlos verschwunden. Ich geb sie dir.« Er reichte Kraft das Handy.

»Frau Pfeffer?«

»Ja«, erwiderte eine Frau mit schwacher Stimme. »Was ist passiert?«

»Das versuchen wir gerade herauszufinden. Können Sie bestätigen, dass Sie und Ihr Ehemann die letzten achtundvierzig Stunden gemeinsam verbracht haben?«

»Ja«, antwortete sie sofort. »Seit unserem schrecklichen Streit haben wir wieder zusammengefunden. Wenigstens etwas. Wir hatten Freitag das Bestattungsunternehmen bei uns. Seitdem waren wir die ganze Zeit zusammen.«

»Vielen Dank«, sagte Kraft. »Den Rest wird Ihnen Ihr Mann erklären. Auf Wiederhören.« Sie beendete das Telefonat und gab Pfeffer das Handy zurück. »Worüber haben Sie sich mit ihrer Frau gestritten?«

»Unsere Eheprobleme spielen wohl keine Rolle für Ihre Ermittlungen. Warum sind Sie hier?«

»Uns liegt ein Handybewegungsprofil von Frau Schwalm vor. Freitagabend war es hier viele Stunden eingebucht. Über Nacht. Jetzt wollen …«

»Ausgeschlossen«, sagte Pfeffer. »Sie hat keinen Schlüssel. Das wüsste ich. Außerdem hätte sie sich das nicht getraut.«

»Der Vermieter hat einen Schlüssel, richtig?«, fragte Drosten.

»Ja, aber er hätte Schwalm nicht reingelassen. Ich hab ihm von meinem Verdacht erzählt, was sie getan hat. Er hat mir geglaubt und stand auf meiner Seite. So sehr wäre er mir nicht in den Rücken gefallen. Ausgeschlossen!«

»Haben Sie ihn heute schon gesehen?«, fragte Kraft.

»Nein. Die Miete ist noch bis Ende des Monats bezahlt. Deswegen kann ich hier rein und raus, wie ich will. Vielleicht hätte ich ihm später Hallo gesagt.«

Es klingelte an der Tür.

»Das wird der Interessent sein«, sagte Pfeffer. »Sind wir fertig?«

»Ja«, murmelte Kraft. Erneut geriet sie ins Grübeln. Nicht der Name ›Fährstraße‹ war ihr so bekannt vorgekommen. Sondern ein ähnlicher Begriff …

»In welcher Etage wohnt Herr Wemmer?«

»In der dritten«, sagte Pfeffer.

Sie folgten ihm zur Wohnungstür. Pfeffer betätigte den Öffner und verabschiedete sich von ihnen.

Als sie den Flur betraten, kam bereits ein junger Mann ins Haus. Seinem wenig begeisterten Blick zufolge hielt er sie offenbar für Interessenten an den Möbeln aus dem Inserat. Pfeffer schaltete prompt auf den gewieften Geschäftsmann um. »Danke für Ihr Erscheinen«, sagte er zu den Polizisten. »Ich melde mich bei Ihnen.«

Sie ließen ihm dieses Schauspiel durchgehen. Kraft wartete, bis er die Tür geschlossen hatte. Dann nahm sie ihr Telefon aus der Jackentasche. »Mir ist gerade was eingefallen«, murmelte sie. »Gebt mir einen Moment.« Sie rief das Hobbymalerforum auf und überprüfte die Mitgliederliste. »Da ist er«, sagte sie zufrieden.

»Wer?«, fragte Drosten.

Kraft senkte ihre Stimme. »Seit ich den Straßennamen gelesen habe, liegt mir was auf der Zunge. Wie ein Name, der einem nicht einfällt. Gerade eben bin ich drauf gekommen. Ein User aus dem Forum nennt sich Fährmann 73. Zufall?«

»Wäre schon ein sehr großer Zufall«, sagte Drosten. »Fährstraße 73. Fährmann 73. Gehen wir hoch zu ihm!«

Möker klingelte an Wemmers Tür. Nichts passierte. Beim zweiten Versuch hielt der Hauptkommissar die Klingel etwas länger gedrückt. Da noch immer nichts geschah, klopfte er an.

»Herr Wemmer? Hören Sie uns?«, rief Möker.

In der Etage unter ihnen öffnete sich eine Tür. Schritte erklangen, und eine junge, müde aussehende Frau tauchte auf.

»Bevor Sie hier weiterrandalieren, probieren Sie es mal eine Etage über Ihnen«, sagte sie leise. »Mein Baby schläft, und es wäre schön, wenn das so bleibt.«

Drosten zeigte ihr seinen Dienstausweis. »Entschuldigen Sie den Krach. Wir müssen dringend Herrn Wemmer sprechen. Wieso sollen wir es eine Etage höher probieren?«

»Wemmer hat zwei Wohnungen. Unterm Dach hat früher seine Mutter gelebt, aber die ist vorletztes Jahr gestorben. Seitdem ist da niemand eingezogen. Ich habe sogar mal mit Wemmer gesprochen, ob wir die Wohnung haben könnten. Er will sie leider nicht vermieten. Verrückt. Was ihm da für Mieteinnahmen entgehen.«

»Danke«, sagte Drosten.

»Keine Ursache.« Die Frau wandte sich wieder ab.

»Bleiben Sie hier«, schlug Drosten Möker vor. »Verena und ich gehen hoch.«

Auf dem Klingelschild der Dachgeschosswohnung stand ebenfalls der Name Wemmer. Kraft klingelte.

* * *

War das ein Klingeln an der Tür? Juliane wandte ihren Kopf. In ihrem Mund steckte der Knebel. Sie hatte keine Chance, jemanden auf sich aufmerksam zu machen. Und das Geräusch war so leise, dass sie sich irren könnte. Eine Sinnestäuschung aufgrund ihrer Schwächung.

Wie lange würde sie das hier aushalten, bis sie den Verstand verlor?

Er hatte ihr vor Stunden die Windel abgenommen, sie gewaschen und dann Blut abgezapft. Eine schmerzhafte Prozedur, weil er drei Versuche gebraucht hatte, um die Vene zu treffen. Aber damit war die Tortur nicht vorbei gewesen. Er hatte das Fußteil des Bettes abgesenkt und begonnen, sie am Unterleib zu küssen und zu lecken. Anhand seines Stöhnens begriff sie schnell, dass er sich dabei befriedigte. Als er fertig war, hatte er sie gefragt, wie es ihr gefallen hätte, ehe er ihr eine neue Windel umgelegt hatte und verschwunden war. Stunden später war er zurückgekehrt und hatte gewirkt, als sei er in Eile. Er hatte ihr Mus gegeben, Wasser eingeflößt und sich anschließend entschuldigt, weil sie nun ein paar Stunden den Knebel tragen müsste. Juliane hatte ihn angefleht, ihr das zu ersparen. Vergeblich.

Wieder hörte sie ein Geräusch. Das bildete sie sich nicht ein – egal, wie schwach es zu hören war.

Prüfte er sie, oder stand der unangekündigte Besuch mit seinem seltsamen Verhalten in Verbindung?

Trotz des Knebels versuchte Juliane, Hilferufe auszustoßen. Vielleicht ging dieser Wahnsinn gut aus?

Tretet die Tür ein, flehte sie in Gedanken. *Ich verliere sonst noch meinen Verstand!*

25

Seit über einer Stunde beobachtete Oliver Wemmer aus einiger Entfernung mit einem Fernglas den Parkplatz des Restaurants, in dem sich Deville mit ihm treffen wollte. Vor zehn Minuten war der Galerist eingetroffen und gleich zum Eingang gegangen. Andere verdächtige Personen hatte Wemmer nicht bemerkt.

Zwei Minuten vor der vereinbarten Zeit startete er den Motor und fuhr die kurze Strecke. Wie der Galerist es sich wünschte, betrat Wemmer pünktlich das Gebäude. Direkt hinter der Tür empfing ihn eine Mitarbeiterin des Restaurants.

»Schönen guten Abend«, begrüßte sie ihn lächelnd. »Wie kann ich Ihnen helfen?«

»Herr Deville erwartet mich«, sagte Wemmer.

Sie überprüfte ihr Reservierungsbuch und nickte. Dann winkte sie einen weiteren Mitarbeiter herbei. »Mein Kollege führt Sie zu Ihrem Gastgeber. Ich wünsche Ihnen einen angenehmen Abend.« Sie wandte sich dem Kellner zu. »Tisch 14.«

»Danke«, sagte Wemmer gleichzeitig.

»Folgen Sie mir bitte«, säuselte der Kellner höflich.

Während Wemmer ihm folgte, musterte er die anderen Gäste in dem gut besuchten Restaurant. Niemand schien ihn zu beachten. Alle Tische waren mit Pärchen oder Vierergruppen belegt. Keine Einzelpersonen, die ihn anschauten oder bewusst so taten, als würden sie sich nicht für ihn interessieren.

»Hallo, Herr Deville«, sagte Wemmer.

»Darf ich Ihnen Ihre Jacke abnehmen?«, fragte der Kellner.

Wemmer zog sie aus und reichte sie ihm. Der Kellner nickte ihnen zu und entfernte sich.

»Sie haben sich interessiert umgesehen.« Der Galerist wirkte amüsiert. »Etwas bemerkt, was ich wissen müsste? Betrifft mich ja auch.«

»Keine Ahnung.« Wemmer nahm ihm gegenüber Platz.

»Ich habe kein Interesse an einer Kooperation mit ... Sie ahnen es. Und dass wir diesen Tisch bekommen haben, ist kein Zufall.«

Tatsächlich lag ihr Platz so, dass niemand sie belauschen konnte.

»Die Beamten haben keinen Sinn für Kunst«, fuhr der Galerist fort. »Und kein Verständnis für meine finanzielle Situation. Ohne ein Wunder würde ich in die Armut abrutschen. Aber das Wunder, für das ich gebetet habe, sitzt mir hoffentlich gegenüber.«

Der Kellner, der Wemmer die Jacke abgenommen hatte, brachte die Speise- und Getränkekarte.

»Darf es schon eine Flasche Wasser sein?«, fragte er.

»Wir sichten erst einmal die Karte«, erwiderte Deville.

»Sehr gerne.«

Kurz darauf waren sie wieder ungestört.

»Sie könnten verkabelt sein«, stellte Wemmer fest.

»Bin ich nicht«, sagte Deville. »Aber ich verstehe Ihr Misstrauen.« Aus der Innentasche seines Jacketts zog er das Telefon. »Ich schalte mein Gerät jetzt aus.« Der Galerist fuhr das Handy herunter. »Ich kenne mich in diesem Restaurant ziemlich gut aus. Die Behindertentoilette ist groß genug für zwei Personen. Ich bin bereit, im wahrsten Sinn des Wortes die Hosen runterzulassen.«

Wemmer überlegte. Hoffte Deville vielleicht, dass er darauf verzichtete, um der peinlichen Situation zu entgehen? »Damit könnten Sie mich überzeugen.«

»Wundervoll. Bestellen wir eben etwas zu trinken.« Er winkte den Kellner herbei und orderte ein Glas Chardonnay.

»Was möchten Sie?«, wandte sich der Mann an Wemmer.

»Ein Hefeweizen.«

»Speisen haben wir noch nicht ausgesucht.«

»Lassen Sie sich Zeit, Herr Deville«, sagte der Kellner, ehe er ging.

»Man kennt Sie sogar mit Namen«, stellte Wemmer fest.

»Deswegen habe ich auch diesen Tisch erhalten. Ich gehe jetzt vor. Folgen Sie mir in zwei Minuten.« Der Galerist erhob sich und steuerte die Toiletten an.

Wemmer blickte sich um. Nach genau zwei Minuten stand er ebenfalls auf.

Die Behindertentoilette war nicht versperrt. Wemmer klopfte an die Tür.

»Ja!«

Wemmer trat ein.

»Schließen Sie ab!«, forderte der Galerist.

Er stand nur in Boxershorts vor Wemmer. Von einer Verkabelung war nichts zu sehen.

»Ich hoffe, Sie genießen die nächsten Sekunden«, sagte Deville. Ungeniert zog er die Unterwäsche bis zu den Knien hinab und drehte sich einmal um die eigene Achse.

»Sehr überzeugend«, stellte Wemmer fest. »Treten Sie kurz beiseite.«

Devilles Kleidung lag auf der Toilette. Wemmer tastete sie ab.

»Wundervoll. Ich warte am Tisch auf Sie. Dann zeigen Sie mir noch einmal das ausgeschaltete Handy, und danach können wir mit offenen Karten spielen.«

Der Kellner brachte ihnen die Getränke und notierte anschließend ihre Bestellung.

»Arbeiten Sie an einem neuen Werk?«, fragte Deville, sobald der Mann außer Hörweite war.

Wemmer trank zunächst einen Schluck des kühlen Hefeweizens.

»Habe kürzlich begonnen«, antwortete er.

Ein Strahlen legte sich auf Devilles Gesicht. »Verraten Sie mir mehr?«

»Es sollen wieder vier Bilder werden. Ich nenne die Reihe den Juli-Zyklus.«

»Juli?«

»Vielleicht erkläre ich Ihnen die Bedeutung dafür ein anderes Mal.«

»Kein Problem. Wie sieht Ihre Muse aus?«

»Sie ähnelt meiner vorigen. Wie alle großen Künstler habe ich eine gewisse Vorliebe, von der ich nicht abweichen möchte. Es sei denn, ich sehe jemanden, bei dem es direkt Klick macht. Diese Option lasse ich mir offen.«

»Kann ich gut verstehen.« Deville trank einen Schluck Wein. »Ihre letzte Lieferung ist bei mir eingetroffen, als ich Besuch aus Köln hatte. Eine Journalistin. Woher wussten Sie davon?«

Wemmer versuchte, ein undurchschaubares Gesicht aufzusetzen. Prüfte Deville ihn, oder sagte er die Wahrheit? Wäre es von Vorteil, so zu tun, als verfügte er über Möglichkeiten, sich wichtige Informationen zu besorgen?

»Eine Journalistin?«, fragte er schließlich. Er traute sich nicht zu pokern.

»War das Zufall?«

Wemmer zuckte die Achseln. »Ich habe das Paket am Samstag abgeschickt. Bin einfach davon ausgegangen, dass Sie es zum Wochenbeginn erhalten.«

»Wie ärgerlich«, sagte Deville. »Diese Journalistin hat darauf bestanden, die Polizei zu alarmieren. Sonst hätte ich mir überlegt, was sich mit diesen Bildern anstellen lässt.«

»Wirklich?«, fragte Wemmer amüsiert. »Ich war davon überzeugt, *Sie* würden die Bullen kontaktieren.«

»Keine Ahnung. Finanziell sieht's bei mir schon länger mau aus. Vielleicht wäre ich der Versuchung erlegen, die Gemälde auf dem Schwarzmarkt anzubieten. Vorausgesetzt, irgendwer hätte von der Tat berichtet. Beziehungsweise ...« Deville trank einen Schluck. »Ich muss *die Taten* sagen, richtig?«

Wemmer lächelte lediglich.

»Gibt es Zyklen, die ich noch nicht kenne? Vom Juli abgesehen.«

»Nein.«

»Schade. Je mehr Gemälde, desto mehr Einkünfte können wir erzielen.«

»Wie stellen Sie sich die finanzielle Aufteilung vor?«, fragte Wemmer. »Immerhin habe ich die ganze Arbeit …«

»… und das Vergnügen, während an mir das Risiko haftet, den richtigen Interessenten auszusuchen. Ich würde dreißig Prozent der Kaufsumme behalten.«

»Nein! Zu viel.«

»Überlegen Sie doch mal! Ich kann das nur im Verborgenen machen. Muss jeden Interessenten abklopfen. Auf Verbindungen zur Polizei prüfen. Da sind dreißig Prozent sehr angemessen.«

»Ist das Ihr letztes Wort?«

»Siebenundzwanzig Komma fünf«, sagte Deville zögerlich.

Die beiden Männer blickten sich in die Augen. Schließlich hielt Wemmer ihm die Hand hin. »Einverstanden.«

Deville lächelte und besiegelte ihr Geschäft mit einem Handschlag.

»Wie wollen Sie vorgehen?«, fragte Wemmer.

»Ich habe noch nicht entschieden, ob ich in den nächsten Tagen Insolvenz anmelde oder die Galerie künstlich am Leben halte.«

»Das klang bei unserem Telefonat anders.«

»Stimmt. Aber vielleicht ist die Fortsetzung der Geschäfte die bessere Tarnung. Ist eine der beiden Optionen ein Problem für Sie?«

»Nein«, sagte Wemmer nach ein paar Sekunden Bedenkzeit.

Der Kellner brachte ihnen frisch gebackenes Brot und ein Lachs-Canapé als Gruß aus der Küche.

»Reden wir beim Essen weiter«, schlug Deville vor.

»Was machen Sie mit den Frauen?«, fragte der Galerist im Flüsterton.

Wemmer beugte sich vor und erzählte ein paar Einzelheiten.

»Mehr nicht?«, hakte Deville nach.

»Ich darf keine DNA-Spuren hinterlassen. Das ist die perfekte Methode dafür.«

»Aber der Spaß, der Ihnen entgeht. Ihre Muse kann sich nicht wehren, egal, was Sie tun. Verstehe ich das richtig?«

»Korrekt.«

»Dass Sie sich so zurückhalten können. Bei dieser Versuchung.«

»Ich habe den allergrößten Spaß mit ihnen. Für mich gibt es keine erregendere Spielart als diese.«

Deville lehnte sich zurück und lächelte. »Da wäre ich anders. Wenn wir einmal totales Vertrauen zueinander haben, könnten Sie vielleicht durch mich falsche Spuren legen. Ich wäre garantiert bereit dazu. Die Frau auf dem Bild hat mir gefallen. Wir haben einen ähnlichen Geschmack.« Wieder beugte er sich vor. »Was haben Sie anschließend mit ihr gemacht?«

Wemmer legte nur den Zeigefinger auf die Lippen.

»Okay. Sie haben recht. Nicht zu viele Einzelheiten. Wow. Ich seh's förmlich vor mir. Beneidenswert.«

»Die größte Schwierigkeit ist es, die Frau in meinen Unterschlupf zu schaffen. Sobald das erledigt ist, stehen mir alle Möglichkeiten offen.«

»Auch dabei könnte ich Ihnen helfen«, bot Deville an.

»Darauf komme ich wahrscheinlich bald zurück.«

Deville lächelte. »Ich seh schon, ich muss mir erst Ihre Gunst verdienen. Aber ich verstehe Sie. An Ihrer Stelle wäre ich auch übervorsichtig.« Er hob sein Glas. »Auf unsere Zusammenarbeit.«

Wemmer stieß vorsichtig mit dem großen Bierglas an. »Zum Wohl.«

26

In den sozialen Medien fand Verena Kraft ein Profil des Vermieters, und die zugehörigen Fotos würden bei seiner Identifikation hilfreich sein. Da er ihnen nicht öffnete, zogen sich Kraft, Drosten und Möker zu ihrem Fahrzeug zurück und bauten eine Telefonkonferenz ins Präsidium auf. Zunächst teilten sie Sommer, Hauptkommissar Prabel und Polizeikommissarin Barsch mit, dass Wemmer in dem Haus über zwei Wohnungen verfügte.

»Uns öffnet niemand«, sagte Möker. »Wie gehen wir damit um?«

»Ich sehe Gefahr im Verzug«, erwiderte Sommer. »Wir sollten die Wohnungen durchsuchen.«

Möker lachte. »Nicht Ihr Ernst!«

»Wieso nicht? Das Handy von Frau Schwalm war in dem Haus eingebucht, bevor sie ...«

»Stimmt nicht ganz!«, unterbrach Möker ihn. »Das Handy war in der Funkzelle registriert, die unter anderem die Fährstraße versorgt. Das ist ein feiner Unterschied.«

»Sie glauben nicht wirklich, dass Schwalm *nicht* hier war«, hielt Sommer entgegen.

»Ich *glaube* in der Kirche. In meinem Beruf kommt es darauf an, was ich *beweisen* kann. Falls Sie Wiesbadener es gewohnt sind, illegal Wohnungen zu betreten, soll mir das egal sein. In meinem Zuständigkeitsbereich passiert das nicht.«

»In der Wohnung könnte eine Frau um ihr Leben kämpfen«, konterte Sommer. »Wäre das nicht ein paar Risiken wert?«

»Selbst wenn Sie recht haben, würde uns das vor Gericht um die Ohren fliegen. Eine illegale Durchsuchung. Sie kennen das Ergebnis. Alle sichergestellten Beweise dürften vor Gericht nicht verwendet werden. Und dann? Wemmer wäre schlimmstenfalls wieder ein freier Mann«, gab Möker zu bedenken. »Oder wir könnten ihn nicht der Morde beschuldigen. Wir brechen nicht in die Wohnungen ein. Haben Sie weitere Vorschläge?«

»Beschatten wir das Haus«, schlug Kraft vor. »Sobald er das Gebäude betritt, klingeln wir wieder. Falls er nicht öffnet, ist meiner Meinung nach *Gefahr im Verzug* endgültig gegeben.«

Möker zupfte an seinem Ohrläppchen. »Einverstanden«, sagte er schließlich. »Wir sind zu fünft ...«

»Zu sechst«, sagte Barsch. »Ich hab zwar meinen freien Tag, wäre aber gern dabei. Allerdings muss ich morgen früh um acht Uhr zum Dienst antreten. Also hätte ich nichts dagegen, die erste Schicht zu übernehmen.«

»Sie sind mit einem privaten Pkw ins Präsidium gekommen?«, vergewisserte sich Kraft.

Barsch nickte.

»Dann starten wir die Observation, sobald Sie hier sind. Wahrscheinlich kommt Wemmer in den nächsten Stunden nach Hause. Sie dürften ihn erkennen.«

»Einverstanden«, sagte Barsch. »Wenn niemand Bedenken hat, bin ich in zwanzig Minuten da. Hauptkommissar Möker?«

Der Frankfurter Polizist nickte. »Vielen Dank für Ihren Einsatz. Ich spreche das morgen mit Ihrem Vorgesetzten Nettler durch. Sie bekommen Überstunden aufgeschrieben. Bis gleich. Wir warten so hier, bis Sie kommen. Dann können Sie sich auf unseren Parkplatz stellen. Hauptkommissar Sommer und ich übernehmen die zweite Schicht.« Er lächelte.

»Wieso wir beide?«, fragte Sommer. »Robert und ich sind ein eingespieltes Team. Genau wie ...«

»Ich möchte vermeiden, dass Sie als Auswärtiger allein über eine Gefahr-im-Verzug-Situation entscheiden. Darüber lasse ich nicht mit mir diskutieren.«

* * *

Eine halbe Stunde später saßen Kraft und Barsch gemeinsam im Auto und beobachteten aus ungefähr einhundert Metern Entfernung den Hauseingang.

»Glauben Sie, Ihr Partner Sommer hat recht?«, fragte Barsch.

Kraft schaute zur Dachgeschosswohnung, in der nach wie vor kein Licht brannte. Sie wählte ihre Antwort mit Bedacht. »Aus unserem Team ist Lukas derjenige, der am schnellsten mit dem Kopf durch die Wand will«, sagte sie. »Ungeachtet rechtlicher Konsequenzen. Allerdings kann ich mich an keinen Fall erinnern, bei dem der Täter vor Gericht wegen Lukas' vorschnellem Handeln Vorteile gehabt hätte. Trotzdem verstehe ich Möker. Es sind schwache Indizien, auf die wir uns beziehen müssten.«

»Ich wäre bereit, meinen Kopf hinzuhalten«, sagte Barsch. »Wir könnten behaupten, oben wäre kurz ein Licht angegangen.«

Kraft lächelte. »Lukas wüsste das sehr zu schätzen. Warten wir besser. Sie könnten mit so einer Aktion Ihre Karriere gefährden.«

»Wenn Sie sich's anders überlegen, bin ich dabei. Meine Karriere ist nicht alles.«

»Sie erinnern mich an mich«, erklärte Kraft. »Ich habe Drosten und Sommer auf ähnliche Weise wie Sie kennengelernt. Bei einer Ermittlung.«

»Wollen Sie mir davon erzählen?«

Kraft berichtete von ihren Jahren im Schutzdienst und wie sie an einer Untersuchung der KEG beteiligt worden war. »Die beiden waren beeindruckt von meinen Entscheidungen, die ich als Polizeioberkommissarin gegen den Widerstand von oben getroffen habe«, erinnerte sie sich. »Einige Monate später sollte das Team, das damals nur aus Sommer und Drosten bestand, um eine Person erweitert werden. Die KEG machte drei Polizisten das Angebot, sich zu bewerben. Mir und zwei Hauptkommissaren, die aber beide aus familiären Gründen abgelehnt haben.«

»Hatten Sie keine familiäre Bindung oder Pläne?«

»Damals nicht. Ich hatte mich kurz zuvor von meinem Verlobten getrennt.«

»Oh nein. Das tut mir leid.«

»Muss es nicht. Die Trennung war überfällig. Jetzt bin ich glücklich mit einem Mann zusammen, der zufällig auch im selben Haus wie ich lebt. Ohne meine Bewerbung bei der KEG hätte ich ihn nie kennengelernt.«

»Wie romantisch!«, sagte Barsch. »Mein Nachbar und ich. Klingt nach einer Liebeskomödie. Wollen Sie mal Kinder haben?«

»Jonah wäre ein toller Vater. Er hat einen Neffen, der sehr oft bei uns übernachtet. Mir geht das Herz auf, wenn ich die beiden beobachte.«

»Ich höre das böse Wort ›aber‹ heraus.«

»Wir haben es tatsächlich probiert«, gestand Kraft. »Das war nach einer Ermittlung, in der Jonah meinetwegen in Lebensgefahr geraten ist.«

»Oh nein! Ist alles glimpflich ausgegangen?«

Kraft nickte. »Ihm ist nichts passiert, und er hat die Ereignisse gut verkraftet. Nachdem wir sechs Monate erfolglos waren, ist er ohne mein Wissen zum Urologen gegangen und hat sein Sperma testen lassen. Er ist zeugungsunfähig.«

»Das tut mir leid.«

»Muss es nicht«, sagte Kraft. »Ich hab viele Wochen darüber nachgedacht. Für mich ist es wichtiger, mit Jonah zusammen zu sein. Robert und seine Ehefrau haben auch kein eigenes Kind. Bei ihnen liegt es an Melanie, aber das war für Robert nie ein Problem. Sie haben vor einigen Jahren ein Mädchen als Pflegekind aufgenommen und inzwischen adoptiert. Sie lieben es wie ein leibliches Kind. Das kommt für Jonah und mich auch infrage. Nur noch nicht jetzt.« Kraft lächelte verhalten. »Und Sie?«

»Ich heirate im Mai«, sagte Barsch.

»Glückwunsch!«

»Danke. Nach der Hochzeit will ich schnellstmöglich Mama werden.« Sie kicherte. »Ich träume davon, dass es in der Hochzeitsnacht passiert. Das fände ich romantisch.«

* * *

Wemmer näherte sich seinem Zuhause. Er fühlte sich noch immer wie auf einem guten Trip. Als er Stunden zuvor den Wagen aus der Garage geholt hatte, war er noch misstrauisch gewesen. Nun war er regelrecht euphorisch.

Deville würde die Gemälde verkaufen. Es würde nicht mehr lange dauern, und die Kunstwelt würde hinter vorgehaltener Hand von dem Blutmaler und seinem neuesten Meisterwerk sprechen. Was für eine Aussicht!

Irgendwann müsste er vermutlich untertauchen, vielleicht sogar gemeinsam mit Deville. Wenn sie bis dahin genug Geld verdient hätten, wäre das kein Problem. Zumal er noch das Haus verkaufen könnte, das er von seinen Eltern geerbt hatte.

Wemmer blinkte und bog in die Zufahrt der Tiefgarage ein, in der er seit vielen Jahren einen Stellplatz angemietet hatte. Mit einer Fernbedienung öffnete er das Rollgitter. In Gedanken war er bereits bei seiner Gefangenen. Er würde sich beeilen, um den Juli-Zyklus möglichst schnell abzuschließen.

Wemmer steuerte den Wagen bis zu seinem reservierten Platz. Da er in den nächsten Stunden ohnehin nicht schlafen könnte, würde er die Zeit nutzen. Falls das Blut mittlerweile unbrauchbar geworden war, könnte er ihr einfach noch eine Ampulle abzapfen. Er stieg aus und verließ die Tiefgarage, deren Rollgitter sich in wenigen Minuten automatisch schließen würde. Wemmer erinnerte sich an Devilles ungläubiges Staunen, als er erfahren hatte, was Wemmer mit seinen Gefangenen alles *nicht* anstellte. Genau wegen Menschen wie Deville war das die richtige Entscheidung: Es stellte die Polizisten vor ein Rätsel. Außerdem schien Deville nicht zu verstehen, wie viel Spaß es machte, ihren Körper zu erforschen, ohne seine DNA in ihr zu verteilen.

Wemmer blieb stehen und blickte nach vorn. In einem Wagen saßen zwei Frauen, die sich unterhielten. Rasch zog er sich zu einem Hauseingang zurück. Täuschte er sich, oder hockte hinter dem Steuer die Polizistin, die ihm vor wenigen Tagen einen gehörigen Schreck eingejagt hatte?

Wemmer kniff die Augen zusammen, um besser sehen zu können. Das war zweifellos die Polizistin, die mit ihrer Kollegin und Julia bei ihm vor der Tür gestanden und um einen Schlüssel zur Erdgeschosswohnung gebeten hatte.

Was machte sie hier? War das Zufall?

Er verwarf den Gedanken sofort wieder. Offenbar lagen sie seinetwegen hier auf der Lauer. Aber wie waren sie ihm auf die Spur gekommen? Hatte Deville als Lockvogel gedient, damit sich die Bullen in der Zwischenzeit in Ruhe bei ihm zu Hause umsehen konnten? War Juli längst befreit?

»Du verdammtes Arschloch!«, zischte er wütend.

Deville hatte ihn verraten. Das war die einzig plausible Erklärung.

Was sollte er jetzt tun?

Zunächst müsste er sich der Verhaftung entziehen. Er wandte sich ab und lief zurück zur Tiefgarage. Das Gittertor hatte sich noch nicht geschlossen. Wemmer eilte zu seinem Auto. Die Polizei hatte enorme technische Möglichkeiten. Deswegen hatte er Julis Handy in der Sportsbar des Hotels unter einer Bank deponiert. Am liebsten hätte er sein Telefon weit weg von seiner Wohnung aus dem Fenster geschmissen. Oder vielleicht sogar im Main versenkt, wo er auch Linas Leichnam entsorgt hatte. Doch dafür fehlte ihm die Zeit, denn nun kam es auf Schnelligkeit an. Zuerst müsste er einen Unterschlupf für die Nacht finden.

Vor der Wand seines Stellplatzes hatte Wemmer seine Sommerreifen gestapelt. Kurzentschlossen löschte er seine Anrufprotokolle und deinstallierte das Chatprogramm. Dann warf er das Telefon in den Stapel. Der Netzempfang hier unten war miserabel, vielleicht könnten sie das Handy nicht orten, solange es in den Reifen lag.

* * *

Wieso gab sich Wemmer mit so wenig zufrieden? Dieser Gedanke ließ Deville seit seiner Rückkehr nach Hause nicht los. Er verstand es einfach nicht: Eine Frau zu küssen und zu lecken, war ein schönes Vorspiel, aber mehr nicht! Schon gar nicht, wenn man mit ihr alles anstellen könnte, weil sie wehrlos war.

Verrückter Typ!

Deville saß in seinem Lieblingssessel. In der Hand hielt er ein schweres Kristallglas, in das er Whiskey geschüttet hatte. Er nippte daran und genoss den Geschmack.

Was für ein Abend! Anfangs war Wemmer misstrauisch gewesen, doch mit einer entwürdigenden Zeremonie auf der Behindertentoilette war es ihm gelungen, sein Vertrauen zu gewinnen.

Nun standen ihm alle Möglichkeiten offen. Er würde in den nächsten Tagen damit beginnen, die Kunstwelt über die Blutbilder in Kenntnis zu setzen. Mit ein paar Galeristen telefonieren und ihnen von der Lieferung erzählen, die die Polizisten beschlagnahmt hatten. Der Markt sollte erfahren, dass solche Kunstwerke existierten. Deville war davon überzeugt, irgendwann Anfragen zu erhalten. Vor allem, wenn er erwähnte, dass er noch mehr Bilder geschickt bekäme.

Er müsste entscheiden, ob er wirklich Insolvenz anmelden sollte oder nicht. Beide Alternativen hatten Vor- und Nachteile.

Während er den nächsten Schluck trank, dachte er an Wemmers jüngstes Opfer. Ans Bett gefesselt, stand sie ihm jederzeit zur Verfügung. Der Gedanke erregte ihn. Hoffentlich könnte er Wemmer davon überzeugen, ihm freie Hand zu lassen. Immerhin wäre es nicht Wemmers DNA, die man in der Leiche fände. Kurz dachte er an die Buchhändlerin, mit der er seit Neuestem flirtete. Es wäre wohl besser, den Kontakt zu ihr abzubrechen, damit sie nichts von seinem Treiben mitbekäme.

Ein Klingeln an der Haustür riss Deville aus seinen Gedanken. Er schaute auf die Uhr. Wer besuchte ihn zu so später Stunde, ohne sich vorher anzukündigen?

27

Die Geräusche waren längst verstummt, und die Stille hatte Julias Hoffnung zerschlagen. Sie würde das hier nicht überleben. Wenn ihr Peiniger nicht bald zurückkehrte, würde sie ersticken oder verdursten. Ihre Kehle war rau und ausgetrocknet. Außerdem fiel es ihr immer schwerer, durch die Nase zu atmen.

Wie verrückt war es, sich zu wünschen, ausgerechnet den Mann zu sehen, der für ihr Leid verantwortlich war? Er hatte behauptet, nur ein paar Stunden fort zu sein. War die Frist nicht schon vorbei? Ihrem Gefühl nach lag sie seit einem halben Tag geknebelt auf dem Rücken, kaum fähig, sich zu bewegen. Wo blieb er bloß? Egal, was er ihr antun würde: Alles wäre besser, als den Knebel zu ertragen. Was, wenn er nicht zurückkäme? Wie lange würde es dauern, bis sie dehydriert ins Koma fiele?

Denk an was anderes!

Doch sie konnte nicht. Sie würde elendig sterben. Der Gedanke machte ihr Angst. Und mit der Angst kam die Übelkeit. Juliane spürte ein leises Rumoren im Bauch.

Nein!

Sie versuchte, ruhig durch die Nase zu atmen und an schöne Sachen zu denken. Doch es half nichts. Das Rumoren verstärkte sich mit jeder Sekunde. Übelkeit stieg in ihr hoch.

Du darfst nicht kotzen! Wenn du dich übergibst, hält der Knebel alles auf und du erstickst!

Immer panischer atmete sie durch die Nase ein und wieder aus.

* * *

Deville prüfte den kleinen Monitor der Videogegensprechanlage. Wieso stand Wemmer unter dem Vordach? Was wollte er hier?

Er aktivierte den Lautsprecher. »Jetzt überraschst du mich«, begrüßte er den Besucher. Sie waren im Lauf des Abends dazu übergegangen, sich zu duzen.

»Sorry, ich wollte dich nicht überfallen, aber mich hat ein Gedanke nicht losgelassen. Machst du mir kurz die Tür auf? Wir müssen das besprechen.«

»Bin gleich bei dir.«

Nachdenklich ging Deville zum Eingang. Weshalb war Wemmer hier? Wollte er ihre Vereinbarung aufkündigen? Kaum vorstellbar, denn dafür wusste Deville inzwischen zu viel über den Mann. Sein Besuch musste einen anderen Grund haben. Wollte er sich noch einmal vergewissern, keinem Polizeispitzel auf den Leim gegangen zu sein? Das wäre zwar übertrieben vorsichtig, aber bei dem, was auf dem Spiel stand, vielleicht sogar nachvollziehbar.

»Hey, Oliver«, sagte Deville, als er die Tür öffnete. »Mit dir hätte ich heute Abend nicht mehr gerechnet.

Was führt dich zu mir?«

»Lässt du mich rein?«

Deville grinste. »Du willst dich umsehen, richtig? Ob ich mich gerade mit ein paar Bullen über dich unterhalte. Sehr paranoid!«

»Nein, das ist nicht der Grund.«

»Sondern?«

»Wäre es nicht besser, wenn uns keine Nachbarn zufällig belauschen könnten?«

»Wahrscheinlich hast du recht. Komm rein!« Er trat beiseite, und Wemmer zwängte sich an ihm vorbei. Deville schloss die Tür. »Was gibt's?«

»Ich hab noch mal über uns beide nachgedacht.«

»Wie meinst du das?« Wollte Wemmer etwa von ihrer Vereinbarung zurücktreten?

»Momentan hast du mich in der Hand. Du könntest zu den Bullen gehen und ihnen alles erzählen. Selbst eine stunden- oder tagelange Verzögerung wäre für dich leicht zu erklären. Du müsstest einfach behaupten, unsicher gewesen zu sein, ob du mir glaubst.«

»Oliver, das würde ich nie tun. Du kannst dich auf mich verlassen.«

»Dafür brauche ich einen Beweis.«

»Wie soll ich dir das beweisen? Ich kann dir nur mein Wort geben!«

»Falsch! Es gibt einen Weg, und ich könnte mir vorstellen, er gefällt dir sogar.«

»Das heißt?«

Wemmer lächelte. »Du musst ein schweres Verbrechen begehen. Nur, wenn du für viele Jahre im Gefängnis landen könntest, sind wir auf einem Level. Brothers in Crime.«

Deville schaute ihm in die Augen. Bot Wemmer ihm

etwas an, wovon er wenige Minuten zuvor geträumt hatte? Mühsam verbarg er seine wachsende Erregung und stellte sich unwissend. »Ich mache alles, damit du mir vertraust. Was schwebt dir vor?«

»In meiner Zweitwohnung wartet eine wehrlose Frau. Von der Windel abgesehen, ist sie nackt. Gefesselt. Bist du bereit, zu ihr zu fahren und dich an ihr zu vergehen? Mit ihr anzustellen, worauf auch immer du gerade Lust hast?«

Deville lächelte verschlagen. »Hätte ich freie Hand? Ich will mich nämlich nicht mit dem zufriedengeben, was dir gefällt. Das ist für mich nur ein Vorspiel. Da wäre ich am Ende eher frustriert.«

»Du kannst machen, was du willst. Stell dir vor, was sie dabei empfinden würde. Die Tür zu ihrem Gefängnis geht auf, und sie glaubt im ersten Augenblick, ich wäre zurückgekehrt. Dann sieht sie dich, und für einen Moment wird sie hoffen, du wärst ihre Rettung.«

Deville grinste. »Ich könnte mich als Polizist ausgeben.«

Wemmer erwiderte das Grinsen. »Genau. Oh Gott, sie wird so erleichtert sein. Bis du ihre Hoffnung zerstörst. Meinetwegen kannst du dabei sogar aufs Kondom verzichten. Mir egal, was du in ihren Körper pumpst. Das ist dein Risiko.«

»Wo entsorgen wir die Leiche?«

»Weiß ich noch nicht. Sie ist erst seit wenigen Tagen mein Gast, darüber habe ich nicht nachgedacht.«

»Okay, dann nehme ich besser ein Kondom. Auch wenn das den Spaß mindert.«

»Kluger Mann. Es gibt allerdings eine Voraussetzung, über die ich nicht mit dir verhandle.«

»Welche?«

»Ich will live dabei sein, wenn du dich mit ihr amüsierst.«

»Oh. Echt? Du willst im selben Raum sein und zugucken?«

»Nein. Nicht ganz. An der Wand vor ihrem Bett ist ein Regal. Darauf kannst du dein Handy platzieren und alles filmen. Das Video musst du mir weiterleiten, nur dann bin ich bereit, mich mit dir zu verbrüdern. Ist das in Ordnung?«

Deville musste nicht lange überlegen. Die Vorstellung, die Vergewaltigung sogar zu filmen, um sie später immer wieder anschauen zu können, erregte ihn.

»Ja«, sagte er. »Ich find's fair, wenn du dadurch etwas gegen mich in der Hand hast. Obwohl es keinen Grund zur Sorge gibt. Ich würde dich niemals verraten. Dafür ist mir unser Pakt zu heilig.«

»Schön, dass ich dir vertrauen kann. Ich gebe dir meinen Wohnungsschlüssel.« Wemmer trat näher und griff in die Jackentasche.

»Ich weiß das zu schätzen«, sagte Deville.

Viel zu rasch zog Wemmer wieder die Hand aus der Tasche.

Deville erkannte ein Springmesser in seiner Hand. »Oliver!«, rief er entsetzt.

Die Klinge sprang heraus, und Wemmer machte einen Schritt auf ihn zu. Deville blieb keine Zeit.

Der Blutmaler stach zu.

Ein unfassbarer Schmerz raubte Deville die Sinne. Er schrie.

* * *

Wemmer stach ein drittes und viertes Mal zu. Deville taumelte wie ein Boxer kurz vor dem Niederschlag. Seine Schreie wurden zu einem Wimmern. Ein weiterer Stich in den Oberkörper, dann war es vorbei, und Deville stürzte zu Boden. Seine Augenlider flatterten.

»Wir wurden zusammen gesehen«, keuchte er.

»Ja, das ist ein Problem«, gab Wemmer zu. »Aber die Bullen haben mich leider auf dem Schirm. Ist also egal, ob man uns gesehen hat. Aus irgendeinem Grund wissen sie Bescheid.«

Die Augen des Galeristen waren geschlossen. Er antwortete nicht mehr. Wemmer schaute auf ihn hinab und empfand beinahe Mitleid für ihn. Offenbar hatte Deville ihn nicht verraten. Sonst hätte er anders auf den Vorschlag reagiert. Seine Erregung war nicht zu übersehen gewesen.

»Du bist mit einem schönen Gedanken gestorben«, murmelte Wemmer. »Hast dich schon in meiner Juli gesehen. Sei dankbar.«

Er säuberte die Klinge des Springmessers an der Hose des Galeristen. Er hatte die Waffe zu ihrer Verabredung mitgenommen, um sich verteidigen zu können, falls er in einen Hinterhalt gelaufen wäre. Nun hatte sie ihm einen noch besseren Dienst erwiesen.

Blut durchtränkte Devilles Oberhemd. Wemmer tunkte seinen Zeigefinger hinein und verrieb es auf seinen Wangen.

»Besser als jede Ölfarbe«, hauchte er.

Du bist am Ende!, vernahm er die nörgelnde Stimme seiner Mutter.

»Halt endlich deinen Mund!«

Warum hast du ihn umgebracht? Er hätte dir helfen können.

»Wie denn?«

Sie antwortete nicht.

Wemmer lächelte kaltherzig. »War ja klar! Du weißt auch nicht alles, egal, was du behauptest.«

Er schaute sich um. In der Diele hing ein hölzerner Schlüsselkasten. Zum Haus gehörte auch eine Garage. Darin stand vermutlich der Wagen des Galeristen, der auf der Straße nirgends zu sehen gewesen war.

Wemmer trat an den Holzkasten, fand auf Anhieb den gesuchten Autoschlüssel und nahm ihn an sich. Dann griff er zu einem schwarzen Schlüsselanhänger, der aus Glattleder und Metall gefertigt war. Der Schriftzug von Montblanc war ins Metall eingraviert, direkt über dem charakteristischen Logo der Luxusmarke. Insgesamt vier Schlüssel waren an dem Anhänger befestigt.

»Einer davon passt bestimmt zur Haustür«, sagte er leise.

Schon beim zweiten Exemplar hatte er Glück. Nun stand seinem Plan nichts mehr im Wege. Er würde Devilles Auto aus der Garage fahren und am Straßenrand parken. Anschließend könnte er seinen Wagen von der Straße verschwinden lassen. Falls die Bullen hier Streife fuhren, würden sie nicht misstrauisch werden.

»Bin gleich wieder bei dir.«

Natürlich antwortete ihm der Galerist nicht.

Zehn Minuten später saß Wemmer auf Devilles Sofa und dachte über seine Situation nach. Wäre er bei seiner Rückkehr nicht so aufmerksam gewesen, hätten ihn die Polizisten verhaftet. Einen anderen Grund konnte er sich für ihre Anwesenheit vor seinem Haus nicht vorstellen.

Wie waren sie ihm auf die Spur gekommen?

Natürlich durch Juliane! Du hättest die Finger von ihr lassen sollen!

Er dachte über den Vorwurf seiner Mutter nach. Wahrscheinlich hatte sie diesmal recht. Aber wie hätte er der Versuchung widerstehen können, Juli in die Finger zu bekommen? Sie war viel zu attraktiv. Wie sehr hatte er früher Rico um seine Freundin beneidet, wenn sie sich zufällig im Hausflur oder vor der Haustür begegnet waren! Ihr durchtrainierter Körper war der absolute Wahnsinn. Durch den Streit mit Rico und dessen Tod war sie in seine Reichweite gerückt.

Du hättest ihr Handy nicht mitnehmen dürfen. Versager!

»Das Handy war wichtig. Für mein Ablenkungsmanöver. Und ich hatte es nur so lange bei mir, wie ich es gebraucht habe«, rechtfertigte er sich.

So haben sie dich gefunden!

»Ausgeschlossen!«

Wie sollen sie sonst auf dich gekommen sein?

»Keine Ahnung!«

Wemmer stand auf und inspizierte die einzelnen Räume. Rasch fand er Devilles Arbeitszimmer. Er startete den PC, der jedoch eine Passworteingabe verlangte.

»Na super!«

Er ließ den PC angeschaltet und schaute sich weiter im Haus um. In der Küche neben dem Herd entdeckte er ein eingeschaltetes Tablet im Stromsparmodus. Um Zugriff zu bekommen, forderte das System ein Passwort oder einen Fingerabdruck. Wemmer ging zu der im Badezimmer deponierten Leiche. Deville war Rechtshänder. Also legte Wemmer zuerst den rechten Daumen auf den Sensor und erhielt eine Fehlermeldung. Er probierte es mit dem Zeigefinger.

»Bingo«, sagte er lächelnd.

Endlich hatte er Zugriff. Er suchte im Internet nach Juliane Schwalm, ohne auf Neuigkeiten zu stoßen, die sich auf ihr Verschwinden bezogen. Nach einer Weile legte er das Tablet wieder zur Seite. Er musste die nächsten Schritte genau überdenken. Momentan hatte er den Bullen gegenüber einen zeitlichen Vorsprung, den er nicht verplempern durfte.

28

Kurz nach Mitternacht trafen sich Lukas Sommer und Hauptkommissar Möker im Präsidium. Sie wollten Kraft und Barsch pünktlich um ein Uhr ablösen. Sommer hatte zu Hause zwei Stunden geschlafen und fühlte sich fit genug für die Schicht bis fünf Uhr morgens. Möker hingegen sah ziemlich müde aus.

»Ich kann die Observation auch allein übernehmen«, sagte Sommer. »Sie sehen nicht fit aus. Woran liegt's? Konnten Sie nicht schlafen?«

»Zweite Ehe, fünf Monate altes Baby«, erklärte Möker. »Kaum hatte ich mich hingelegt, war mein Sohn hellwach.« Er gähnte. »In der ersten Ehe habe ich das besser weggesteckt. Wenn man jünger ist, geht es einfacher.« Er gähnte erneut.

Sommer lächelte. »Kann mich noch lebhaft an die Zeit erinnern. Jeremias hat über ein Jahr gebraucht, bis er jede Nacht durchschlief. Ich bin froh, dass die Phase hinter uns liegt.«

»Sie sind nicht gut darin, Häme zu verbergen«,

beschwerte sich Möker. »Nur weil ich mit Ihren Plänen nicht einverstanden war, müssen Sie mir nichts Schlechtes wünschen.«

Sommer grinste breit. »Da haben Sie mich missverstanden. Ich amüsiere mich eher über Männer und ihren zweiten Frühling. Außerdem habe ich noch einen anderen Vorschlag parat. Geben Sie uns Ihr Einverständnis für eine Handyortung?«

Möker dachte über die Frage nach. »Was bringt es, die aktuelle Position seines Handys zu kennen? Nehmen wir an, er übernachtet bei einer Geliebten. Dann können wir nicht dort auftauchen und anklopfen.«

»Zumindest hätten wir einen Anhaltspunkt, wo er sich aufhält. Ich fände die Information aufschlussreich.«

»Führen Sie bei der KEG solche Abfragen in solchen Ermittlungsphasen öfter durch?«

»Immer, wenn es uns notwendig erscheint.«

»Hat das je Ärger gegeben? Mit Ihrem Vorgesetzten oder im Strafverfahren?«

»Nein«, sagte Sommer wahrheitsgemäß. »Wir legen nicht jedes Mal offen, wann wir darauf zurückgegriffen haben.«

Möker trat näher. Obwohl sie gerade allein im Aufenthaltsraum waren, schaute er sich um. »Ich spiele derzeit auf Bewährung«, erklärte er leise. »Bei unserem vorletzten Fall habe ich Grenzen überschritten. Meine Frau Mia hatte frisch entbunden, und unser Sohn hat die ersten drei Monate fast durchgehend geschrien. Das soll keine Entschuldigung sein für meine Fehlentscheidungen. Ohne ins Detail zu gehen, kann ich sagen: Wenn ich noch mal meine Befugnisse überschreite, bin ich raus. Es tut mir leid. Ich konnte Ihnen deswegen nicht mein Einverständnis geben, die Wohnung zu betreten. Zumal ich genau weiß, dass mein Chef Prabel auf mich angesetzt hat. Der Arme darf mich im Auge behalten. Verzeihen Sie mir also, falls ich zu schroff war.«

Sommer nickte verständnisvoll. Als junger Kommissar hatte er aufgrund eigener Fehler bereits in einer ähnlichen Lage gesteckt. »Und wenn ich das allein durchführe? Ohne Ihnen Bescheid zu geben?«

»Können Sie die Ortung um diese Uhrzeit überhaupt veranlassen?«

»Wiesbaden regelt das für uns.«

»Jetzt noch?« Möker klang skeptisch.

»Ich weiß zufällig, welcher Kollege heute Nacht Dienst hat und sich über ein bisschen Abwechslung freuen würde.«

»Das wissen Sie *zufällig*?«

Sommer zuckte die Achseln.

Möker schaute auf seine Uhr. »Wir sollten in spätestens dreißig Minuten aufbrechen. Was Sie bis dahin außerhalb meiner Hörweite in Auftrag geben, bleibt Ihnen überlassen.«

»Danke.« Sommer drehte sich um und verließ den Aufenthaltsraum.

* * *

Nachdenklich spielte Wemmer mit dem Schlüsselanhänger in seiner Hand und erwog seine Handlungsoptionen.

Du hast verloren! Wie immer! Du bist und bleibst ein Versager!

Ihm fehlte die Kraft, seiner Mutter zu widersprechen. Zumindest mit einem Vorwurf hatte sie nicht Unrecht. Er hatte verloren. Die Polizei war ihm auf die Schliche gekommen, und trotz der mutigen Entscheidung, den Galeristen auszuschalten, hatte er sich nur ein paar Stunden Vorsprung erkauft. Die Vorstellung, unterzutauchen und irgendwo neu anzufangen, war nicht realisierbar. Wie sollte er das anstellen? Die Erkenntnis war in den vergangenen Stunden langsam in sein Bewusstsein gesickert. Die Bullen würden seine Konten sperren. Selbst wenn er in der Zwischenzeit so viel Geld wie möglich an einem Geldautomaten abhob, würde er nicht lange damit auskommen. Eine Flucht in ein Land, mit dem es kein Auslieferungsabkommen gab, wäre teuer. Und wovon sollte er dort leben? Er hatte sich an sein gemütliches Dasein gewöhnt, das seine Mieteinnahmen finanzierten. Die Vorstellung, für seinen Lebensunterhalt arbeiten zu müssen, widerstrebte ihm.

Das war nicht der Weg, den er gehen würde.

Sich freiwillig zu stellen, kam allerdings auch nicht infrage. Wenn er sich noch eine Sache wünschen dürfte, wäre es ein spektakulärer Abgang, live im Internet gestreamt.

Könnte ihm das gelingen? Er bezweifelte es. Eine Live-Übertragung würden die Bullen rasch unterbinden. Aber vielleicht könnte er einen Film aufnehmen und auf verschiedenen Kanälen hochladen. Mit etwas Glück würde sich ein solcher Clip so oft verbreiten, dass die Bullen machtlos wären. Dann hätte er eine Chance auf unvergänglichen Ruhm.

Wemmer dachte an die Galerie. Er hatte sich dort vor der ersten Kontaktaufnahme zu Deville bei einer Vernissage umgesehen, ohne mit dem Galeristen auch nur ein Wort zu wechseln. Es gab einen Raum, der über keine Fenster verfügte. So könnte man ihn nicht mit einem Scharfschützen ausschalten.

Sollte er das riskieren? Oder wäre dieser Schritt zu voreilig, weil er eine bessere Alternative übersah?

Das gackernde Lachen seiner Mutter dröhnte in seinen Ohren.

»Gib Ruhe!«, schrie er wütend. »Du machst dich nicht mehr über mich lustig!«

Wemmer konzentrierte sich. Er dachte an die Frau, die er als seine eigentliche Muse betrachtete. Sie hatte bei ihrer ersten Begegnung etwas in ihm ausgelöst, was er nun zu Ende führen könnte. Wenigstens dieser Triumph wäre ihm dann vergönnt.

* * *

Sommer und Möker saßen seit einer Viertelstunde auf ihrem Posten, als Sommers Handy klingelte.

»Na endlich«, sagte er nach einem Blick aufs Display. »Hallo, Frank«, begrüßte er den Anrufer und schaltete den Lautsprecher ein.

»Hey, Lukas. Sorry. Hat ein bisschen länger gedauert. Das Signal, das vom Handy ausgeht, ist sehr schwach. Aber das Gerät ist eingeschaltet.«

»Wo habt ihr es geortet?«

»In Frankfurt.«

Er nannte die genaue Adresse, die Möker notierte.

»Danke«, sagte Sommer und beendete das Telefonat.

»Wenn ich mich nicht irre, ist das hier ganz in der Nähe«, erklärte Möker. »Rufen Sie Google Maps auf.«

Sommer kam dem Wunsch nach. »Wir sind keine vierhundert Meter entfernt.« Er wechselte zu der Ansicht von Streetview. »Ist das eine Garage?« Er reichte Möker das Handy.

»Klar«, sagte der nach einem kurzen Blick. »Würde

Sinn ergeben. Hier in der Fährstraße ist die Parkplatzsituation schwierig. Als Anwohner kann man bestimmt Dauerstellplätze mieten. Ist Wemmer zu Hause, sitzt im Dunkeln und öffnet uns bloß nicht? Hat er sein Handy im Auto vergessen?«

Die Polizei kannte das Kennzeichen des Mannes. Es wäre leicht, den Wagen in der Garage zu identifizieren, vorausgesetzt, Sommer könnte sie irgendwie betreten.

»Sie bleiben hier sitzen, ich schaue mir das näher an.«

»Viel Glück.«

»Nicht einschlafen!«

»Sehr witzig!«

Sommer stieg aus und lief zu der ermittelten Adresse. Tatsächlich landete er vor einer Tiefgarage, deren Rolltor geschlossen war. Eine kleine Tür neben dem breiten Gitter war seine einzige Hoffnung. Er rüttelte daran. Sie war verschlossen. Sommer richtete seine Taschenlampe aufs Schloss und musterte es. Mit einem Dietrich könnte er es vermutlich innerhalb weniger Minuten öffnen, doch hatte er keinen zur Hand. Frustriert kehrte er zu Möker zurück und berichtete ihm von dem Hindernis.

Der Hauptkommissar wich seinem Blick aus. »Scheiße.« Er seufzte leise.

»Was geht Ihnen durch den Kopf?«

Möker antwortete nicht sofort. Offenbar steckte er in einem Zwiespalt. Er seufzte erneut. »Ich hab mir nicht zuletzt deshalb den Ärger eingebrockt, weil ich mir mit einem Dietrich illegal Zutritt zu einem Haus verschafft habe, von dem ... egal. War eine fatale Fehleinschätzung, die mich fast meine Pensionsansprüche gekostet hätte.«

»Haben Sie den Dietrich noch?«

»Ich musste ihn meinem Chef aushändigen.«

»Aber?«

»Er hat nicht alles bekommen. Fand ich unnötig. Der Rest liegt in meinem Keller.«

»Wie lange brauchen Sie nach Hause und zurück?«

»Vierzig Minuten. Verstehen Sie meinen Interessenskonflikt?«

»Natürlich. Bringen Sie mir einfach den Dietrich, um den Rest kümmere ich mich. Ich schaff das!«

»Und was machen Sie in der Zwischenzeit, während ich unterwegs bin? Draußen ist es arschkalt.«

»Ich bin kein Weichei! Fahren Sie. Ich ziehe mich in einen anderen Hauseingang zurück. Da bin ich windgeschützt und hab freie Sicht auf die Wohnungen. Beeilen Sie sich!«

* * *

Ziemlich genau eine Stunde nach seinem ergebnislosen Rütteln an der Tür verschaffte sich Lukas Sommer Zutritt zu der Tiefgarage, in der insgesamt zweiundzwanzig Fahrzeuge parkten. Sechs Stellplätze waren unbelegt. Er prüfte jedes Kennzeichen. Wemmers Auto stand nirgendwo. Also war er unterwegs. Aber wieso hatte Wiesbaden das Handy hier geortet? War er seit der Ortung weggefahren?

Sommer leuchtete unter jedes geparkte Fahrzeug, ohne ein Telefon zu entdecken. Dann ging er zu einem leeren Stellplatz, den er genau absuchte, wieder ohne Erfolg. An der Wand der zweiten freien Parkbucht stand ein Reifenstapel. Sommer hielt den Strahl der Taschenlampe hinein.

»Volltreffer!«, sagte er lächelnd.

Er griff zum Telefon und nahm im Lichtschein einige Fotos auf. Dann wählte er Mökers Nummer.

»Sind Sie drin?«, fragte der Frankfurter Hauptkommissar.

»Ja, und ich hab das Handy von Wemmer gefunden. Es liegt in einem Reifenstapel, in dem man es nicht versehentlich verlieren oder vergessen kann.«

»Also ist er auf der Flucht?«

»Zumindest hielt er es für besser, sein Telefon hier zu deponieren. Wir müssen in beide Wohnungen! Juliane Schwalms Handy war vermutlich in der Fährstraße eingebucht. Wemmers Mobiltelefon liegt in einem Reifenstapel, und von dem Mann fehlt jede Spur. Wir wissen, dass der Mörder seine Opfer irgendwo gefangen hält. Reicht das nicht, um sich Ihrem Vorgesetzten gegenüber zu rechtfertigen?«

Möker dachte nur kurz darüber nach. »Rufen Sie Ihre Partner. Dann wecke ich Prabel auf und organisiere einen Schlüsseldienst, der uns Zutritt verschafft.«

»Wir könnten das mit dem Dietrich probieren«, schlug Sommer vor. »Geht schneller!«

»Ausgeschlossen! Mein Chef würde mir den Kopf abreißen, wenn er wüsste, dass ich noch immer ein Exemplar besitze.«

»Meinetwegen. Aber wir dürfen keine Zeit mehr verlieren.« Sommer trennte die Verbindung. Er überprüfte die geschossenen Fotos. Damit hatte er den Fundort des Smartphones ausreichend dokumentiert. Aus einer Innentasche der Jacke zog er eine Plastiktüte, in die er das Telefon stopfte. Danach wählte er Krafts Rufnummer.

Sie meldete sich prompt und klang hellwach. »Ist was passiert?«

Sommer berichtete, was vorgefallen war.

»Dann wäre es wohl besser gewesen, wenn ich in Frankfurt geblieben wäre. Ich mache mich sofort auf den Rückweg.«

»Kannst du Robert abholen?«

»Weiß er schon Bescheid?«

»Das erledige ich jetzt. Und mir wäre lieber, du sitzt am Steuer. Dann seid ihr schneller hier.«

Kraft lachte. »Da hast du recht. Bin unterwegs. Aber du darfst ihn aus dem Schlaf reißen.«

29

Sommer schaute immer wieder auf seine Uhr. Warum dauerte das alles so lange? Am liebsten hätte er die Tür eingetreten, doch sie war zu massiv. Also musste er sich gedulden, bis der Schlüsseldienst vor Ort wäre. Möker hatte darauf bestanden, dass der Dienstleister trotz der späten Uhrzeit mit zwei Mitarbeitern erscheinen sollte. Ihm war es wichtig, beide Wohnungen gleichzeitig zu betreten. Leider verzögerte das ihr Auftauchen, denn der Mann am Telefon hatte erklärt, er müsse erst einmal einen Kollegen wecken.

Nach einer gefühlten Ewigkeit hörte Sommer, der allein im Dachgeschoss wartete, endlich Stimmen. »Macht schon!«, flüsterte er. Das Gefühl, sie würden knapp zu spät kommen, ließ ihn einfach nicht los.

Möker und Prabel würden Wemmers offiziell gemeldete Wohnung betreten, die Mitglieder der KEG die zweite Unterkunft.

Gemeinsam mit Drosten und Kraft kam ein Mann in die oberste Etage, der ziemlich müde aussah. Er gähnte und hob entschuldigend die Hand. »War eine kurze Nacht.«

Sommer verkniff sich einen unfreundlichen Kommentar. »Sobald die Tür offen ist, dürfen Sie zurück ins warme Bettchen«, sagte er stattdessen und brachte sogar ein Lächeln zustande.

»Das klingt verlockend. Da beeile ich mich wohl besser.« Der Mann stellte seinen Werkzeugkasten vor die Wohnungstür und kniete sich hin. »Mist! Das wird ein bisschen dauern«, erklärte er nach einem Blick aufs Schloss. »Roman?«, rief er.

»Was gibt's?«, antwortete sein Kollege eine Etage unter ihm.

»Hast du auch ein Sicherheitsschloss vor dir?«

»Ja.«

»Dann nimm den C4-er.«

»Hatte ich sowieso vor.«

»Los geht's!«, sagte der Mann. Er begann damit, das Schloss mit einem Akkuschrauber zu bearbeiten.

Es dauerte fast zehn Minuten, bis die Tür endlich aufsprang. Sommer zog seine Waffe.

»Gehen Sie zur Seite. Warten Sie am besten mit Ihrem Kollegen weiter unten.«

In der dritten Etage war der Kollege vom Schlüsseldienst noch bei der Arbeit. Es ergab wenig Sinn, simultan in die Wohnungen einzudringen, denn falls sich Wemmer in einer davon verbarrikadierte, war er längst durch die Geräusche vorgewarnt.

»Herr Wemmer? Hier ist die Polizei. Kommen Sie mit erhobenen Händen raus.«

Sommer betrat als Erster die Räumlichkeiten. Drosten und Kraft folgten ihm. Sie lauschten, ohne etwas zu hören. Alle Türen waren geschlossen.

Sommer erteilte seinen Kollegen mit Handzeichen die Anweisung, sich an zwei Türen zu platzieren. »Los!«

Jeder von ihnen öffnete zeitgleich eine Tür. Sommer stand an der Schwelle zu einem dunklen Raum. Ein schwaches Stöhnen drang an sein Ohr. Angespannt rechnete er jederzeit mit einem Angriff.

»Hier ist eine Leinwand«, rief Kraft.

Sommer tastete nach dem Lichtschalter. Die Lampe sprang an. Eine geknebelte Frau starrte ihn an. Tränen der Erleichterung traten ihr in die Augen.

»Ich hab Schwalm!«

Sofort kam Drosten herbeigeeilt. »Sie lebt«, flüsterte er erleichtert.

»Da vorne ist noch ein Raum. Geh da hin!«, sagte Sommer. Er trat ans Bett und lächelte der Gefangenen zu. »Wir sind von der Polizei, Frau Schwalm. Sie sind gerettet.«

»Bloß ein leeres Badezimmer«, rief Drosten. »Keine Spur von Wemmer.«

Sommer schob die Waffe ins Holster. »Ich löse jetzt vorsichtig den Knebel.«

So behutsam wie möglich öffnete er den Lederriemen und zog den Gummiball aus dem Mund. Gierig sog Schwalm die Luft ein. Dann hustete sie.

»Durst«, keuchte sie.

»Hier steht Wasser.« Drosten drehte den Flaschenverschluss auf und reichte Sommer das Getränk.

»Trinken Sie langsam und in kleinen Schlucken«, sagte Sommer. Er flößte ihr vorsichtig ein wenig Wasser ein.

»Danke«, hauchte sie. »Finden Sie bitte meine Kleidung. Ich trage nur eine Windel unter der Decke.« Sie schluchzte, offenbar überwältigt von einer Mischung aus Erleichterung, Scham und Grauen.

Während Sommer mit seinem eigenen Handschellenschlüssel die Handschellen löste, suchten Drosten und Kraft die Wohnung ab.

»Hier liegt Frauenkleidung«, rief Kraft nach wenigen Augenblicken.

Sommer lächelte der Frau zu. »Sie haben es überstanden. Wir alarmieren einen Notarzt, aber es wäre gut, wenn wir uns vorher unterhalten könnten. Fühlen Sie sich dazu in der Lage?«

Juliane Schwalm nickte.

Während sie auf das Eintreffen des Notarztes warteten, hatten sie sich auf eine Couch im Nebenraum gesetzt.

»Ich stand an einer roten Ampel«, erinnerte sie sich. »Ganz vorne an der Haltelinie. Ich war auf dem Weg zu meiner Freundin Emily. Plötzlich ging ein heftiger Ruck durchs Auto. Ein Wagen war aufgefahren. Nicht schlimm, trotzdem konnte ich es nicht glauben. Warum passierte das mir? Ausgerechnet jetzt? Ich stieg aus, der andere Fahrer auch. Wir erkannten uns sofort und, keine Ahnung, ich ...« Sie hielt inne. »Ich dachte, das kann doch gar nicht sein. Ausgerechnet Ricos Vermieter? Er entschuldigte sich für seine Unaufmerksamkeit, wir lachten über die absurde Situation, uns auf diese Weise wiederzusehen. Dann machte er den Vorschlag, die Fahrzeuge am Straßenrand zu parken. Danach wollte er die Polizei rufen, damit alles seine Richtigkeit hätte. Für die Versicherungen. Das klang vernünftig, also parkte ich rechts und stieg aus. Ich sagte ihm, ich müsste einer Freundin Bescheid geben, dass ich mich verspäten würde.

Da ich zum Handy griff, war ich abgelenkt. Er schlich sich an und drückte mir einen Lappen ins Gesicht. Da war ein scharfer Gestank, und mir wurde schwindelig. Das Nächste, woran ich mich erinnere, war, wie ich hier gefesselt im Bett aufwachte.« Erneut schluchzte sie.

Sommer und Kraft gaben ihr die Minuten, die sie benötigte. Drosten wartete vor der Wohnungstür, um den Notarzt abzufangen.

Schwalm sammelte sich und berichtete von ihrer Tortur. Als sie über den sexuellen Missbrauch redete, wurde ihr plötzlich speiübel. Gestützt von Kraft schaffte sie es in letzter Sekunde zur Toilette.

* * *

In der Wohnung, in der Wemmer lebte, fanden Möker und Prabel in einem Aktenschrank Unterlagen, die ihnen den Atem verschlugen. In einem dicken Ordner hatte der Verdächtige das Schreckensmaterial seines verpfuschten Lebens chronologisch gesammelt. Zunächst stießen sie auf Fotos, die ihn immer wieder nackt zeigten, in unterschiedlichen Phasen seines Lebens. Fotografiert von seiner Mutter, die sich manchmal neben ihn gelegt hatte – ebenfalls unbekleidet. Offenbar hatte sie ihn jahre- oder vielleicht sogar jahrzehntelang missbraucht. Das erste Foto zeigte einen Jungen, der nicht älter als acht sein konnte. Mit Anfang zwanzig hatte Wemmer einige Monate in einer Psychiatrie verbracht. Ärzte hatten bei ihm damals mehrere psychische Krankheiten diagnostiziert. In keinem Bericht stand jedoch etwas von dem Missbrauch, den die Mutter begangen hatte. Offenbar hatte Wemmer das den Ärzten verschwiegen.

»Hier ist eine Bescheinigung über seine Arbeitsunfähigkeit«, sagte Möker. »Anscheinend hat er sein ganzes Leben lang nicht gearbeitet.«

»Also hat er von den Mieteinnahmen gelebt«, folgerte Drosten. »Dürfte genug abgeworfen haben.«

In dem Ordner waren noch mehr Beweise. Nach einem Schlaganfall, den die Mutter erlitten hatte, änderte sich die Lage für Wemmer. Nun war sie diejenige, die ihrem Sohn hilflos ausgeliefert war, was zahlreiche Fotos belegten. Er hatte sich bis zu ihrem Tod an ihr gerächt. Eine Todesanzeige verriet, wann Wemmers Mutter genau gestorben war.

Hinweise, die ihn mit den vorhergehenden Morden in Verbindung brachten oder vielleicht sogar verrieten, wo er die zweite Leiche entsorgt hatte, fanden sie nicht. Dieses Rätsel könnten sie erst lösen, sobald sie ihn verhaftet hätten.

»Was machen wir jetzt?«, fragte Möker. »Sein Handy haben wir schon. Wie lange die Techniker brauchen, um es zu entsperren, kann ich nicht sagen. Irgendwann am Vormittag.«

»Vielleicht hilft uns ein Bewegungsprofil des Handys weiter«, sagte Drosten. »Selbst wenn Frau Schwalms Zeitgefühl stark durcheinandergekommen ist, können wir davon ausgehen, dass Wemmer sie gestern Nachmittag verlassen hat. Nachts hat er sein Telefon in dem Reifenstapel versteckt. Aber wo war er zwischendurch?«

»Können Sie das in Auftrag geben?«, erkundigte sich Prabel.

»Das veranlasse ich«, sagte Drosten. »Wenn der Mobilfunkbetreiber sich schnell zurückmeldet, bekommen wir zur Mittagszeit eine Auswertung.«

»Und bis dahin?«, fragte Sommer. »Falls er untertaucht, hilft ihm jede Minute, die wir verplempern.«

»Ich schreibe sein Fahrzeug zur Fahndung aus«, erklärte Möker. »Ansonsten müssen wir noch einmal beide Wohnungen auf den Kopf stellen. Vielleicht finden wir Hinweise auf enge Freunde. Auch wenn mir das angesichts seiner Lebenschronik unwahrscheinlich vorkommt.« Der Hauptkommissar tippte auf den Aktenordner.

* * *

Morgens um halb neun hatte Wemmer eine Entscheidung getroffen. Er würde es durchziehen. Ein letztes Kunstwerk, von dem die Welt hoffentlich noch in vielen Jahren spräche. Stellte sich bloß die Frage, ob ihm Nora in die Falle gehen würde.

In Devilles Computer hatte er einige interessante Informationen über die Praktikantin gefunden. Der Galerist hatte ihre Profile in den sozialen Medien als Lesezeichen gespeichert. Ob er sie gern vernascht hätte? Gelungen war ihm das vermutlich nicht, sonst hätte er im Restaurant damit angegeben.

Wemmer erinnerte sich an seinen Versuch, das Gespräch auf Nora zu bringen. Deville hatte das erstaunlich abrupt abgewürgt und angeblich gar nicht verstanden, worauf Wemmer hinauswollte. In seinen Augen war Nora die perfekte Kandidatin für einen weiteren Zyklus.

Sie hatte ihn bei der Vernissage mit einem herzlichen Lächeln begrüßt, das in Wemmer ein ungewohntes Gefühl ausgelöst hatte. Begierde gepaart mit dem Bedürfnis, die junge Frau beschützen zu dürfen. Er hatte gewusst, dass aus ihnen niemals etwas werden würde. Deswegen hatte er Greta und Lina ausgewählt. Sie waren

Nora nicht unähnlich, auch wenn sie nicht ihre Klasse besaßen.

Um wie viel Uhr würde Nora in der Galerie auftauchen? Spätestens zur Öffnung um zehn. Könnte es ihm gelingen, sie dort zu überwältigen, in den Raum zu schleppen, der ihm vorschwebte, und ein weiteres Kunstwerk erschaffen?

In Devilles Haushalt fand Wemmer Panzerband und mehrere scharfe Messer, die sehr hilfreich wären. Mit dem Tablet, für das er inzwischen seinen eigenen Fingerabdruck registriert hatte, könnte er alles filmen. Im Schuhschrank entdeckte er eine praktische Sporttasche. Die Hallenschuhe darin warf er auf den Boden und füllte die Tasche mit seinen Utensilien. Nur das Tablet blieb vorerst draußen, da er es vor seinem Aufbruch noch voll aufladen würde. Während er wartete, malte er sich aus, wie er die Schönheit als Kunstwerk arrangieren würde.

30

Wemmer parkte den Wagen auf der Parkfläche der Galerie. Ihm fiel sofort auf, dass im Inneren kein Licht brannte. War der Laden noch geschlossen? Ungläubig blickte er auf die Uhr. Halb elf. Wieso war Nora nicht zum Dienst erschienen?

Unschlüssig stieg er aus und ging langsam auf den Eingang zu. Er schaute sich um, ohne etwas zu entdecken, das sein Misstrauen geweckt hätte. Von innen hing das »Geschlossen«-Schild an der Tür.

Was hatte Deville ihm verschwiegen? Hatte er den Betrieb schon aufgegeben? Oder gab es einen anderen Grund?

Wemmer rüttelte an der verschlossenen Tür und klopfte dann an die Scheibe. Doch in der Galerie regte sich nichts. Er hatte den Schlüssel zu den Innenräumen. Aber wäre es wirklich klug, ihn zu benutzen, wenn Nora nicht zu sehen war?

Darüber musste er in Ruhe nachdenken. Wemmer trat den Rückzug an und setzte sich wieder hinters

Steuer. Nach ein paar Minuten fällte er eine Entscheidung. Er würde zu Deville fahren, um sich zu sammeln und sich über den nächsten Schritt klar zu werden. Noch wollte er Nora nicht aufgeben. Aber war sein Plan noch realistisch, wenn er sie erst zur Galerie schaffen müsste?

* * *

Etwas früher als erwartet stellte der Mobilfunkbetreiber das Handybewegungsprofil von Oliver Wemmer zur Verfügung. Das Gerät war am Vortag stundenlang in einem Gebiet gewesen, in dem es auch ein Restaurant gab. Außerdem einige Läden, die sonntags geschlossen waren, und zwei Cafés, die nur bis zum späten Nachmittag Gäste bewirteten. Es sprach viel dafür, dass Wemmer das Restaurant besucht hatte.

Sommer, Kraft und Möker fuhren hin und erwischten den Restaurantleiter, als der die Türen fürs Mittagsgeschäft öffnete.

»Hatten Sie gestern Abend Dienst?«, fragte Sommer.

»Nein«, antwortete der Mann.

»Schauen Sie bitte in Ihrem Reservierungsbuch nach, ob Sie den Namen *Wemmer* entdecken«, bat Möker ihn.

Der Mann blätterte zum Vortag zurück und ging die einzelnen Gästenamen durch. »Finde ich nicht. Allerdings waren wir auch nur zu siebzig Prozent ausgelastet. Ein Gast hätte auch spontan einen Tisch bekommen.«

»Wir müssen einen Mitarbeiter sprechen, der gestern Dienst hatte«, sagte Kraft.

»Mal überlegen«, murmelte er. »Wer hatte denn? Gloria? Nein, aber Thea, richtig.« Er lächelte den Beamten zu. »Bleiben Sie kurz hier stehen, ich hole Thea.«

. . .

Zwei Minuten später kehrte er mit einer jungen Frau zurück.

»Thea war gestern die Empfangsdame. Bei dem Namen klingelt's allerdings nicht.«

Sommer präsentierte ihr ein Foto von Oliver Wemmer, das sie nur flüchtig musterte.

»Ja, der war gestern hier«, bestätigte sie. »Zusammen mit Herrn Deville.«

»Valerian Deville, der Galerist?«, vergewisserte sich Sommer.

»Herr Deville ist seit vielen Jahren Stammgast«, sagte Thea. »Hilft Ihnen das weiter?«

Sommer nickte. Da er nicht an Zufälle glaubte, brachte die Information sie tatsächlich einen großen Schritt weiter.

* * *

Nora Minge saß an ihrem Schreibtisch und studierte in einer Online-Stellenbörse Angebote für studentische Aushilfsjobs. Sie brauchte schnellstmöglich einen Ersatz für die Tätigkeit in der Galerie. Nachdem sie am Wochenende ein wenig nachgedacht hatte, war sie sich nun nicht mehr sicher, ob es klug gewesen war, Herrn Deville zu hintergehen. Er war zwar ein widerlicher Sexist und Prototyp eines weißen, alten Mannes, trotzdem hatte er immer pünktlich zum Monatsanfang gezahlt und ihr verantwortungsvolle Aufgaben übertragen.

Ihr Handy klingelte.

»Wenn man vom Teufel spricht«, sagte sie überrascht.

Das Display zeigte Devilles Festnetznummer. Sollte sie den Anruf entgegennehmen? Die Polizei hatte sie darüber informiert, dass der Galerist sich indirekt bei ihr entschuldigte und ihr sogar ein wohlwollendes Zeugnis ausstellen wollte. Insofern war es wohl in ihrem Sinn, das Telefonat anzunehmen. Vielleicht könnte das einen Neuanfang bedeuten.

»Nora Minge«, meldete sie sich.

»Ja, hallo, entschuldigen Sie die Störung«, erklang eine unbekannte Stimme. »Hier spricht Oliver Wemmer. Ich rufe im Auftrag von Herrn Deville an.«

Der Name sagte ihr nichts. »Geht es um mein Zeugnis, das Herr Deville versprochen hat?«, preschte sie vor.

»Ähm, was?« Der Mann klang überrumpelt.

»Herr Deville wollte mir ein erstklassiges Zeugnis ausstellen. Rufen Sie deswegen an? Oder was wollen Sie von mir?«

»Ja, ja. Darum geht's. Ich hab mich nur gewundert, dass Sie schon Bescheid wissen. Entschuldigung. Wann genau haben Sie aufgehört?«

»Wieso ist das wichtig?«

Der Anrufer seufzte. »Herr Deville ist für zwei Wochen im Ausland. Er hat mich beauftragt, Sie anzurufen und die Details des Zeugnisses auszuarbeiten. Aber er hat mir keine Notizen hinterlassen. Ich soll Sie kontaktieren und fragen, was ich schreiben soll. Ihn selbst soll ich bloß in absoluten Notfällen stören.«

»Sie sind bei Herrn Deville privat zu Hause?«, wunderte sich Nora.

»Nur noch kurz. Ich passe auch auf sein Haus auf. Gleich fahre ich in die Galerie. Hören Sie, folgender Vorschlag. Warum treffen wir uns nicht in einer Stunde in der Galerie und erstellen Ihr Zeugnis gemeinsam? Das wäre sehr hilfreich. Und Sie können reinschreiben, was Sie wollen. Er hat mir freie Hand gegeben.«

Von dieser Lösung würde Nora profitieren. Wahrscheinlich war es das Beste, was sie herausholen konnte. Dass Deville sie wieder beschäftigen würde, erschien ihr ohnehin unwahrscheinlich. »Okay. In einer Stunde?«

»Das wäre super.«

»Bis gleich. Ich habe aber keinen Schlüssel für die Galerie.«

»Den hat Herr Deville mir gegeben. Das ist kein Problem. Ich freue mich auf Sie.«

Nora legte das Telefon beiseite. Ein seltsamer Anruf. Der Mann, den Deville beauftragt hatte, schien über kein ausgeprägtes Selbstbewusstsein zu verfügen. Dabei klang er gar nicht mehr so jung. Wieso war der Galerist ins Ausland gefahren? Noch letzte Woche hatte das nicht in seinem Kalender gestanden.

»Nicht mein Problem.« Ein gutes Zeugnis würde ihr bei allen Bewerbungen helfen. Und vielleicht könnte sie es schon ausgedruckt mitnehmen. Nora schloss die Stellenbörse.

* * *

Die Polizisten hatten sich aufgeteilt. Drosten und Prabel waren nach einem Anruf Mökers zur Galerie gefahren, die jedoch geschlossen war. Sie hatten sich darauf geeinigt, den Galeristen nicht telefonisch vorzuwarnen. Doch an dem Geschäft angekommen, standen sie vor verschlossener Tür.

»Seltsam«, sagte Drosten. Öffnete Deville heute nicht, weil er ohne Mitarbeiterin überfordert war? Oder steckte etwas anderes dahinter?

»Ich sag den Kollegen Bescheid«, schlug Drosten vor.

Prabel nickte. »Was machen wir in der Zwischenzeit? Fahren wir zurück ins Präsidium?«

»Bleiben wir erst mal hier.«

* * *

»Okay, Robert. Ich meld mich, falls wir ihn zu Hause erwischen.« Sommer beendete das Telefonat und informierte Möker und Kraft.

»Wann sind wir da?«, wollte Kraft wissen.

Möker, der am Steuer saß, zuckte die Achseln. »Fünf Minuten oder so.«

Tatsächlich schafften sie den Restweg in etwas kürzerer Zeit. Da die Straße vor dem Haus des Galeristen frei war, konnten sie direkt vor der Haustür parken. Sommer stieg zuerst aus und lief auf den Eingang zu. Er klingelte und klopfte an die Tür.

»Herr Deville?«, rief er. »Sind Sie da?«

Noch einmal klopfte er energisch an.

Möker presste sein Gesicht an ein Fenster. »Nichts zu sehen«, sagte er.

»Deville muss irgendwo sein«, brummte Sommer frustriert. Er wich ein paar Schritte zurück und schaute sich um.

»Was ist mit der Garage?«, fragte Kraft.

Sommer ging hin und drehte den runden Torknauf. »Geht auf«, sagte er überrascht. Er schob das Tor nach oben. »Oh, Shit!«

In der Garage stand das Fahrzeug von Oliver Wemmer.

»Das ist nicht gut! Wir müssen rein, vielleicht hält

Wemmer Deville als Geisel. Diesmal warte ich nicht auf den Schlüsseldienst.«

Möker öffnete den Mund und schloss ihn wieder.

»Ich geh ums Haus. Verena, gib mir Rückendeckung. Möker, Sie bleiben hier.«

Zusammen mit seiner Partnerin umrundete er das Gebäude, bis er zur Terrasse kam. In einem kleinen Blumenbeet, das den Rasen von den Terrassenfliesen trennte, lag ein fußballgroßer Stein.

»Ich kann nichts erkennen«, sagte Kraft nach einem Blick durchs Fenster.

Sommer hob den Stein hoch und warf ihn durch die Terrassentür, deren Scheibe klirrend zersprang. In der nächsten Sekunde sprang eine Alarmanlage an.

»Dauert wohl nicht lange, bis die Verstärkung eintrifft«, brummte Sommer. Mit dem Griff der Pistole schlug er die im Rahmen stecken gebliebenen Scherben aus, dann betrat er das Haus.

»Deville?«, rief er. »Wemmer?«

Kraft folgte ihm. Zunächst öffneten sie Möker die Haustür, doch der winkte ab. »Ich warte draußen und halte uns die Sicherheitsfirma und neugierige Nachbarn vom Hals.«

»Wir beeilen uns. Los, Verena. Bleib hinter mir und gib mir Deckung.«

Gemeinsam durchsuchten sie die Räume. Im Badezimmer blieb Sommer kurz an der Schwelle stehen. »Badewanne!«, sagte er. »Das ist Deville.«

Kraft schaute an ihm vorbei. »Sieht so aus, als sei er schon ein paar Stunden tot.«

31

Drosten hatte den Lautsprecher aktiviert, sodass Prabel mithören konnte. Der Tod des Galeristen kam unerwartet. Offenbar hatte Wemmer erkannt, dass er ins Visier der Polizei geraten war, und hatte verzweifelt einen Ausweg gesucht. Für die Polizei stellte sich die Frage, wie er nun vorgehen würde.

»Möker hat das Fahrzeug des Galeristen zur Fahndung ausgeschrieben. Spricht viel dafür, dass Wemmer es benutzt. Oder zumindest damit unterwegs war. Wer weiß, wo er inzwischen ist. Vielleicht am Bahnhof oder Flughafen. Auch nach ihm läuft die Fahndung auf Hochtouren«, sagte Sommer.

»Sollen wir hier bei der Galerie bleiben und warten?«, fragte Drosten.

Prabel schüttelte energisch den Kopf. »Nein.«

»Wieso nicht?«, erkundigte sich Drosten.

»Erkläre ich Ihnen später.«

»Ich weiß Bescheid«, mischte sich Sommer ein. »Möker hat mir erzählt, wie es um seine Karriere steht. Sie sollen ihn im Blick behalten.«

Prabel verdrehte die Augen. »Ich mach das nicht gern. Aber mein Chef wird wissen wollen, wie sich der Kollege verhalten hat.«

»Professionell«, erwiderte Sommer. »Und zwar die ganze Zeit.«

»*Ich* weiß das«, rechtfertigte sich Prabel. »Wieso sollten wir hier bei der Galerie warten? Deville wird nicht herkommen. Wir fahren los und sind in rund zwanzig Minuten bei Ihnen.«

»Meinetwegen«, brummte Drosten.

* * *

Der Galerie-Parkplatz war unbelegt, und Wemmer stellte das Fahrzeug darauf ab. Dieses Detail verlieh seiner Geschichte Authentizität. Nora würde den Wagen sehen und daraus folgern, wie sehr Deville Wemmer vertraute, wenn er ihm sogar seinen gepflegten Pkw überließ. Sobald die Tür hinter ihr ins Schloss fiele, wäre ihr Schicksal besiegelt.

Mit der Tasche in der Hand ging er auf den Eingang zu. Zunächst wählte er den falschen Schlüssel, doch schon beim zweiten Versuch erwischte er den richtigen und betrat die Galerie. Er versperrte sie von innen, damit ihm keine Besucher in die Quere kommen konnten. Das Auto in der Parkbucht sollte für Nora Hinweis genug auf seine Anwesenheit sein.

Wemmer wanderte durch die Räume. Hier hätten seine Gemälde hängen können, doch leider war dieser Traum endgültig geplatzt. Wenigstens könnte er noch ein schockierendes Kunstwerk fertigstellen.

Er brachte die Tasche in den fensterlosen Ausstellungsraum. Danach setzte er sich an Devilles Schreibtisch. Den PC ließ er ausgeschaltet, denn dass er das Passwort nicht kannte, würde Nora alarmieren. Er müsste gleich nach ihrem Erscheinen zuschlagen.

* * *

Nora näherte sich der Galerie und entdeckte Devilles Wagen. Überrascht blieb sie stehen. War ihr ehemaliger Chef schon wieder aus dem Ausland zurück? Oder hatte er diesem Wemmer sogar sein Auto anvertraut? Ihr brannte die Frage auf den Nägeln, in welcher Verbindung Deville zu Wemmer stand. Der Name sagte ihr nichts, dabei mussten die beiden sich schon länger kennen, denn Deville war ein eher misstrauischer Mensch. Niemals hätte er einem neuen Mitarbeiter so viel Vertrauen entgegengebracht. Vielleicht würde sie mit ein paar geschickten Fragen mehr herausfinden.

Sie drückte gegen die Eingangstür, die jedoch verschlossen war. Im Laden brannte nirgendwo Licht. Unsicher klopfte sie an die Tür. War sie zu früh dran? Stand Devilles Fahrzeug schon länger in der Parkbucht?

Ein Mann tauchte auf und hob die Hand zum Gruß. Er trug graue Sneaker, eine dunkle Jeans und einen Strickpullover. Das war ihr Nachfolger und vielleicht sogar ein Vertrauter Devilles? Wie konnte das sein? Der Mann strahlte keinerlei Eleganz aus, auf die Deville normalerweise Wert legte. Er lächelte ihr durch die Glastür zu. Dann schloss er auf.

»Hallo, Frau Minge«, begrüßte er sie. »Schön, dass Sie es so spontan einrichten konnten. Kommen Sie rein! Nicht wundern, ich schließe hinter Ihnen wieder ab.«

Nora betrat mit ungutem Gefühl die Galerie. Irgendetwas stimmte nicht.

»Wieso haben Sie nicht geöffnet?«

Der Mann seufzte. »Valerian hat Ihnen gegenüber nicht Tacheles geredet? Das ist wieder mal typisch für ihn.«

»Wovon sprechen Sie?«

»Er schließt die Galerie aus finanziellen Gründen.«

»Was?« Nora konnte das nicht glauben.

»Valerian ist ans Mittelmeer geflüchtet und steckt den Kopf in den Sand. Er hat mich gebeten, mich um die Abwicklung zu kümmern.«

»Woher kennen Sie sich?«

Der Mann winkte ab. »Schon seit so vielen Jahren. Ich kann Ihnen gar nicht mehr genau sagen, wo wir uns kennengelernt haben. Mein Interesse an Kunst ist minimal. Deswegen haben Sie mich hier nie gesehen. Wie auch immer. Ich habe Sie aus zwei Gründen so spontan hergebeten. Sobald die Insolvenz angemeldet ist, hätten wir keine Chance mehr, Ihnen ein Zeugnis zu schreiben. Die Computer werden gesperrt.«

»Oh.«

»Außerdem bittet Valerian Sie um einen letzten dienstlichen Gefallen.«

»Welchen? Eigentlich arbeite ich nicht mehr für ihn.«

»Können wir gemeinsam die Räume abgehen, und Sie sagen mir, welche Bilder verkauft worden sind?«

»Das erkennen Sie an den roten Punkten«, erklärte Nora.

»Valerian meinte, bei zwei Bildern würden die Klebepunkte fehlen.«

»Echt?«

»Sie wissen also auch nicht Bescheid? Verdammt! Das hat er ja toll organisiert. An den Namen eines Gemäldes kann ich mich erinnern. Hotelsinfonie des Frühlings. Sagt Ihnen das was?«

»Das ist verkauft?«, wunderte sich Nora. »Hätte ich nicht erwartet. Kommen Sie! Ich zeig's Ihnen.«

* * *

Alles lief perfekt. Hoffentlich beobachtete Mutter ihn dabei. Wie er mit der kleinen Schlampe spielte und sie in seine Falle lockte. Herrlich! Sie ging vor ihm her und wackelte mit ihrem Po.

»Das ist das Bild«, sagte sie im fensterlosen Ausstellungsraum und deutete auf ein unscheinbares Gemälde. »Wissen Sie, wer es gekauft hat?«

Blitzschnell trat er dicht hinter sie, legte ihr den Arm um den Hals und drückte zu. Sie schrie und zappelte.

»Mach die Augen zu!«, zischte er.

Statt seinem Befehl zu folgen, versuchte sie, ihm auf den Fuß zu treten. Der Angriff erfolgte so überraschend, dass sein Druck nachließ. Wie ein glitschiger Fisch entwand sie sich der Umklammerung. Sie zwängte sich an ihm vorbei, um aus dem Raum zu gelangen. Im letzten Moment trat er ihr in die Beine. Nora schrie auf und verlor das Gleichgewicht. Ihr Kopf prallte voller Wucht gegen den Türrahmen. Regungslos blieb sie liegen.

Wemmer zog sie zurück und warf die Tür zu. Die nächsten Stunden wäre er hoffentlich ungestört.

»Du Miststück. Das hast du dir so gedacht.«

Er tastete an ihrem Hals nach dem Puls, den er schwach spürte. Ob sie sich beim Sturz schwer verletzt oder nur eine Beule zugezogen hatte, war ihm egal. Hauptsache, ihr Herz pumpte noch Blut. Denn er sah das Kunstwerk schon vor sich. An vielen verschiedenen Stellen würde er ihr Schnittwunden zufügen, damit sie blutete.

Wemmer entkleidete sein bewusstloses Modell. Sobald sie nackt wäre, müsste er ihre Hände und Füße mit dem Panzerband fesseln. Dann könnte er beginnen.

* * *

Mökers Telefon klingelte und übertrug die Nummer der Zentrale. »Was gibt's?«, meldete er sich.

»Es geht um eine Fahrzeugfahndung, die Sie veranlasst haben«, erklärte die Kollegin. Sie nannte den Fahrzeugtyp und das Kennzeichen. »Ein Streifenwagen hat das geparkte Auto entdeckt. Ich habe die Nummer der Kollegen für Sie. Können Sie Kontakt aufnehmen?«

Aufgeregt notierte Möker die Rufnummer und bedankte sich. Gemeinsam mit den Wiesbadenern und Prabel stand er vor dem Haus des Galeristen, während die Spurensicherung ihr Werk verrichtete.

»Devilles Fahrzeug ist einer Streife aufgefallen. Mal gucken, wo sie es entdeckt haben.« Möker wählte die Nummer, und Sekunden später meldete sich ein Polizeikommissar.

»Das gesuchte Auto steht in einer Parkbucht vor der Galerie Deville. Was sollen wir tun?«, fragte der Kommissar.

»Sehen Sie Licht oder Bewegung in der Galerie?«

»Nein. Sollen wir anklopfen?«

»Negativ. Bleiben Sie erst mal in der Nähe des Autos, und warten Sie auf meinen nächsten Anruf. Ich muss mich mit meinen Kollegen besprechen. Falls jemand auf das Auto zugeht, seien Sie vorsichtig. Der

Fahrzeughalter wurde ermordet. Vermutlich ist der Mörder mit dem Pkw unterwegs. Sie hören gleich von mir.«

* * *

Wemmer hatte nicht nur sein Opfer entkleidet, sondern auch sich selbst. Sollte sie ruhig sehen, wie sehr sie ihn erregte. Noch lag sie reglos am Boden, doch ihr Stöhnen verriet, dass sie schon bald zu sich kommen würde.

Sein Blick blieb an ihrem Unterleib hängen. Sollte er sich erst in Stimmung bringen und ihren Geschmack kosten? Doch ohne Bett wäre das ein unbequemes Unterfangen, daher versagte er sich, seinem Trieb nachzugeben.

Stöhnend schlug Nora die Augen auf.

»Hallo, Schönheit. Willkommen zurück.«

Sie starrte ihn entsetzt an. Ihr Blick fiel auf seinen nackten Unterkörper. Sie schrie, doch das Panzerband dämpfte den Schrei.

»Nora, du wirst ein so schönes Kunstwerk. Und ein Filmstar.« Er deutete zu dem Tablet, mit dem er ihr Rendezvous aufzeichnete. »Noch in vielen Jahren wird man von uns beiden sprechen. Der Künstler und seine Muse. Du bist diejenige, die mich zu meinen Gemälden inspiriert hat. Als ich dich das erste Mal gesehen habe, war es um mich geschehen.«

Wemmer kniete sich zu ihr. Sie versuchte wegzukriechen. Grob drückte er ihr eine Hand auf die Kehle und stoppte ihren Fluchtdrang. »Deville ist übrigens tot. Ich hab ihn beseitigt. Vielleicht ist dir das ein Trost. Der Mistkerl war geil auf dich. Ich hab das Problem gelöst.« Freundlich lächelte er ihr zu. »Aber dafür hätte ich gern eine Belohnung von dir. Dein Körper ist meine Leinwand. Dein Blut meine Farbe.«

Erneut schrie sie los. Mit der freien Hand tastete er nach dem Messer, das er schon zurechtgelegt hatte.

* * *

Mit Höchstgeschwindigkeit und Blaulicht rasten sie durch die Frankfurter Innenstadt. Möker und Prabel saßen im ersten Auto, Sommer, Drosten und Kraft im zweiten Fahrzeug. Als ein Wagen vor ihnen nicht rechtzeitig Platz machte, schaltete Möker die Sirene ein. Kurz darauf hatten sie wieder freie Fahrt. Sie wollten nicht den Streifenpolizisten die Verantwortung überlassen, Wemmer zu stellen. Sommer war davon überzeugt, dass sie ihn in der Galerie antreffen würden, zumal Devilles Wagen davorstand.

»Wären wir bloß vor Ort geblieben!«, knurrte Drosten. »Vielleicht haben wir ihn nur knapp verpasst.«

Sommer beschäftigte eher die Frage, was Wemmer in der Galerie zu suchen hatte.

Eine Straße vom Ziel entfernt schaltete Möker das Blaulicht aus. Sommer folgte seinem Beispiel. Sie parkten links und rechts von dem gesuchten Fahrzeug.

Einer der Schutzpolizisten begrüßte Möker mit einem Handschlag, alle anderen nickten sich lediglich zu.

»In der Galerie hat sich die ganze Zeit nichts gerührt«, sagte der Polizist.

»Wie verschaffen wir uns Zutritt?«, fragte Prabel.

»Diesmal nehme ich keine Rücksicht auf Ihre dienstliche Situation, Möker«, warnte Sommer ihn. »Hier stimmt etwas gewaltig nicht.«

Er trat an die Glastür, schirmte mit den Händen das

Licht ab und presste die Stirn dagegen. Trotzdem erkannte er nichts im Inneren.

»Wir können die Tür nicht einfach aufbrechen«, meinte Möker.

»Wieso nicht? Deville ist tot. Und wir wissen, dass der Wagen noch vor einer Stunde nicht hier geparkt hat«, entgegnete Sommer. »Meinetwegen übernehme ich die Verantwortung dafür.«

Er zog seine Waffe aus dem Holster.

»Wollen Sie schießen?«, fragte Möker entsetzt. »Sind Sie wahnsinnig?«

Zur Antwort schlug Sommer mit dem Griff gegen die Glastür, in der sich zwar gleich Risse bildeten, die aber noch nicht zersprang.

* * *

Bei dem Knall zuckte Wemmer zusammen.

»Oh nein! Nicht jetzt!«, fluchte er.

Durch die geschlossene Tür drang das Klirren von Glas gedämpft zu ihm.

»Ich bin noch nicht so weit«, jammerte er.

Versager!, krakeelte seine Mutter.

»Halt's Maul!«, schrie er.

* * *

Sommer hob ruckartig die Hand. Der laute Ausruf war deutlich zu hören gewesen. Er konnte nur aus einem Raum stammen. Mit gezückter Pistole rannte er darauf zu und rüttelte an der Tür, die sofort aufsprang.

»Bleiben Sie weg!«, schrie Wemmer.

Er hockte nackt neben der gefesselten Nora Minge,

die stark blutete. Wemmer hielt ihr die Spitze eines Messers an den Hals.

»Treten Sie zurück, oder sie ist tot!«

Sommer hatte freies Schussfeld. Doch falls Wemmer reflexartig zustach und die Halsschlagader traf, wäre Minge nicht mehr zu helfen.

»Geben Sie auf!«, sagte Sommer. »Wir sind in der Überzahl. Wenn Sie ihr etwas antun, sterben Sie!«

»Mir egal! Ich will mein Kunstwerk zu Ende bringen.«

Erst jetzt sah Sommer, dass Devilles ehemalige Mitarbeiterin nicht bloß aus mehreren Schnittwunden blutete. Wemmer hatte ihr Blut dazu benutzt, ihr fast kindlich wirkende Motive auf die Haut zu malen. Unter anderem eine Blume und ein Strichmännchen.

Sommers Gedanken rasten. Wenn es ihm gelänge, Wemmer eine Sekunde lang abzulenken, könnte er ihn überwältigen.

»Wir wissen über Ihre Jugend Bescheid. Das ist alles die Schuld Ihrer Mutter. Sie sind ein Opfer. Aber sorgen Sie jetzt dafür, dass keine Unschuldige mehr stirbt.«

Wemmer riss die Augen auf. »Woher wissen Sie davon?«

Sommer schob die Pistole ins Holster. »Wir haben die Fotos gefunden. Legen Sie das Messer weg. Erzählen Sie uns Ihre Geschichte. Wir hören Ihnen zu. Sie können über alles mit uns reden.« Sommer ging in die Hocke. Nun konnte er fast auf Augenhöhe mit dem Mörder sprechen. Trotz der scheinbar lässigen Körperhaltung hatte er alle Muskeln angespannt. »Bitte«, fügte er hinzu. »Erzählen Sie uns alles. Dann können wir Ihnen helfen. Ich höre Ihnen zu, das verspreche ich.«

»Mir hat nie jemand geholfen«, sagte Wemmer.

»Mama hat jede Hilfe von mir ferngehalten, bis sie selbst hilflos war.« Er kicherte.

Sommer erkannte seine Chance. Für einen kurzen Moment konzentrierte sich der Mörder nicht auf sein Opfer, sondern war in seiner Vergangenheit gefangen. Aus der Hocke sprang Sommer los und prallte gegen Wemmer. Die Wucht des Aufpralls schleuderte ihn zurück, das Messer fiel ihm aus der Hand. Sommer drückte den Arm gegen Wemmers Kehle.

»Sie sind verhaftet«, sagte er.

32

Lukas Sommer hielt sein Versprechen. Im Präsidium bot er Wemmer erneut an, ihm zuzuhören. Nach wenigen Minuten, in denen der Mörder Sommer mit abweisender Miene und vor der Brust verschränkten Armen im Vernehmungszimmer gegenübergesessen hatte, brach sein Widerstand. Die ganze Wahrheit über seine Kindheit platzte aus ihm heraus.

Sein Martyrium hatte vermutlich angefangen, als sein Vater an einem Herzinfarkt gestorben war, wenige Tage nach Wemmers viertem Geburtstag. Drei Jahre später hatte ihn seine Mutter das erste Mal *angefasst.* Aber schon in den Jahren zuvor hatte sie ein unnatürliches Verhalten gezeigt.

Der permanente Missbrauch in den Folgejahren löste bei Wemmer eine massive psychische Erkrankung aus, über deren Ursache er nie jemanden ins Vertrauen zog. Als er mit Anfang zwanzig stationär in einer Psychiatrie behandelt wurde, entdeckte er seine Liebe zum Malen. Das war der Beginn einer Leidenschaft, für die ihn seine

Mutter bis zu ihrem Lebensende verspotten sollte. Sie sorgte dafür, dass man ihn als arbeitsunfähig abstempelte, sodass er immer von ihr finanziell abhängig blieb. Nach ihrem Schlaganfall hatte er den Spieß umgedreht und sich an ihr gerächt.

»Dann starb sie, und ich war frei«, sagte er leise. »Außer ihrer Stimme in meinem Ohr gab es nichts mehr, was mich mit meiner Vergangenheit verband.« Er lächelte bei dieser Erinnerung. »Ich hab mir in den Kopf gesetzt, den Rest meines Lebens Kunstwerke zu erschaffen. Aber meine ersten Versuche waren enttäuschend. ›Das ist nicht spektakulär genug‹. So hat Deville auf mein Angebot reagiert. Ich wollte ihn für seine Arroganz bestrafen und besuchte eine öffentliche Ausstellung. Keine Ahnung, was ich da getan hätte, wenn ich nicht *ihr* begegnet wäre. Ich hatte ein Messer dabei, daran erinnere ich mich noch. Das gleiche Messer, mit dem ich ihn jetzt getötet habe.« Er lächelte versonnen.

»Nora Minge«, folgerte Sommer aus seinen Worten.

»Nora.« Er hauchte ihren Namen. »Ich hab mich sofort in sie verliebt. Aber ich wusste, bei einer solchen Schönheit hätte ich keine Chance. Ich war viel zu alt und zu verrückt, dank meiner Mutter. Eines Nachts lag ich im Bett. Ich onanierte und stellte mir vor, Nora beglücken zu dürfen. Und plötzlich hatte ich eine Idee. Nicht spektakulär genug? Hatte Deville mir das wirklich vorgeworfen? Das stachelte mich an.«

»Sie wählten Frauen aus, die Nora ähnlich sahen«, sagte Sommer.

»Nora war meine Muse. Aber ihr durfte ich kein Haar krümmen. Ich hatte Angst, dass meine Kreativität sterben würde, wenn sie umkäme.«

»Wie haben Sie die passenden Opfer gefunden?«

Wemmer erzählte von dem Forum, in dem er Greta Bürger kennengelernt hatte, und von einer Zufallsbegegnung, die Lina Neese zum Verhängnis geworden war. Sommer bat um Einzelheiten, und Wemmer berichtete freimütig, wie er die Frauen in die Falle gelockt hatte. Er hatte nicht nur bei Juliane Schwalm mit dem fingierten Auffahrunfall große Raffinesse gezeigt. Auch Bürger und Neese hatte er mit raffinierten Tricks in die Finger bekommen. Dafür besaß er ein Talent.

»Wir haben Greta Bürgers Leiche gefunden, Lina Neese ist noch verschwunden. Wo ist sie?«

Wemmer mied Sommers Blick und presste seine Lippen aufeinander.

»Bitte«, sagte Sommer. »Zeigen Sie sich Linas Eltern gegenüber barmherzig. Die möchten ihre Tochter zumindest beerdigen können, um mit dem Verlust fertigzuwerden.«

»Sie liegt im Main«, erklärte Wemmer leise. »Ich hab sie mit einer Gipsplatte beschwert, damit sie nicht ans Ufer getrieben wird.«

»An welcher Stelle haben Sie die Leiche entsorgt?«

Wemmer überlegte kurz. »Bei Wertheim. Die genaue Position weiß ich nicht mehr. Wenn Sie mich hinfahren, finde ich es bestimmt.«

»Wir probieren es erst einmal ohne Hilfe«, sagte Sommer. »Trotzdem danke ich Ihnen. Das wird ein Trost für die Hinterbliebenen sein.«

»Wissen Sie, wer auf Mamas Beerdigung war?«, fragte er. »Niemand. Sie hat uns im Laufe der Jahre von allen Menschen isoliert. Zu meiner Beerdigung wird wohl auch niemand kommen.« Tränen traten ihm in die Augen. »Aber bestimmt höre ich ihre Stimme, wenn ich meinen letzten Atemzug ausstoße. Dann wird sie mich auslachen und einen Versager nennen.« Wemmer schloss die Augen. »Ich bin müde. Darf ich jetzt schlafen?«

* * *

Leise öffnete Sommer die Wohnungstür. Es war spät geworden, und vielleicht lag seine Familie schon im Bett. Doch kaum betrat er die Diele, hörte er Jeremias lachen. Lautlos schloss Sommer die Tür und blieb stehen. Erneut lachte sein Sohn, und auch Jennifer kicherte. Offenbar schauten die beiden einen lustigen Film. Ihre Vergnügtheit zauberte ihm ein Lächeln auf die Lippen. Die Familie war sein Rückhalt, selbst in den dunkelsten Stunden. Hier holte er sich die Kraft, um dem Wahnsinn der Welt entgegenzutreten.

Er dachte an Oliver Wemmer. Ein Täter, der über andere Menschen Unglück gebracht hatte – ganz ohne Zweifel. Aber zugleich auch das Opfer ausgerechnet jener Person, die dafür verantwortlich gewesen wäre, ihm Halt zu geben.

Sommer schüttelte die Gedanken ab. Der Fall war gelöst und der Mörder überführt. Jetzt wollte er nur noch die Nähe seiner Lieblingsmenschen genießen, ohne an die Arbeit zu denken. Das nächste Verbrechen würde schneller geschehen, als ihm lieb war.

»Ich bin zu Hause«, rief er.

»Wir sind im Wohnzimmer«, antwortete Jeremias. »Komm zu uns!«

Das ließ sich Sommer nicht zweimal sagen.

NACHWORT

Liebe Leserinnen und Leser,

vor einigen Monaten saß ich zusammen mit meiner Frau und einer Nachbarin vor der Eisdiele, die sich fußläufig zu unserer Wohnung befindet. Falls Sie mein Facebook-Profil oder meinen Instagram-Account kennen, wissen Sie vielleicht, dass Eis für das Ehepaar Hünnebeck ein sehr wichtiges Grundnahrungsmittel darstellt. Aber ich schweife ab. Wir kamen ins Gespräch mit einem Mann namens Frank, der mit unserer Nachbarin befreundet ist, und gaben uns als Autoren zu erkennen. Das stieß auf großes Interesse, und irgendwann landeten wir beim Thema Titelfindung – einer der oftmals besonders schwierigen Punkte im Entstehungsprozesses eines Romans. Ich nannte Frank einige meiner Titel, was seine Fantasie anzuregen schien. Nur wenige Stunden später leitete mir die Nachbarin eine SMS weiter. Er hatte sich bei ihr gemeldet und ihr einige Titelvorschläge unterbreitet, die ich ganz nach Lust und Laune verwenden dürfte. Dabei kamen wirklich lustige Sachen an den Tag. Zum

Beispiel: *Der Zungenchirurg*, *Der Hautverschenker* oder auch *Der Augenamputeur*. Bei diesen Vorschlägen habe ich ein kleines bisschen daran gezweifelt, ob man sich mit Frank auch im Dunkeln treffen kann. Aber unter den Vorschlägen gab es dann auch einen, der meine Vorstellungskraft in Millisekunden anregte: *Der Blutmaler*. In meinem Kopf spielte sich plötzlich ein Film ab. Das führt wohl in letzter Konsequenz zu der Frage, ob man sich denn mit mir im Dunkeln treffen kann, wenn ein einziger Titel reicht, um solche Fantasien auszulösen, die Sie nun im Buchformat lesen durften. Ich beantworte dies mit einem klaren und ausdrücklichen: Ja! Aber vergessen Sie nicht, Eis mitzubringen.

Ich hoffe, Ihnen hat der Thriller gefallen. Wenn Sie Lust haben, können Sie mir das gern mitteilen. Neben persönlichen Nachrichten freue ich mich über Rezensionen, die Sie auf der Produktseite von *Der Blutmaler* bei Amazon hinterlassen können. Dafür bedanke ich mich sehr herzlich!

Falls Sie es noch nicht getan haben, dann tragen Sie sich bitte in meinen Newsletter ein, durch den Sie immer auf dem neuesten Stand sind, was meine Veröffentlichungen anbelangt. So helfen Sie mir ganz besonders!

www.marcus-huennebeck.de/newsletter

Alle neuen Empfänger erhalten die Kurzgeschichte *Die Namen des Todes – Die Jagd beginnt* als Dankeschön geschenkt.

Per E-Mail kontaktieren Sie mich unter: kontakt@marcus-huennebeck.de

Per Facebook erreichen Sie mich wie folgt: www.facebook.com/MarcusHuennebeck

Und per Instagram unter www.instagram.com/marcushuennebeck

Vielen Dank und herzliche Grüße

Marcus Hünnebeck

LESETIPPS

Ich werde oft nach der richtigen Reihenfolge meiner Bücher gefragt. Diese finden Sie im Folgenden, auch wenn ich der Meinung bin, dass man jeden meiner Thriller unabhängig von den anderen lesen kann. Aber für alle Leser, die sich gern an der chronologischen Reihenfolge des Erscheinens orientieren, ist diese Auflistung gedacht.

Die KEG-Reihe:

Die Todestherapie
- Der Wundennäher
- Der Schädelbrecher
- Blut und Zorn
- Die TodesApp
- Muttertränen
- Todesschimmer
- Vaters Rache
- Rachekrieger
- Der Geisterfahrer

Nesthäkchens Schrei
Bittere Brut
Tödlicher Fake
Schreikind
Eiskalte Reue
Der Schattenbringer
Der Mädchenpflücker
Feuerqual
Totgeschlagen
Böser Sandmann
Der Blutmaler

Die Buchinger-Reihe:

So tief der Schmerz
Kein letzter Blick
Wundenherz
Zu viel gesehen
Zwischen den Seiten

Bei meinen übrigen Büchern finden Sie die Reihenfolge direkt auf den Produktseiten der Bücher.

SO TIEF DER SCHMERZ

Eine traumatisierte Psychologin sinnt auf Rache. Jahre zuvor ist sie geschändet worden; nun bestraft sie nahestehende Personen ihrer Peiniger mit dem Tod. Als die Polizei durchschaut, nach welchem Muster die Opfer ausgewählt werden, verhindert sie im letzten Moment einen weiteren Mord. Doch der Täterin gelingt während des Zugriffs die Flucht, und sie taucht spurlos unter.

Hauptkommissar Krumm bittet den Personenfahnder Till Buchinger um Unterstützung. Buchinger kennt die Tricks, mit denen Menschen von der Bildfläche verschwinden. Obwohl er Krumm nicht vertraut, erklärt er sich mit der Zusammenarbeit einverstanden, denn die Mörderin hat auch einen seiner engsten Freunde brutal umgebracht. Aber seine Suche nach der skrupellosen Psychologin löst eine Kettenreaktion aus, die sein Leben und das vieler anderer Unschuldiger gefährdet.

DIE TODESTHERAPIE

Gero Ruppert kennt sich aus mit Trauer und Verzweiflung. Der Psychologe betreut Eltern, die ihre Kinder auf schmerzliche Weise verloren haben. Als ein 17-jähriges Mädchen brutal missbraucht und ermordet wird, kontaktiert Ruppert die verwaiste Mutter und bietet ihr an, sie psychologisch zu behandeln.

Drei weitere junge Frauen sterben, und Ruppert kümmert sich um die trauernden Hinterbliebenen. Für die Soko rund um die Kommissare Drosten und Sommer steht trotz wasserdichter Alibis der Hauptverdächtige fest: Der Mörder kann nur Gero Ruppert selbst sein. Hat er einen Helfer? Spielt er ein falsches Spiel mit traumatisierten Eltern? Doch die Polizisten ahnen nicht, dass der Psychologe bedroht wird. Er muss den Anweisungen eines Erpressers folgen, um nicht seine eigene Tochter zu verlieren. Je näher die Soko den wahren Hintergründen kommt, desto stärker gefährdet sie das Leben des Mädchens – wogegen Ruppert mit allen Mitteln kämpft.

Printed in Poland
by Amazon Fulfillment
Poland Sp. z o.o., Wrocław

88127484R00171